灰谷

illust
蜜犬 HONEYDOGS

鋼鐵號角 6

IRON HORN

Presented by
HuiGu&Honeydogs

IRON HORN
Contents

Chapter 235 莎拉夫人

從皇后山回到總督府，羅丹卻說想要去逐日城的地下實驗室，他急著想替艾斯丁做一具新的身體，而花間風也提出來和他們一起前往：「我需要更換一個身分，不和你們一起更好，羅丹先生的身分太重要，我帶人親自保護也更放心。」

柯夏點了點頭：「花間琴在逐日城，風先生過去聯繫她就好。」送走了他們後，同樣安排了一個飛梭，將鐵甲老爹一家送回月曜城，同時讓邵鈞先陪著他們過去看看，另外派了不少人保護。

邵鈞有些茫然，不理解之前明明是柯夏一直讓他在身邊，現在怎麼忽然又要打發他去月曜城，柯夏似乎看懂了他的眼神，笑著解釋：「我這裡還有很多枯燥的基因治理方案、治理補貼發放等等事情，政務多又繁瑣，你天天陪著我也沒意思，不如和老爹、玫瑰茉莉她們一起回月曜城去玩玩，至少面對的是機甲，我讓人弄一具軍中需要修理的機甲運過去給你們玩，等手頭的事處理完就過去接你。」

邵鈞看著柯夏的藍眸看著他仍然帶著坦蕩的柔情和關切，默默垂眸，同意了。

送走所有人，柯夏留在冰陵蘭平原總督府專注投身在基因污染治理中，這期間也有不少貴族上門拜訪，很快就都灰頭土臉離開。基因污染治理工程開標後，不同的標段分別被不同的企業競標到手，AG公司競到了兩個標段。阿納托利也平安回到了國內，傳來了一切平安的訊息。

各方利益微妙地保持了平衡，在背後達成了利益上的更迭。柯夏又督辦了具體基因治理補貼的下發情況後，眼看著治理工作告一段落，便把這段時間污染治理各類情況和成效讓人細細寫了個報告送逐日城柯樺皇帝陛下那裡，才回到月曜城。才踏入玫瑰園，還無暇他顧，莎拉夫人就上門拜訪了。

柯夏命人請她進來，自己起身迎接，親自替她倒茶：「之前奉皇命去格蘭平原治理基因污染，剛剛回來，剛說要再去探望夫人，沒想到您卻親自前來，有什麼事請儘管交代。」

莎拉夫人今天穿了一身灰紫色的長裙，裙擺繡著珍珠，整個人看著十分高貴又纖細柔弱，她坐了下來，手放在膝蓋上，優雅大方，微微一笑：「親王殿下日理萬機，其實不就是在等著我自己上門？」

柯夏垂下睫毛，替她茶裡倒了一小勺糖粉：「夫人的話我不太明白。」

「白鳥機甲的製造雖然機密，但這麼多機甲從聯盟訂製、運送進來，保養、養護修理，都不可能無跡可尋，親王殿下在聯盟又曾身居高位，相信早就已經查到，這批機甲的幕後主人是我了。」

「你以治理地下城為名，輕而易舉地將白鳥會逼上了地面，抓了蕾拉她們，對外只說要送進城候審，其實只是關著，然後又把白鳥會的原副會長找了回來，讓她重新改組白鳥會，不得不說，你的政治素養，真的比你父親母親要強太多了。」

莎拉夫人看著柯夏英俊的臉龐，微微出神：「你比你父親強太多了。我雖然反對女子結婚，但不得不承認，如果婚姻的後果之一是擁有你這樣強有力的繼承人的話，那還是很有吸引力的。」

柯夏只是做著一個耐心的傾聽者的角色：「大人的觀念很特別。」

莎拉夫人垂下睫毛，十分悲哀道：「我強烈反對你母親嫁人，但她還是嫁了皇室，然後毀了。」

柯夏淡淡道：「她沒後悔。夫人今天的來意究竟是希望我做什麼呢？恕我直言，說起父親母親的往事，並不會影響我接下來的判斷，您應該知道我的風格——無論和白薔薇王府相似的玫瑰園，還是您和母親過於相似的儀態、談吐、打扮，都並不能改變我在某些事情上的原則。」

莎拉夫人眼睛裡帶著錯愕和委屈：「只是希望你能放了蕾拉她們，畢竟主使者是我，她們不過是我手裡的刀罷了。你可以拘捕我，押上逐日城……」

柯夏將茶几上盛著美麗櫻桃的果盤推過去給莎拉夫人：「夫人知道，一百台白鳥機甲，訂制、保養、修理、養護以及新能源的供應，需要多少錢嗎？」

莎拉夫人一怔，柯夏淡淡道：「夫人大概對機甲不太瞭解，對新能源更不瞭解，以您一個孀居夫人的經濟實力，不僅買不起，也養不起。」

莎拉夫人臉上現出了一絲狼狽之色：「不錯，我有人資助。」

柯夏微微一笑，莎拉夫人有一種被眼前這個過分俊美的親王看透的感覺，她有些不自覺地抓緊她粉紫色手袋上一粒粒圓潤的珍珠：「資助者並不知道我拿這些錢來做什麼。」

柯夏道：「夫人是知道我是不會拘捕您這樣高貴慈愛的長輩的——畢竟，我才回到帝國，您是先母的朋友，我怎可擅自拘捕？」

莎拉夫人美麗的眼睛裡噙了淚水：「我願意配合你，重整白鳥會……蕾拉她們其實都是被我騙的，我可以好好和她說道理，只希望你給她們這些可憐女子一個機會，你可能不知道她身後有什麼悲哀的故事……她受過太嚴重的傷害，以至於仇恨男性，我利用了她這一點，一直心懷愧疚……」

柯夏卻道：「夫人的背後，其實是教會吧。」

莎拉夫人愕然抬頭，淚水滾落下來，顫聲道：「教會一直在通緝我們白鳥會……」

柯夏笑了下：「教會的力量，何至於收拾一個小小的白鳥會都收拾不了？為何在教會通緝的情況下，白鳥會仍然在民間擁有如此良好的聲譽？教會想要摧毀一個組織，實在太簡單不過了。通緝和追捕，都不過是掩飾，一個小小的白鳥會，究竟是誰煞費苦心，為她們量身訂製了如此合適女子使用又極大增加了速度力量的機甲呢？又是誰能擁有如此大手筆的訂製機甲養護機甲呢？有這個財力的人或者組織，屈指可數。」

柯夏舉起茶杯，淺淺啜飲了一口，陽光裡他淺金色長髮和雪白的肌膚宛如一副完美的貴族油畫：「有人想要控制白鳥會去做一些教會不方便做的事情，等『巫女』們做下不可收拾的事以後，教會就會正大光明出手，除掉她們。」

莎拉夫人臉色蒼白：「你這猜測太惡意了，教會一直在通緝我們……」

柯夏搖了搖頭，若有所思：「幾個小小的白鳥會女子，並沒有什麼大用，其實捉也就捉了，按照帝國法律她們其實也沒做什麼罪該萬死的事，頂多也就是貶為奴隸，以教會的能力或者以夫人的能力，再解救回去很簡單，完全沒必要非要一而再再而三的——先是教會直接上門來要人，被我拒絕後接著又是您親自來要人——她們很重要嗎？未必，無論是智謀還是武力，都和菜雞差不多，恐怕是因為，她們知道什麼很重要的事情？」

莎拉夫人已經霍然站了起來，嘴唇微微顫抖著：「我不知道你為什麼如此一意孤行，非要將我們這小小的女子自助會往教會身上靠，你想要藉此來攻擊教會？我絕不答應你——太可怕了，你沒有繼承到南特的善良和包容，只會惡意攻擊人，甚至和那些卑污的政客一樣想要借我們來攻擊對付教會，往我們身上潑污水，我絕不同意！」

她憤怒地轉過身，拿著手袋衝了出去，柯夏看著她纖細的背影在玫瑰花園後一閃而過，沉吟了一會兒，皺起眉頭，找花間酒道：「鈞呢？」

花間酒道：「在鐵甲老爹那邊啊，他完全著迷在機甲裡了，每天都在摸索那台機甲。」

柯夏想了下笑了：「該把天寶給他玩玩的，可惜這邊不安全，我得隨身帶著機甲鈕，等到了逐日城，找機會讓他好好再看看天寶。」

花間酒道：「還好總督府那邊沒發生什麼事，看您專門把鈞遣過來，護衛隊全體緊張戒嚴了很久，一定是您威名赫赫，他們最後還是不下手。」

柯夏笑：「應該是利益團體自己找到了分配方式，估計柯葉也在裡頭施壓了。不過現在看來，帝國這潭水真的太深了，魚龍混雜，後頭怕是還有很多凶險等著我們。」他眸色轉深：「我無所謂，就擔心鈞。」

他側頭想了一會：「蕾拉她們呢？」

花間酒道：「早就按你的要求祕密提前送回逐日城了，前些日子這裡的監獄出了點小問題，推測是白鳥會的餘孽想要劫獄。」

「玫瑰呢？」

花間酒一怔：「就是在家帶孩子吧？不過聽說白鳥會原來的人找上了她，因為您已經讓人重組白鳥會，她這些日子時不時也會在家裡開會，不過我們都有人保護著。」

柯夏搖了搖頭：「去把鈞接回來，我們儘快回逐日城吧，這裡不是久留之地，我現在甚至懷疑一件事……」

花間酒道：「不去繁星城玩了？之前的行程安排還有繁星城的——什麼事？」

柯夏又想了一會兒，搖了搖頭：「不確定，我需要更多的證據，我們儘快回首都。」

他站起來，眉目瞬間輕鬆起來：「我親自去接鈞。」

只要和鈞在一起，其他事都是無可畏懼的小事。

Chapter 236　孩子的父親

「所以你是真的願意留在那個親王身邊吧？」玫瑰抱著睡著了的菲婭娜，在一旁看著邵鈞組裝機甲。

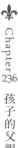

這些天邵鈞把柯夏給他送來的整台機甲都拆開來了，現在正在試著組裝，他轉頭看了眼玫瑰，眼神清亮，笑了下，玫瑰看他這樣子嘆了口氣：「如果你說不，我們一定支持你。」又有點發愁：「你的嗓子到底是什麼情況，也沒看那個親王繼續請醫生幫你看看，要不要多換幾家醫院看看？」

邵鈞轉頭搖了搖頭，玫瑰道：「茉莉這次去玩回來，簡直是瘋了一樣的拚命讀書，說要爭取去聯盟留學的機會，親王同意替她寫推薦信。但是親王這樣子，我更不放心了，他真的不像個溫柔多情的人，整個人都有一種拒人千里之外的冰冷，哪怕他對我們好像都挺和氣的，我還是感覺到那種距離感。」

邵鈞將一個螺絲套上去，玫瑰低聲道：「你當時要離開他，肯定是發生什麼事吧？親王說是誤會，但是皇族的人……」她滿是憂慮，卻也知道她們早已經被柯夏用一張優渥生活以及光明前途的網給網住了，沒有人能夠抵禦這樣的誘惑，更何況邵鈞看上去似乎也並不排斥。

玫瑰道：「白鳥會以前的一些姊妹們找來了，都要求推舉我為新的會長，親王也替我們保證，現在順利在協會進行了登記，我們有了合法身分了。茉莉接到了音樂學院的通知書，老爹半輩子終於有了屬於自己的店和機甲修理廠。他越是考慮細緻，我就越害怕。」

「他付出這麼多代價，只為讓你離不開他，待在他身邊一定很辛苦。」

「我後來在星網上查了這位聲名赫赫的前聯盟元帥，現掌軍親王的生平履歷，我更怕了。鈞啊，他在聯盟戰功赫赫，而且一個黑戶，在重病的情況下仍然考了軍校機甲系，在被打壓的情況下他仍然一步一步地走上了元帥之位。本來當元帥當得好好的，卻被人揭露了他帝國流亡皇室的身分。本來這樣的情況，哪怕他不好再繼續做元帥，在聯盟也絕對不會混不下去。但是他居然乾脆俐落卸任回來帝國了！你知道帝國前任皇帝，就是我們現在皇帝的父親，是殺了他全家的罪魁禍首嗎？全世界都知道！可是他還是回來了？你相信他會是願意輔佐滅門仇人人嗎？」

「你既會機甲，又聰明，一定是他非常重要的人，他千方百計留下你，是因為他非常需要你的襄助吧？無論是聯盟還是帝國，他一定政敵無數，更何況他還回來了帝國，帝國之前的掌軍親王，是柯葉親王！掌軍數十年！」

「這位柯夏親王還絲毫不收斂地清理地下城，治理污染，每一件事情都極為高調。他心機深沉，又步步為謀，聰明絕頂，一般人和他一起只能被他玩弄於股掌之中，他再如何彬彬有禮，也藏不住他那種柯氏皇族特有的超高精神力所帶來的敏銳專注和偏執冷漠，我毫不奇怪如果誰得罪了他，迎接的結局一定是毀滅。」

「你知道嗎小黑？高精神力者很難同理普通人。如果你覺得一個高精神力者對你非常好讓你很愉悅，那是他以他的高智商在取悅你，但是一旦他厭惡你了，就會變得非常冷漠無情，前後反差非常大，所以普通人都不願意接近高精神力者……」

「小黑，你真的一定要想清楚，在這樣的人身邊太危險了，你一定會被他連累的，不如還是留在月曜城吧？」

邵鈞緊緊抿著唇，一根一根地理線，玫瑰憂慮重重：「雖然我不知道如今的陛下是怎麼想的，但一定也逃不開皇室傾軋，有一種說法是柯樺陛下太過年輕，沒有經驗，因此需要他來制衡兩位皇子。大部分人都認為陛下過於大膽了，沒有人會相信他毫無怨懟地回來，他一定有所圖謀。你知道他家裡人死得多慘嗎？他母親被殺的時候還懷著孕，他還有個妹妹也死了，他心裡的恨，一旦爆發出來，那一定是血流成河……」

邵鈞心裡想著，我當然知道啊，我還知道他回來做什麼，他回來是為了那些失蹤的蟲族基地，他明明經歷過那麼多，但是他還是保持著一顆那麼正義純潔的心靈，他為了正義，為了自由而來，明明知道自己將要面對的是什麼。

他發現玫瑰不知何時忽然不說話了，轉頭一看，看到玫瑰滿臉尷尬抱著孩子站在一側，柯夏不知何時已靜靜站在了門口，神色複雜，看到他的時候還是給了他一個燦爛笑容：「我辦完事了，過來接你回去。」

邵鈞手上滿是烏黑機油，張著手站起來看向他，又有些擔心地看了看玫瑰，柯夏已經彬彬有禮笑道：「正有些事，想要請教玫瑰小姐。」

玫瑰已經尷尬到爆了，微微欠身：「親王請坐下說話。」

柯夏也伸手道：「玫瑰小姐也請坐。」他猶如紳士一般拉開單人沙發，請玫瑰坐下後，自己才坐在了機修房內簡陋的沙發上，伸直雙腿，看向邵鈞，邵鈞卻將髒的雙手向他亮了下，示意自己去洗手，然後轉到了後頭去清洗雙手。

轉回來正聽到柯夏問玫瑰：「經過一段時間的調查，我們猜測，白鳥會身後想要操縱白鳥會的勢力很可能是教會，他們想要利用你們，做一些不可告人的事。」

玫瑰一怔，已經完全忘記了剛才的窘迫，她想了一會兒臉色蒼白道：「不錯，那一次我們無緣無故和教會衝突，我就感覺非常奇怪，太過突兀，機甲的出現更是激化了矛盾，更吃驚的是，在教會的通緝下，我們竟然也還能支撐住……如果只是個遮人耳目的通緝令的話，那就說得過去了……」

柯夏搖了搖頭：「不，並不僅僅是掩人耳目，一百架白鳥機甲，那是非常可怕的數目，經過訓練裝備了這種輕型機甲的女子，已經可以做很多事了，比如在激化矛盾後，圍攻某位大人物，圍剿以後，再次通緝取締白鳥會。」

玫瑰臉色煞白：「教會究竟想做什麼？我們只是一個普通的戰後女子互助會。」

柯夏道：「當妳們的人越來越多，組織越來越龐大的時候，就不普通了，在很多人眼裡就是一個可以利用的力量。只需要稍加引導和操縱，我能有一百種辦法來讓白鳥會在我的控制下。」他毫不在意地顯示著自己的冷漠。

玫瑰有些不安，柯夏繼續道：「教會透過不同管道想要從我手裡帶走蕾拉，我認為他們是擔心蕾拉受到審訊後吐露出什麼非常重要的祕密，那麼，蕾拉會知道什麼重要的事情呢？」

玫瑰茫然抬頭：「我不知道……會不會是她見過幕後主使？」

柯夏搖了搖頭：「不，你再仔細想想，她的性情或者言論，有什麼明顯變化或者可疑的地方。」

玫瑰道：「我不知道，她因為被男人玩弄拋棄過，因此一直極度仇恨男性，在我懷孕以後，她多次製造輿論，在外揚言說我是被強姦的，後來我想要留下孩子，她又一直和會裡的人說我受到了強姦犯貴族的矇騙，我不知道她為什麼要這樣說……事實上孩子的父親我也只是一面之緣，我見過他替酒吧裡的女子解圍，覺得他算是個紳士。我那一次分明是被算計的……」

柯夏臉色一整：「仔細說說。」

玫瑰臉上浮起了一絲羞赧，卻也知道這應該很重要，仔細回憶：「孩子的父親。」她看了一眼柯夏道：「和親王閣下一樣，有著一頭很漂亮的金髮和淺藍色眼睛，很年輕，大概是第一次來酒吧，身邊有下屬陪同，有位女子不小心將酒潑在隔壁客人的衣服上，隔壁客人拉著她要陪，那位先生替那小姑娘出了錢，對方開了天價，但他面不改色地出了，我當時就覺得他應該是好人家的人，大概是第一次來，就贈了他一杯我自己調的酒，和他稍微說了幾句話，僅此而已。」

柯夏追問：「你們聊了什麼？」

玫瑰臉上有些尷尬：「都是一些傻話，就說了些目前民間存在的一些問題，奴隸制度的不足，還有女子地位的低下——這位先生出身良好，受過極好的教育，他對國家政事很熟悉，說得很到點上，我就忍不住和他說了些閒話，他知道我還參軍駕駛過機甲，非常驚嘆，和我還聊了下機甲，他應該也懂得駕駛機甲……」

「後來他很快就走了，第二次見他，就已經是在……酒館裡的房間內了，他應該是中了催情的藥，神智不太清醒，只會抱著我……我清醒過來的時候……他還昏迷著，我當時就想到應該是有人在算計我，他是被連累的，我就連忙將他送了出去，直接報了警，然後藏在暗處看著員警過來把昏迷的他帶走後，才回了房間。」

「我事後立刻吃了應急避孕藥，但是失效了，一個月後我發現懷孕了。應急避孕藥是我們會裡的常備藥，用於救助意外被玷汙的女性，應該是有人偷偷換掉了。然後我一懷孕，消息就已經傳遍了會裡，所有姊妹們都知道我被強姦了，我那時候就已經感覺到了不對，然後很快連老爹都知道了……我疲於應付姊妹們和父親的質問，也沒有能力去查究竟是誰害了我……」

「然後會裡的姊妹接二連三地出事，流言蜚語開始指向我為了討好孩子的父親，想要嫁給貴族，出賣會裡的姊妹以換取權貴，她們想要審判我，有姊妹向我通風報信，說她們似乎打算要關押我，所以我連忙在要好的姊妹們的幫助下連夜跑了……後來就遇見了小黑……」

玫瑰懷裡的菲婭娜忽然醒了過來，大概是看到了一旁的生人，她忽然哇的一聲大哭起來，一雙藍寶石一般的晶瑩雙眼被淚水洗得越發璀璨。

玫瑰連忙抱著她輕哄，邵鈞也從一側的恒溫保鮮盒內拿出了奶瓶來遞給玫瑰，玫瑰接過奶瓶將奶嘴塞入菲婭娜嘴裡，菲婭娜連忙大口吮吸著奶液，專心致志縮在玫瑰懷抱裡。

柯夏若有所思：「這孩子的精神力是不是很敏感？」

玫瑰道：「是，有生人在就會很煩躁，如果生人心懷惡意的，她更是哭鬧不休——醫生說應該是個高精神力的孩子，如果孕期就能夠使用精神力藥劑的話，應該會更優秀，都說有些可惜了這樣的資質。」

柯夏側了側頭，金色捲髮落下來，他忽然笑了下：「你聽說過一個傳聞嗎？我們的陛下，仁慈聖潔，像是天使降落在人間，悲憫無限，能夠識人善惡。在他年幼之時，柯冀陛下就因為他的突然哭鬧，而識破了一個心懷叵測的刺客陰謀，從此柯冀陛下就十分喜愛柯樺皇子，最後臨終前甚至將皇位傳給了柯樺皇子。」

玫瑰茫然抬起眼：「聽說過，蟲族戰爭期間，陛下那時候還是教會的大祭司，許多人千里迢迢去參加教會的贖罪典禮，只求能向他告解，得到他的賜福。但是我一直覺得這是皇室的宣傳……難道這居然是真的？」

柯夏笑道：「陛下的精神力確實是十分特別，對他心懷惡意的人，他能夠感覺出來，然後遠離，這種莫名其妙的直覺讓他逢凶化吉，自然而然地遠離對他不利的人，選用對他忠誠的大臣。而在他想來，我對他也沒有惡意，因此他千里迢迢將我召回，以抵擋兩位充滿惡意的兩位親生兄長，這是他如此信任我的原因，並不是毫無緣由，而是他的精神力感知到了我對他沒有惡意和仇恨。」

玫瑰不知道柯夏為什麼說起這些，只以為是解釋她之前對邵鈞說的那些質疑，臉上燒得通紅，附和道：「原來是這樣嗎？剛才是我的不對……善做揣測了……」

柯夏搖了搖頭：「不，玫瑰小姐，妳沒有明白我的意思。」

「一位精神力非常敏銳到辨別出善惡的男子，任何別有用心的女子想要靠近他謀取一夕之歡都會非常困難，妳也知道，任何的催情藥，都只是助興罷了。當一個不懷好意的女子接近這位男子，哪怕他誤吃下催情藥，神志昏迷，也絕對不會和對方歡好，你要知道高精神力者，往往對自己身體的控制也是很精準的。尤其是我們這位陛下信教，對於守貞非常看重，在神前發誓要將自己身心的忠貞都將交給自己未來的妻子，將來的皇后。」

玫瑰已經臉色漸漸煞白，柯夏卻繼續道：「我們這位陛下還志向遠大，他希望國家拜託君主獨裁的現有制度，並且要剝離教會對政體的影響，此外他還希望改革政體，實施君主立憲制。政事繁忙，他又還年輕，根本無意於男女之情，因此皇后之位一直空缺，皇室長老會一直在替他物色皇后人選。」

「教宗是我們陛下在教會裡的教父，他一定非常瞭解他的學生在想什麼，然而暴君剛剛去世，他的大臣還把控著朝政，教會暫時無法透過陛下來影響朝政。這本來是千載難逢的機會，新君竟然是教宗的教子，曾經任過大祭司，教會本來可以發揚光大，偏偏我們這位陛下志向遠大，並沒有打算讓教會影響朝政的打算——甚至還從聯盟召回了一貫作風強硬還很擅長打仗的堂兄回來掌軍，不得不說我的戰功還是很嚇人的。」

「原本一心一意同情愛護這位純善仁慈皇子的教宗開始不滿，而這種不滿應該很快就被敏銳的陛下感覺到了，開始疏遠教會，當然教會對他有恩，他也的確是真摯地感謝天父聖靈的，所以人們仍然看到的是，皇帝陛下對教宗仍然十分尊重，依舊十分虔誠地篤信教義。」

「如果你是教宗，想要發揚光大教會，滿足他隨著教子登基而不斷擴大的政治野心，應該如何做？想辦法讓皇帝生下年幼的繼承人，然後借刀殺人，等陛下駕崩後，他以陛下遺囑來扶持年幼的繼承人，借機干涉政事，世人只以為是理所當然。」

「扶持一個仇恨男性的白鳥會，為她們裝備武器，製造機會讓白鳥會的女子與皇帝發生衝突，重傷或者殺害皇帝，然後扶持年幼的繼承人繼位……朝中應該還有他們的支持者，教會的實力一直不容小覷。而我，理論上應該也會保護這位小繼承人，不保護也沒關係，他們有繼承人在手，我在帝國沒有根底，所依靠的不過是皇帝陛下的信任和榮寵，和柯葉柯楓一樣，都並不算難對付。」

「然而陛下太過虔誠純潔，又太過敏銳，他們找不到機會。這個時候，身為白鳥會副會長的女人，在巧合之下與他相遇，還相談甚歡，因為妳對陛下毫無惡意，他對妳也很有興趣，兩人相談甚歡，陛下不排斥妳——這就足夠了。」

「再完美不過的一個陷阱，連我都要讚嘆了。白鳥會的副會長被這位罪大惡極的貴族強姦威脅，生下女兒——毫無疑問妳應該會死於難產，妳的父親、妳的妹妹一定會為了妳憤怒地想要尋找這個強姦犯。然後呢？必然會有人引導著他們，以及妳白鳥會的姊妹們，裝備著白鳥機甲，最後找到了陛下，衝突完美產生。」

「結局如何不重要，陛下應該是重傷之下被教會解救，將小公主託付給了自己的教父……這是原本的劇本，可惜妳逃了，所以她們才在明明我已經清查地下城的關鍵時刻，還要緊追不捨不惜冒險動用機甲把妳抓回來。」

玫瑰臉色雪白，身體微微發抖，卻不由自主緊緊抱著懷裡的菲婭娜，柯夏轉頭看到邵鈞專注傾聽的眼神，原本銳利的神色一柔，不由笑了：「幸好妳遇見了鈞，他才是救世的天使。」

柯夏站了起來，按了下通訊器：「皇室外貌屬國家祕密，未經許可不能拍照不能傳播不能攝錄，任何媒體不得刊登。因此我們陛下的相貌，雖然不少教會的子民遠遠見過，卻也未必記得清楚，妳不信教的話，大概從來沒有見過，加上他微服私訪，應該做了適當的外貌遮掩。」

一個俊美的年輕男子立體影像出現在了空中，淺金色的長髮猶如陽光流淌到肩膀上，淡藍色的眼睛純潔無辜，他微微笑著，彷彿天使降臨人間。

柯夏轉頭看向玫瑰，玫瑰捂住了自己的嘴，震驚的眼睛已經說明了一切。

開始只是一個朦朦朧朧的猜測，如今卻得到了證實，柯夏問玫瑰：「你如何打算？」

玫瑰臉色蒼白：「我不知道，但孩子是我一個人的，我可以獨立撫養。」

柯夏問：「事後陛下回來找過妳嗎？」

玫瑰搖了搖頭。

他們同時都感覺到了詭異——無論是高高在上的皇帝陛下是如何出現在一個底層平民的酒吧中，又是如何中了算計臨幸了一位平民女子，理論上他不應該一無所知，但為何直到孩子出世，他都彷若不覺，置之不顧，讓母女暴露在生命危險中？

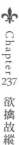

整件事情邏輯完全不通，充滿了魔幻和荒謬的色彩，玫瑰不由自主看向懷中的女嬰，仍然感覺到了荒誕——這居然是現任皇帝陛下的唯一子嗣，皇家的小公主？

柯夏道：「蕾拉不一定知道那個男子是什麼身分，但是她一定參與了計謀的實施，皇帝不會無緣無故到底層平民去的酒吧，教會必然也有人參與，這個人必定就在皇帝身邊，但很可能也是被矇騙的，只要心懷歹意，皇帝根據直覺立刻就會拒絕——我會讓人在逐日城審問蕾拉，我們即日就回首都。妳的意思呢？」

玫瑰低聲道：「請容我考慮一下。」

柯夏點了點頭：「可以，我們明天就會返回逐日城，希望妳儘快做決定，實際上我建議妳最好還是和我們一起去首都，否則我離開以後，恐怕無人保護你們的安全。至於下一步如何打算，恐怕還得看陛下的意思。今晚我會加重你們這裡的防護，建議妳不要再見白鳥會的人了，情況變得複雜了，現在想來妳和菲婭娜早已處於危險之下。」

玫瑰轉頭看了眼鈞，心裡暗自後怕，大概從他們在落錘鎮開始，他們早就已經進入了親王的保護或者說監視範圍，幸好因為鈞一起回來，親王加派了人手，每當有陌生人進出，親王立刻就有護衛盤查、把守，否則這幾天白鳥會的人進進出出地找她商量白鳥會重組的事，很可能早就得手。

她不知道邵鈞的身手太過於驚人，這幾天除了明面上的護衛，還加派了不少攜帶著高級探測器的暗哨，這也是因為邵鈞一直窩在屋裡和老爹研究機甲，沒有出過門，但是有心人卻發現了這層異常嚴密的防護，才會出現莎拉夫人直接造訪柯夏的舉動——既是試探，也是懷疑，他們不知道這樣的防護的對象並不是玫瑰和菲婭娜，只是對親王這樣異常重視感覺到了警惕和憂慮。

從機甲修理店回玫瑰園的路程上柯夏一反常態的沉默，邵鈞知道他聽到了不少玫瑰說的話，心裡也略微有些尷尬，自己拿出了電子書看，他下載了許多有用的書，一有空就手不釋卷，猶如一塊海綿飛快地學習著所有自己不知道的東西。

柯夏坐在對面叫了花間酒進來：「你核對一下去年七月分，陛下有沒有到過月曜城，什麼人陪同的，教會那邊又是什麼人接待的。」

花間酒應了，柯夏又問：「皇宮那邊有什麼消息？」

花間酒道：「沒有什麼消息，陛下和之前一樣，每天的日程很規律。」

柯夏想了下道：「風先生他們到逐日城了吧？安置好了沒有？」

花間酒連忙報告：「已經都到了，風先生已經自己安排他的事情了，具體沒和我說，羅丹先生和艾斯丁一頭埋進了實驗室裡，我們已經派人專門保護，如今對外打的藉口是凱斯博士惹惱了你，你正在讓他給你做新的複製人。」

柯夏停了下來，似乎真的沒什麼可交代的了，卻又不讓花間酒離開，花間酒站著看一旁的邵鈞認認真真在看書，親王殿下只是蹙眉沉思著，莫名覺得自己站著有點多餘，又感覺今天的親王殿下有些反常，平時他能夠單獨和鈞在一起的時候，總是希望自己趕緊離開的……今天這是怎麼了讓自己在這兒乾耗著。

他試探著問了句：「那我先去安排事情了？」

柯夏才如夢初醒，點了點頭，花間酒連忙出了貴賓艙，往護衛的房間走去，那種壓迫感才鬆了下來。

貴賓間內靜悄悄的。

柯夏終於起來，坐到了邵鈞身邊，伸手將邵鈞的電子書螢幕蓋上，邵鈞抬眼看他。

柯夏摸了下，從兜裡摸出了一塊藍色的寶石，摩挲了一會兒，塞在了邵鈞手裡：「回月曜城後看到的，你走的時候沒有帶上。」

邵鈞將那塊晶瑩璀璨的藍寶石握在手心，感受到上頭的餘溫，柯夏低聲道：「這次如果你還是要離開我，記得帶上。」

邵鈞茫然看向柯夏，柯夏藍眸仍然幽深平靜，卻隱隱如負傷的野獸，強裝著保留一些尊嚴：「玫瑰說得沒錯，我身邊全是危險，會給身邊的人帶來傷害。」

「但是我還是很貪心，希望你能多留在我身邊久一些，其實——等你恢復記憶，你大概還是會離開我。」

邵鈞一怔，柯夏默默垂下睫毛：「你已經離開過一次了，還要羅丹透過天網對我下了暗示，洗去了我對你的記憶。」

邵鈞睜大眼睛看向柯夏，柯夏道：「我知道你一直不願意陪我，以前以為你是真的機器人，所以理所當然地指揮你，消耗你，享受著你的付出，當我知道你是有獨立靈魂時，我才明白了我的自私。」

「陪著我太累了，救助我供養我，為我治病，陪伴我流放，這麼多年，無能的我一直如同枷鎖，鎖著你，你大概早就想要離開我，去過你自由的生活。」

「所有人都知道你一恢復記憶，就會離開我，但是你居然沒有選擇立刻恢復記憶。」

「你不知道我有多欣喜若狂，並且自私而貪婪地希望你再多待在我身旁久一些，我身邊什麼人都沒有了。我站在高位，擁有無數屬下，卻仍然好像什麼都沒有，我以為回到帝國，我就能找到我缺的東西，但是……」

金色的捲髮下俊美無儔的親王低下了頭，沒有繼續說話，憂鬱落寞如同被拋棄的孩子，邵鈞瞬間想到了新聞上看到的白薔薇王府的那一夜，他失去了家和親人，終身尋找。

他握緊了那塊藍寶石，柯夏卻笑了下：「我就是想把你為了我付出過、做過的事情，同樣償還於你，雖然比之你的付出太過微薄，我永遠欠著你，即使你要離開，我心裡也能好受一些。帝國這邊太兇險，我也沒有想到會亂成這樣，還有玫瑰——即使你離開我，也還是不建議和鐵甲老爹一家人住一起，太危險了。我希望你回聯盟去，那裡自由自在，風先生和奧涅金總統會照顧你，你曾經在總統身邊任職過很長一段時間，他對你很欣賞，會把你照顧得很好很安全的。」

他凝視了一會兒邵鈞，惆悵道：「玫瑰沒說錯，無論哪裡，都比在我身邊安全。」

柯夏拉開了飛梭舷窗上的窗簾，外面是星光點點的夜空，他輕聲道：「你知道嗎？在某顆星星上，有你為我建造的一座藍色城堡，它叫亞特蘭提斯，意為海神之城，那裡種滿了白色薔薇。那顆星星現在屬於聯盟統治，我現在在帝國，短期內很難回去了，但是夜裡每當我仰望星空，彷彿就能嗅到薔薇的清香，想到那一顆你送給我的星星而微笑。可能以後有機會，帶你上天網看看吧，那裡已經也是一座天網的主城了，無數人在那裡交易，鈴蘭在那裡舉行過一場盛大的演唱會。」

他轉過頭，眼睛裡濃重得化不開的抑鬱：「你就是讓羅丹利用那一次天網演唱會，把我們對你的記憶全部抹去的。」

他笑得比哭還難看：「這一次你如果還打算離開，請你允許我仍然保留所有你的記憶——我只剩下這個了。」他非常突兀地站了起來，走出門外，彷彿害怕被邵鈞看到他的神情。

邵鈞怔怔坐在座位上，握著那塊藍寶石，有些不知所措。

飛梭很快到了玫瑰園，柯夏送他回了他原來的房間，低聲道：「這花園的主人莎拉夫人，應該是教會的人，理論上她應該不敢亂來，不過我還是派了重兵把守，有什麼事你隨時過來找我。」

他低著頭走了，彷彿自知自己被嫌棄，臉上一點笑容都沒有。

邵鈞關上門，進去洗了澡，回到床上，看到床頭櫃上還有自己看過的書，還有自己替尤里買的那一對寶石，以及自己做侍衛時候的通訊器。

他拿出來刷了下，還能看到話痨尤里密密麻麻發來的訊息：「你們還去繁星城玩吧？去的話幫我再帶一把匕首，要鈦銀的，回來我給你錢。」

「鈞寶寶？他們說你跑了？你帶著通訊器嗎？我轉帳給你！親王那邊我們會說情的！你千萬不要亂跑了！」然後接下來是好幾筆轉帳記錄，大小不一有零有整，顯然是到處湊的錢。

「鈞寶寶你回來沒？他們說找到你了。」

「鈞寶寶你什麼時候回來？我看到一個女學生超級可愛的！你一定會喜歡的！她有一雙好漂亮的紅色眼睛哦！」

「你什麼時候回來啊，還去繁星城嗎？記得替我帶匕首啊。」

「哎，沒良心的，我聽說親王帶你去皇后山玩了！你到底還記得不記得誰是你最好的朋友啊！誰教你說話誰教你生活常識誰教訓練誰教你用星網學習的啊！是我尤里！不許忘了我啊！我在首都好無聊！等你回來，別忘了給我帶皇后山的特產啊！」

邵鈞忍不住微微笑了，這些生機勃勃的話讓他瞬間回到了之前那無憂無慮一心依賴柯夏的日子。

其實柯夏待自己還真的挺好的，那時候他沒認出自己，只是覺得自己像，就能夠買下複製人的自己，然後即便自己身上有許多嫌疑和漏洞，他還是很好地照顧了自己，包括這次帶自己去皇后山。

想起那無憂無慮在風裡滑翔的場景，似乎是他唯一放縱的時刻。回來以後又回到了之前那過分客氣小心的氛圍，高高在上的親王，在自己面前，卻似乎有著小心翼翼的謹慎，他這麼好看，只要他願意，無數少女會為他心碎。

他卻向自己卑微地祈求，只是為了保留記憶而已，自己有什麼權力剝奪他人的記憶？

他垂下睫毛，又摸出了那塊藍色寶石，久久凝視著，那個杜因，真的做過抹去記憶那麼殘忍的事嗎？

這是自己會做的事嗎？不知為何，他忽然也覺得自己是會做出那樣事的人。
於是這樣滿天星光的深夜裡，邵鈞滿懷愧疚地失眠了。

邵鈞翻來覆去之時，忽然聽到外面隱隱傳來的豎琴聲，聲音非常美，乾淨純粹，音節徘徊，悱惻柔軟，邵鈞不由坐了起來，擁著被子，側耳傾聽了一會兒，拉開窗簾往外看，就看到了淡淡星光下的花園裡，柯夏坐在長椅上抱著一把豎琴在玫瑰花簇邊輕輕撥著弦。

他穿著雪白的睡袍披著金髮，抱著豎琴的樣子像個天使一樣。琴聲動聽，每一聲都好像撥在他心上。

他不知道親王還會彈琴，他只見過小茉莉彈琴，顯然親王殿下比小茉莉的琴技要高超太多了。

他隔著窗在黑暗的屋內聽著外面柯夏彈琴，心裡默默想著，這首曲子，似乎是一首很悲傷的曲子，不知道是什麼名字，但真好聽。

他忽然想起尤里教過他怎麼搜圖搜音樂，便拿出電子書來按下錄音鍵，悄悄錄下一段曲子，然後在電子書上搜索，很快就搜出了曲名：〈不要不辭而別，我的愛〉。

邵鈞心裡彷彿忽然被人拿著一把細細的針紮了一般，又酸又刺，他是怕自己突然就不辭而別嗎？

的確自己曾經不辭而別過，除了帝國這一次，還有杜因那一次，雖然自己不記得了。

不知何時琴聲已歇，柯夏應該是回房了。

邵鈞輾轉反側，直到黎明才入睡，再醒起來的時候，天已大亮，他換了衣服出去，護衛們告訴他親王要他用了早餐再去書房，鐵甲老爹一家都來了。

邵鈞簡單吃了點才去了書房，看到玫瑰坐在那兒和柯夏說話，眉間輕蹙：「我可以帶著菲婭娜和您去逐日城，看看具體情況。但是我擔心我父親和小茉莉，他們以前曾經也受過我的連累，現在我捲入了這樣的陰謀中，連自己都難保，他們是我的軟肋，我很擔心他們被我牽連，是否能安排到親王殿下的封地裡去受庇護。」

她即使如此說了，仍然眉間愁緒不散，畢竟對手顯然是能夠左右國家政局的大人物，甚至有可能是那高高在上的教宗，她昨晚想了一夜，皇帝如果棄了她們不顧，是否是因為自身難保，甚至有可能在控制之下了？此去前途未卜，她自己可以無所畏懼，但家人呢？孩子呢？如果有人拿著老爹和茉莉來威脅自己的時候，自己應該如何做？

她如今只能依賴柯夏親王的庇護，但人人皆知，這位聯盟回來的親王，在帝國的勢力其實並不雄厚，她並不樂觀，前途未明，一向達觀的她憂慮重重。

柯夏道：「我可以安排他們去聯盟。」

玫瑰吃了一驚：「帝國人偷渡去聯盟無法取得合法身分的……」

柯夏淡淡道：「我有辦法，妳確定了就可以，我來安排，保證有合法的職業和就讀的學校，住處衣食都不必擔憂。」

玫瑰想了一會兒道：「請容我去花廳和父親、妹妹商量一下。」她之前想到最好的方案只是改名換姓到親王的封地裡換取庇護，卻萬萬沒想到親王能夠提出去聯盟這樣的方案來，所以親王殿下在聯盟還是非常有勢力的，這倒是個很不錯的方案，只是畢竟要到聯盟，她還是需要徵求父親和妹妹的意見。

柯夏起身非常紳士地送玫瑰出去，若有所思，轉頭想找邵鈞，卻看到剛才還在窗邊聽他們說話的邵鈞又不見了，無奈地笑了下。

邵鈞只是有些害怕和柯夏單獨相處，他下意識覺得從前的自己對不起柯夏，也實在有些受不了柯夏對他無微不至到近乎卑微的溫柔體貼，親王殿下應該是高高在上凜然不可侵犯的，他有冷傲的資本，無論是容貌還是才華，他應該是恣意妄為受到所有人寵愛包容的，而不是如此低姿態討好自己這樣一個平凡的……

邵鈞只覺得心情很複雜，穿過花園，看到小茉莉抱著菲婭娜在花園裡看花，茉莉抬頭看到他燦爛招手道：「小黑！」

邵鈞走過去，茉莉抱著菲婭娜的小手向他招手：「小黑叔叔呀！你好呀！」

邵鈞忍不住對著菲婭娜花瓣一樣的無辜臉蛋笑了，茉莉將菲婭娜遞給他：「來你抱抱，你可是救了她的大恩人呢！」

邵鈞小心翼翼接了過來，緊張觀察菲婭娜會不會哭，結果菲婭娜睜著一雙晶瑩眼睛懵懂看著他，啊啊了幾聲，居然顯得十分放鬆喜愛。

茉莉哈哈大笑：「她喜歡你！」

這時茉莉手上的通訊器響了下，茉莉接通笑盈盈：「玫瑰？我帶著菲婭娜和小黑在花園裡晒太陽啊？妳在花廳了？看得到我們吧？」她轉頭向一側花廳落地大窗那兒招了招手。

玫瑰道：「你先過來這邊一會兒，我們商量些事情，很快。」

茉莉道：「好的。」她看了下邵鈞懷裡的菲婭娜：「你先抱著菲婭娜在這兒晒晒太陽吧，醫生說要多晒太陽，姊姊應該有點事商量一會兒就好，我很快回來。」

邵鈞點了點頭，茉莉輕快地跑回花廳去。

邵鈞鄭重抱著軟綿綿的小嬰兒，小嬰兒卻絲毫沒感覺到大人的緊張情緒，只是啊啊揮著手，邵鈞頗覺新奇，便走過去靠著玫瑰花叢，果然菲婭娜伸手努力揮著小手想拍到玫瑰花瓣，一雙眼睛充滿了好奇。

邵鈞正看著好笑，卻見一個護衛匆匆走了過來遞給他一個奶瓶：「鈞寶寶，茉莉小姐讓我拿給你的。」

邵鈞便接過了那奶瓶，卻見菲婭娜哇的一聲哭了起來，邵鈞不知所措，將奶嘴湊過她嘴邊，菲婭娜卻緊閉雙唇轉過頭去一副拒絕姿態，護衛笑了下道：「鈞寶寶你這技術不行啊，我去和玫瑰小姐說。」他快步往花廳走去了。

邵鈞一手抱著哇哇大哭的菲婭娜一手拿著奶瓶正束手無措，卻聽到一聲輕笑，他轉頭看到柯夏站在一簇玫瑰花旁笑著：「你並不擅長做奶爸啊？」

邵鈞不好意思笑了下，柯夏走過來接過他手裡的奶瓶：「還是讓我看看小公主吧……」話說到一半他忽然臉色一變，將手裡的奶瓶使勁扔了出去，轉頭卻一手抱住了邵鈞臥倒在地！

轟！

奶瓶在半空就爆炸了，爆炸聲響起，塵土飛揚，玫瑰花瓣四處飄散。

警報聲尖銳拉起，無數的護衛從暗處衝了出來，衝向親王殿下和發生爆炸的地方。

確定沒有餘爆後，柯夏才從地上起來，臉色蒼白緊張地檢查邵鈞身上：「你沒事吧？」

邵鈞抱著還在哇哇大哭的菲婭娜從地上起來，茫然地搖了搖頭，卻指了指柯夏手臂上的擦傷，柯夏搖了搖頭：「只是擦傷，治療儀就好。」

他抬頭看到花間酒已經臉色鐵青帶著人衝了過來，柯夏神色嚴峻：「奶瓶重量不對，看這爆炸範圍和聲音，應該是很小型的手雷，殺傷力有限，應該是臨時組裝的，否則帶不進園子裡。」

玫瑰已經在其他人護衛下過來，接過了還在哭的菲婭娜，臉色惶恐，茉莉吃驚道：「菲婭娜剛剛吃飽，我沒有帶著奶瓶啊，小黑哪裡拿到奶瓶的？」

邵鈞茫然轉頭找著那個護衛，他叫自己鈞寶寶，又穿著護衛服，態度熟稔，也眼熟，的確應該是護衛隊裡的……好像，叫卡樂？

柯夏道：「我過來的時候遠遠看到有個眼熟的護衛拿給鈞。」他拍了拍邵鈞的手背表示安慰，轉頭對花間酒道：「是護衛隊裡有人被收買了，立刻清查，他跑不遠，把他找出來，我會讓他後悔的。」

柯夏也在後怕，他有些恨自己過於輕忽大意，明明知道莎拉夫人有問題，為什麼還如此大意住在這裡？雖然只是小型手雷，主要針對的應該還是嬰兒，但邵鈞如此近距離拿著那手雷，一旦傷到要害——說到底還是自己太傲慢輕敵了！

帝國不是聯盟！他也不是過去那個可以掌控全域的聯盟元帥了！

柯夏轉頭目光森冷：「準備飛船，即刻啟程回逐日城。」

一番折騰過後，他們登上了飛船。花間酒也已經飛快抓住了卡樂，審問完畢，回來回覆：「奶瓶底部裝了微型手雷晶片，奶液裡頭還放了毒藥，卡樂是我們聯盟帶來的人，家人全都在聯盟，原本是很可靠的，結果這幾天他在月曜城認識了個姑娘——並且發生了關係，被那姑娘迷住了。那姑娘和他說只要做了這件事平安回去，就有貴人許給他公爵爵位，有封地有奴隸，子子孫孫享用。」

柯夏漠然：「他不知道被抓住會有什麼後果嗎？」

花間酒苦笑：「我的錯，護衛隊全是我們從聯盟帶來的人，我一直以為很可靠……沒想到時間會改變一切……他說這些天看著帝國貴族的生活是他從來沒有想像到的奢靡和風光，親王殿下威風無限，揮金如土，要什麼有什麼，送的珠寶就是他幾年的薪水，他卻天天做個護衛日夜的值班。」

「我們衛隊紀律還特別嚴厲，其他親王府的侍衛那是在外面都作威作福為所欲為的，我們明明已經來了帝國，卻還按聯盟的那一套來。憑什麼，本來跟著親王來到帝國，不就是為了博取人生的成就嗎，難得有這麼一次機會，可以成為公爵，擁有封地和無數的奴隸，成為人上人，子子孫孫都能享受，一旦錯過可能就再也沒有了。而且對方的確給他找了很安穩的退路，玫瑰園裡有暗道，我們找到的時候，他已經離開了月曜城……他不知道，離開帝國到聯盟的時候，風先生就已經囑咐我花了一筆經費，利用體檢的機會在每個護衛隊隊員身上悄悄植入了非常細小的生物追蹤晶片。」

「我以為用不上的，大家都是在聯盟的教育體制下長大……他的父母甚至還在國內，他倒聰明，說按聯盟法律，他一人犯罪，罪不及家人，這時候他倒知道按聯盟法律了……」

柯夏森冷道：「繼續再排查護衛隊裡的所有人。」

花間酒肅然道：「是。」

柯夏問：「鈞呢？」

花間酒苦笑：「認完人以後就把自己關在房裡，飯都沒吃，大概很自責。」

柯夏道：「是我的問題，莎拉夫人有問題，我發現以後就該撤離玫瑰園，我的責任。」即使發現推測出了菲婭娜的身分，他一心全撲在怎麼挽回鈞上，實在輕敵大意了。

但是誰都想不到他們會對嬰兒下手，教會不是還希望利用這位皇帝的子嗣來動手腳嗎？為什麼會忽然要殺掉菲婭娜？難道逐日城那邊發生了什麼他不知道的事情？

迷霧重重，這一刻他忽然有些後悔，他真的要把邵鈞留在危機重重的自己身邊嗎？要不要借著這一次機會，乾脆把鈞送回聯盟？

這個念頭才浮起，他就感覺到了心裡的痛楚。

花間酒搖頭：「殿下又不是神，從發現小公主身分才一天，誰想到他們就這麼快行動，而且護衛的重點都在玫瑰小姐身上，真沒想到他們會對孩子下手。讓鈞一個人靜一靜吧，他剛才的神情真的很難過。」

柯夏帶了些煩躁：「去祕密逮捕莎拉夫人，我會讓她付出代價的。」

Chapter 239 融合

「你忘了我們來帝國是要執行任務的嗎？你這是叛國你知道嗎？你以為不會連累你的家人？今後你所有家人作為叛國者的家人，永遠無法有好的工作好的學校！」

「呵呵，什麼執行任務？元帥天天紙醉金迷，也叫執行任務？為了找一個丟了的複製寵物大動干戈派了我們多少人手尋找，帶著複製寵物去皇后山玩，現在又莫名其妙帶了幾個漂亮女人回來，也叫執行任務？我憑什麼要為一個複製人寵物站崗？他算什麼？無論在聯盟在帝國，複製人都沒有身分！就因為元帥喜歡，他就一飛沖天了？既然這樣，我為什麼不也搏一把，尋找我自己的前程？做公爵世代榮耀富貴，不好嗎？」

「什麼尋找蟲族基地，為了全人類！夠了！離鄉背井，隱姓埋名，我不是為了為一個複製人站崗才來的！」

邵鈞一個人坐在安靜的飛船房間裡，審訊中卡樂的嘶吼還在耳邊迴盪。

邵鈞轉頭看了下，他在飛船上的房間仍然是極具豪華的主臥配置，他站起來找了一會兒，果然找到了一個天網聯接艙。他研究了一會兒按了下說明，果然出來了三維影像，十分詳細地說明並演示了最新生物天網聯接艙的使用步驟。

邵鈞躺進去接入了天網。

逐日城地下實驗室內，羅丹正站在一具巨大的培養艙內和肩膀上的艾斯丁一起注視著艙內的男體。

羅丹喃喃道：「催生長激素起作用了，已經接近成年體，多麼完美，他將和你從前一模一樣。」

艾斯丁不滿道：「你到底是喜歡我的身體還是喜歡我的靈魂。」

羅丹臉色飛紅含糊著說：「精神體久了，偶爾也會想念被你緊緊擁抱的感覺……」

艾斯丁豎起貓耳瞇起眼睛，剛想要說話，卻忽然眸光轉深：「鈞聯上天網了。」

羅丹轉過頭，艾斯丁道：「我們也上天網，看看發生了什麼事。」

邵鈞站在主城的天網下，四顧好奇地看著周圍川流不息的人，完全像在現實世界裡一樣的虛擬世界，然後忽然感覺到了什麼，抬頭凝視幽藍色的主腦，感覺到一種愉悅，甚至感覺到了那裡在隱隱召喚著自己。

他搖了搖頭，克制住自己那想要上去的感覺，隨手找了個人問：「請問，亞特蘭提斯主城怎麼去？」

那人抬頭看著他挑起眉：「這麼有名的主城不知道？」他指了指中間：「中間傳送門就有，藍色的光圈就是。」

邵鈞恍然轉回登陸點，找到了登陸點附近剛才見過的那幾個不同顏色的光圈，果然找到了個藍色的傳送門。

他穿了過去，然後出現在了一座冰藍色的城堡大廳中，高曠的大廳四面牆都是通透漂亮的藍牆，猶如深海的冰一般，連地板也像是在海水上的薄冰，能看到深處蕩漾的深海。

他走出大廳，眼前一亮，只見明亮柔和的陽光下，整個主城處處都盛開著雪白的薔薇花，一簇一簇清香四溢，遠處海面上傳來動聽流水一樣的豎琴聲，影影綽綽能看到張著白色羽翼的海妖甩著長長的尾巴，在海面上抱著巨大的豎琴，啟喉歌唱：

「若是你不說話，我就含忍著，以你的沉默來填滿我的心。

我要沉靜地等候，像黑夜在星光中無眠，忍耐地低首。
清晨一定會來，黑暗也要消隱，你的聲音將劃破天空從金泉中下注。
那時你的話語，要在我的每一鳥巢中生翼發聲，
你的音樂，要在我林叢繁花中盛開怒放。」

他站在城市中心廣場，看著以主城為圓心一層一層往外擴充的建築物，歌聲也引起了回音，聲波如漣漪一層一層擴大並且互相共振，猶如天籟。

「好聽嗎？這是獻給神的讚歌。當找回你卻發現你失聲後，柯夏上來過，主城海妖的歌聲就變成了這首。這裡是一座非常適合開演唱會的天網主城，對應的現實世界是翡翠之心星球，不知道你還記得沒有，你是亞特蘭提斯這座城的建造者——從某種意義上說，你也是這座主城的神。」

一個年輕好聽的聲音忽然在他身後響起，邵鈞轉頭，看到一個銀灰色長髮、有著銀灰色眼睛的男子，對他微微笑著：「當時這座城只有幾個人，現在已經熙熙攘攘，成為一座繁華而受到歡迎的主城了，很多擅長音樂、繪畫等等天賦的高精神力者喜歡這裡。」

明明應該是第一次見到，他卻十分迅速聯想到了羅丹肩膀上的那只通體銀白色的貓，脫口而出：「艾斯丁？」

艾斯丁一笑，他身旁一閃，羅丹也忽然出現，眼睛含著笑：「鈞？怎麼忽然聯上天網？可以聯絡我們啊。」

邵鈞道：「勞駕你們——我只是忽然想恢復記憶了。」

羅丹道：「不用這麼客氣，不過這得看艾斯丁了。」

艾斯丁盯著他：「你做好準備了？發生了什麼事？」

邵鈞道：「遇到了刺殺，我……」他沒有說下去，只是輕輕搖了下頭：「我不希望我是那個一無是處幫不上忙的人。」

「那個你們口裡強大從容的杜因，才是柯夏需要的吧。」

羅丹抬起頭非常不贊同地搖頭：「嗯？我們不是因為你強大，或者說需要你，才喜歡你接納你的，你不該有這樣的想法。」

艾斯丁笑了下：「嚴格說來，一個人經過漫長歲月累積下來的經驗，學習到的技能技巧，以及面對問題的應變等等，的確是和你的記憶息息相關，但是很多東西是刻在靈魂裡不變的。」

邵鈞側頭想了下：「我只是不喜歡這種處境，我寧願自己是被需要的一方，而不是那個需要人來安排、守護的弱者，這讓我不舒服，我需要主動權——當然，更重要的是，我開始信任你們了。」

艾斯丁忍不住逗他道：「如果那個杜因不是你的話呢？」

邵鈞道：「是我。」那種見到柯夏莫名其妙的熟悉和信任感，還有那種沒來由希望他快樂，希望他自由自在的感覺，證明了他一定非常在乎過這個人。

艾斯丁一笑：「果然還是你，失去了記憶也還是你，堅決直接，從不動搖。」他伸了手過來，按在他的額頭上：「閉上眼睛，不要抗拒我，你必須要真心實意地相信我接受我，精神力向我敞開，否則就會失敗。」

「所以這也是我之前沒有強行還你記憶的原因，你如果不相信我排斥我，潛意識裡仍然懷疑我的話，精神力融合會失敗。」

邵鈞閉上了眼睛：「好的。」

然後他就感覺到了一陣暖流暖洋洋地抱住了他，整個人彷彿浸在了溫水裡。睜不開眼睛的那種舒適後，他忽然精神力上感覺到了一種令人毛骨悚然的入侵感！

一個聲音在他旁邊低喝：「放鬆！你太緊張了！」

「放鬆！」

邵鈞拚命想要放鬆，但過了一會兒那個聲音無奈地笑了：「不行，你……本能的警戒心太強了。你等等，我想起來了，你有一縷精神力在我這裡——我用這個作引子試試看。」

然後他整個人彷彿捲入了漩渦中，一股屬於他的精神力順暢地融入了他的精神海中，然後有什麼東西隨著精神海一起捲了進來，然後迅速將他捲入了一股巨大的海浪中。

他身不由己了許久，然而所有的回憶都回來了，那些一同相伴的過去，一同面對的困難，一起打倒的敵人……太多的記憶排山倒海進入了他的精神海裡。

他暈了過去。

不知何時他重新在天網聯接艙裡醒了過來，坐起來回了一會兒神，打開艙蓋翻身走了出來——仍然有著一種不真實的感覺，雖然記憶回來了，卻彷彿有一種精神力和身體不協調的感覺。

在床頭的床頭櫃通訊器響了下，他拿起來看了下，是羅丹發的訊息：「剛剛恢復記憶精神力會有不穩的情況，儘量靜養。艾斯丁說你的精神力撕裂過，融合得也不太好，建議你起來後多睡一會兒，最好睡上八個小時，經歷一個足夠的快速眼動睡眠和深度睡眠週期，安神養身，儘量不要做激烈動作，不要情緒激動，生氣等等。」

邵鈞轉頭，看到鏡子裡的自己，忽然嚇了一跳——那像是個陌生人，畢竟過去太多年裡，他在鏡子裡見到的是機器人杜因的外貌，他按住眉心，甚至感覺到有些眩暈。

這就是精神力不穩嗎？他走到了鏡子前，帶了些挑剔審視著他的新身體，雖然他天天照鏡子，但此刻有了記憶，他就會下意識的將現在這具複製人的身體和記憶中自己原本的身體對照。

五官乃至身高，都是自己的，但是偏偏卻又完全不像自己，非要說有什麼不同，大概也就是頭髮眉毛更黑了，睫毛長了點，嘴唇等等色素應該沉積的地方都是新生嬰兒的粉色，全身的皮膚也過於白皙光滑了，更可怕的一件事，是幾乎沒有體毛。那一身自己每次執行任務訓練留下的傷痕，手足的老繭，晒成麥色的肌膚，長期曝晒過焦黃粗糙的頭髮，都已經隨著遙遠的記憶消失了。

邵鈞對著鏡子皺起了眉頭，鏡子裡的人也皺起了眉頭，漆黑的眼睛猶如嬰兒，帶了幾分無辜，邵鈞不是非常滿意，他想著以後只能多晒點太陽，多做點鍛煉，讓身體更具男人味。

可憐他這一刻還不知道這具身體作為極品寵物的複製人，早已自動套用所有外貌最優的基因，比如怎麼都晒不黑的皮膚，少女一般的櫻唇，天生濃密的頭髮和睫毛，過於敏感的身體感覺……以換取主人的寵愛，所以他再怎麼努力晒太陽，大概迎接的只會是一個極為容易晒傷肌膚的事實。

他又感覺到了一陣眩暈，於是他回到了床上，拉起被子閉上眼睛，按照羅丹的囑咐閉眼睡覺。

柯夏又處理過一輪公事，直到深夜，他都換了睡袍，看飛船管家上顯示邵鈞還是沒有出過門，也沒有往餐廳點過餐，沒讓人送過餐，終於有些擔心了。

他過去輕輕敲了敲門，門裡頭靜悄悄地沒反應，更擔心了，索性便用指紋按開了門，推門進去，一眼卻看到邵鈞躺在床上睡得正深。原來邵鈞原本只是覺得眩暈躺一會兒，沒想到應該是精神力融合的問題，他疲憊得很，漸漸睡沉了，一貫警覺的他，連柯夏敲門都沒聽到。

柯夏失笑，還以為他在傷心自責，沒想到他居然是在睡覺。但複一想鈞從來就是個勇於承擔責任，勇於征服和面對困難，從不自怨自艾的人，只是如今失去了記憶，身體的年齡看著又小，讓人不由自主照應關愛。

他坐在床邊，凝視著邵鈞的睡臉，心下柔情無限，一想到自己如今身陷陰謀旋渦中，一時抽身不能，說不準還要連累於他剛剛拿到的新身體和生命。

所以以策萬全，還是將他送回聯盟的好，這麼一想起來，又越發覺得心下割捨不下，伸手摸了摸他露在被子外的手，一時情難自抑，低頭輕輕吻了下他的雙唇，原本只是想輕吻一下，但對方的唇實在過於柔軟，他忍不住又低頭親了下。

唇才分開，邵鈞就睜開了眼睛。

？？？

兩人四目相對，柯夏心裡暗道不好，他感覺到了嗎？一時急中生智，他握緊他的雙手，急促喘息著發揮自己的最高演技：「我不太舒服，好像又有點神經痛，所以過來找你……」

邵鈞瞬間忘了剛醒來看到柯夏時一瞬間的迷惑，立刻坐了起來，柯夏熟門熟路顫抖著身子坐入邵鈞的懷中：「你和上次一樣抱抱我好嗎？這樣感覺會好很多……」

邵鈞抱住了他，感覺到他身體微微發抖，不由有些擔憂，一把將他橫抱著放到自己床上，看他倒已是穿著寬大浴袍，便替他脫了拖鞋，柯夏抖著聲音閉著眼睛道：「關燈，太亮了。」

邵鈞便過去關了燈，將室內溫度調高了一點點，柯夏催促他：「抱抱我……陪我睡一會兒。」

邵鈞抱著他躺了下來，將被子嚴嚴實實把他們兩人包裹住。

柯夏瞇起眼睛：「對，就是這樣，抱我更緊一些，再緊一點。」他長長舒出一口氣：「好多了，我感覺好多了。」

邵鈞伸手替他擦掉額上的汗，柯夏感覺到他手和他肌膚相貼，幾乎舒服到要發出聲音來，往邵鈞那邊又貼了貼撒嬌：「你的皮帶——硌到我了……」

邵鈞一怔，發現原來自己從審訊室回來後一直沒有換衣服，只是脫了外套，身上還穿著端正的護衛制服褲子，束著皮帶，便單手解開皮帶扣，將皮帶解開掛到了床頭椅子上。

柯夏又將頭靠入了邵鈞懷中：「褲子也——好粗的布料……」然後他感覺到邵鈞忽然停止了動作，便連忙將自己的腿蹭了蹭他的褲子：「護衛的褲子應該換一種面料……很磨……還有扣子，你襯衣的扣子，好硌人……」

他好像個嬌滴滴的公主，嫌棄抱怨著粗糙的織物磨破了他吹彈可破的肌膚。

……

邵鈞終於發現柯夏這次神經痛居然還有心情嫌這嫌那，想來還不是很疼，他又伸手摸了摸柯夏的額頭，體溫正常，剛才的汗也沒有了，還有身上皮膚以前那種完全無法控制的不自然的震顫、發熱，溼透全身的冷汗……都沒有——他曾經服侍過癱瘓在床的他許久，對於神經痛的症狀是再熟悉不過了。

柯夏卻早已得寸進尺地將手伸過來直接替他解開襯衫上的扣子。

邵鈞伸手按住他的手——卻想到了他不辭而別做決定的那一個晚上，是他對不住他。

柯夏沒有堅持，而是發著抖縮進他的懷裡：「我很痛，鈞，抱抱我……」

邵鈞手臂感覺到了一滴液體落在他手臂上，溫熱的，吃了一驚，用手背試探著碰了下柯夏，他居然滿臉淚溼了。柯夏也不掩飾，縮在他懷裡低聲道：「鈞，我不想送你走，但是這裡太危險了，我送你回聯盟，好不好？奧涅金總統你也見過了，他會好好照顧你的，你回聯盟去等著我——等我執行完任務，就回去找你，很快的……」

黑暗讓他肆無忌憚袒露心跡，明明知道失聲的鈞無法回應他，他還是低聲地向他撒嬌，希望能夠在臨別之前能得到多一些的撫慰。他已經取得了無以倫比的成就，卻發現這人才是能讓他心靈停歇之處，他轉過身子，將溼潤的臉埋入對方的胸膛，毫不顧忌地用對方的襯衫來做擦眼淚的手帕。

邵鈞長長吐出一口氣，想起了自己做決定那天明明許下了諾言，雖然對方不知道。

「如果我能夠獲得身體，重新成為人類，我願意與他重新以一個全新的人來和他平等相處，可能再也不能像一個強者一樣保護他，沒有那麼強大，也不會對他唯命是從，如果他那個時候還會重新喜歡上身為一個獨立靈魂的我，願意接受一個不完美的人類，那我願意從此以後以我最大的善意和溫柔來對待他，補償這一刻對他的殘忍和之前的欺騙、此時的離棄。」

他坐起來伸手解開了自己的鈕扣，將襯衣和那筆挺的制服褲子都脫了，然後重新回到被窩內，將他守護了那麼久的小王子緊緊抱緊，安撫地揉了揉他腦後的亂髮，和很多次他生病時一樣。

豎著耳朵聽著窸窸窣窣聲的柯夏幾乎心花怒放，卻仍然控制著自己的演技，完全不知道自己拙劣的表演早已被對方看穿，只是在哄著他開心罷了。他伸手將邵鈞纏緊，感受到他光滑白皙的肌膚和修長結實的腿，喜悅湧上心頭，卻警告自己不能太過唐突了——鈞什麼都不知道，不能嚇到他，他們還來日方長……雖然想到離別就在眼前。

於是他只能按捺著自己心裡的渴望，抱著他什麼都沒做。

夜靜極了，飛船在平穩地向逐日城飛行，等到了那邊，他就要想辦法將邵鈞送回聯盟，他貪戀這太珍貴的接近和擁抱。

乾燥溫暖的胸膛裡他的心臟在恆溫穩定地跳動，和從前機器人的胸膛永遠恆定不同，他能感覺到他的心跳動得更快一些，他的體溫更暖，他的脖子上動脈勃勃跳動，他的呼吸和自己的呼吸交錯著，他挨近他貼緊他，彷彿一個皮膚飢渴的病人，貪婪地祈求更多的貼緊，而對方也包容地迎合他，彷彿安撫一個病人。

這樣就很好了，他心裡想著——雖然遠遠不夠。

不知不覺他發現邵鈞又睡著了，呼吸勻長，眉目寧靜，雖然仍然還緊緊抱著他。

……

他不知道這是剛融合回來的精神力讓邵鈞疲憊，但睡著了是好事，這意味著他不用再費心辛苦地讓自己身體假裝顫抖，他也放鬆了下來，悄悄地又在黑暗中偷了幾個吻，他的嘴唇真是軟，好甜。

偷香成功的柯夏滿足地睡了。

飛船舷窗外透入漂亮的金色陽光，逐日城應該快到了。柯夏醒過來的時候，邵鈞正在浴室裡洗澡，柯夏瞇著眼睛想了一會兒，偷偷笑了。等邵鈞出來的時候，他打趣邵鈞道：「鈞，我說個教會的笑話給你聽吧？」

邵鈞已經在浴室內穿好了衣服，出來拿著吹風機在吹乾頭髮，看到柯夏坐在灑滿陽光的床上，亂糟糟的金色頭髮披散著，衣襟散亂露出白皙的肩膀，他卻根本不在乎，只是靠在靠枕上，彷彿偷吃了魚的貓，對他笑得狡獪滿足，不由覺得又好氣又好笑，搖了搖頭。

柯夏肆無忌憚地暴露他惡劣的一面，完全以為對方還是那個什麼都不懂純潔的鈞寶寶，信口開河著他在軍校男生宿舍裡聽來的小故事：「一個新來的修女找老修女說心事：昨晚神父告訴我他有天堂的鑰匙，然後讓我握了一晚上說那樣就能進入天堂！老修女很不屑：這有什麼，當年他還告訴我那是天堂的號角，讓我吹了一晚上呢！」

邵鈞愕然轉頭看著這位尊貴的親王殿下，不苟言笑的前聯盟元帥，無數少女夢中正義凜然的機甲戰神，不知道做出什麼表情才好，所有的濾鏡全碎了。

柯夏卻還在調戲著他：「鈞寶寶，我看你早晨這麼急著去洗澡，是不是開啟了天堂的鑰匙？不如下次我教教你怎麼吹……。」邵鈞已經大步走了過去，挑起他的下巴，將這個胡說八道只會信口開河，事實上根本又慫又純的熊孩子的嘴堵上了。

當然是用嘴。

這是一個十分深長的吻，柯夏睜著那驚詫的藍眼睛，不知所措被邵鈞吻得幾乎透不過氣來。

直到門被粗魯推開，花間酒的聲音大聲響起：「鈞寶寶！你想關自己到什麼時候……」

！！！！

花間酒迅速將門關上：「對不起你們繼續！」

邵鈞已經淡定地放開了那手感很好的下巴，繼續過去吹乾他的頭髮，然後穿上了他的護衛外套，轉頭去看被他吻暈的小王子。

柯夏半靠在枕頭上，腦子眩暈著，白皙的臉連著耳根都透出了可疑的粉紅，雙眸含著霧氣望著邵鈞，嘴角還帶著笑，彷彿還在邀請他，真是不忍直視。

邵鈞回味了下他剛才品嘗到的青澀笨拙，搖了搖頭，看來親王殿下回帝國這許久，還是沒任何經驗，心情很好開了門走出去了，看到花間酒在一側，挑了挑眉，伸手點了點他，又點了點門內示意他進去，然後大步向餐廳走去。

花間酒下意識地立正遵命，然後看著邵鈞走了以後，才反應過來，不對啊！自己明明是隊長！為什麼不是他向自己敬禮？

那滿滿的攻氣十足是怎麼回事啊！

Chapter 241 另一面

逐日城到了，飛船抵達停機坪的時候，花間琴在下邊帶著護衛們迎接。

柯夏一身華貴的親王服，躊躇滿志意氣風發走下飛船，身後一步原本是花間酒站著的地方已經變成了邵鈞。

柯夏看到花間琴道：「你們風先生呢？」

花間琴有些尷尬道：「去費藍子爵那裡了。」

柯夏嘖嘖稱奇：「可憐的費藍子爵，風先生就不怕阿納托利吃醋？」

花間琴臉上窘迫：「費藍子爵對他很是禮遇，待他如上賓，並沒有……」

柯夏自己心滿意得，已經不在意花間風：「蕾拉的審訊如何？莎拉夫人逮捕來了沒？」後面這一句卻是問花間酒了，花間酒連忙走了兩步：「已經隨飛船押來，但是還沒有進行進一步審訊。」

花間琴也回道：「蕾拉那邊並不承認她參與了什麼陰謀，一口咬定她就是聽說了玫瑰小姐的事覺得憤怒而已。」

柯夏冷笑了聲，轉頭剛想要交代花間酒什麼，一眼卻看到了邵鈞，迅速將本來要說的話吞了下去，而是一連串交代花間琴：「安排玫瑰小姐一家住下，然後聯繫你們的人，想辦法把他們送去聯盟——還有……」他又看了眼邵鈞，沒說話，只是問道：「羅丹先生呢？」

柯夏轉身對邵鈞溫聲道：「你先去見見羅丹先生，我這邊還有些積壓的公務，處理完就去見你。」

邵鈞正有些精神力融合方面的事想要請教下羅丹，加上自己的喉嚨仍然無法發聲，可以去問問羅丹如何治療，便點了點頭，跟著花間琴走了。

柯夏這才收起了笑容，冷冰冰道：「叫凱斯博士帶人進審訊室，成不成看他了，另外把莎拉夫人帶過去旁邊的觀察室。」

花間酒有些不太明白，但看到柯夏冷酷的眼睛，忽然微微一抖，他已經很久沒有看到這樣的元帥了，連忙遵令下去，柯夏卻叫住他：「不要讓鈞到審訊室。」

花間酒正被前天卡樂瞎扯一通的審訊氣得不行，自然心領神會：「知道了，鈞還年輕，見不得這些。」

柯夏瞇了瞇眼睛，年輕是沒錯，問題是，吻技是誰教的？

他毫不猶豫想到了一個人：「尤里呢？不准他和鈞住了！讓鈞搬到我隔壁的套

房去。」一定是他們帶壞了他的鈞寶寶！

花間酒有點汗顏，暗自替尤里默哀。

銀白色四壁一無所有的金屬審訊室中，蕾拉被鎖住雙手，腳尖勉強落地吊在屋子中央，一束強光打在她身上，她已經被疲勞審訊了二十四小時，許久了，但她始終沒有吐露別的東西，只是堅持之前的判詞，堅決否認自己知道玫瑰腹中孩子的來歷。

忽然門打開了，蕾拉冷笑一聲，以為新一輪的逼問又要開始，可惜她無所畏懼。

但是進來的卻不是士兵，幾個穿著白袍的人走了進來，為首一個男子走進來捏起她的臉看了下，對她的怒視無動於衷，只是冰冷道：「女性體，看起來四五十歲了，基礎不算好。」

幾個帶著口罩穿著白袍彷彿實驗員或者護士之類的人員面無表情上前檢查她的四肢身體嘴巴牙齒，然後解開她的衣服，測量她的胸圍腰圍臀圍等資料，並接上了各類導線，測量血壓心跳等等指標，對她露出來的身體毫不動容。

蕾拉忽然心裡掠過了一絲悚然：「你們是誰？你們要做什麼！」

幾個研究員卻仍然只是面無表情地做自己的事，檢查身體所有的部位包括隱私部位，掐著她的胸口似乎在檢查什麼，在她的四肢上畫著虛線，測量各個長度和圍度，卻彷彿只是工作一般，沒有任何多餘的動作，但這種完全不把她當成人的操作卻反而讓她心裡產生了一種恐慌，她瞪著為首那博士一樣的人怒道：「你們到底要做什麼？」

博士笑了下，倒是頗為溫和：「親王殿下答應給我一具活體女體來做實驗，已經許久了，昨天才和我說有一個已經沒用的奴隸，雖然妳老了點，但是身體不錯，看來是經常有在運動，肌肉活性保持得很好，很不錯，看在妳很快就不能說話的份上，陪妳說幾句，保持心情愉快，才能產出更好的乳汁。」

蕾拉悚然：「我只是嫌疑犯！並沒有犯過什麼罪大惡極的罪！我是良民！你們拿人類來做實驗，是非法的！我要檢舉你們！」

博士笑了下：「嗯？妳消失了有人會在意嗎？妳已經被貶為奴隸了，奴隸本來就是任由主人處置的，況且也不會殺妳，只是——親王殿下新建的花園缺一隻漂亮的小奶牛，我看妳很不錯。」

蕾拉抬起頭，表情驚悚，博士摸了摸她的眼皮，冰涼的手猶如毒蛇：「很漂亮的眼睛，等基因融合後，妳的眼睛會失去錐狀細胞，就只能看到黑白的世界了，多看看現在的顏色吧。皮膚也很白，到時候會替妳嫁接上花紋基因，然後就會長出漂亮的花紋，「妳的四肢條件很好，手足可以切掉然後角質化，讓妳長出真正的牛蹄……還有鼻環，舌頭，漂亮的牛耳朵……」

「啊，還有副乳，會重新催化促使發育，妳知道人最多可以有八對乳腺嗎？」

蕾拉忽然崩潰了：「不！放了我！我還有用！我有祕密！我招供！求求你們讓我見親王！我還有用！」她痛哭流涕。

在單側透明窗的一側，被拷在靠背椅上的莎拉夫人看完了這一幕，悲哀地閉上了眼睛。

柯夏在一旁笑吟吟道：「這個博士很不錯，變態得很，真是厲害。我能理解霜鴉為什麼這麼恨柯葉了……但是的確非常有效，夫人，看在您是我母親的朋友份上，我是不會這麼對您的。」

莎拉夫人胸口起伏著，一言不發，柯夏彬彬有禮補充道：「我大概只會試試讓妳變成男子……我覺得夫人對男子的認識有所偏頗，世人往往難以感同身受，我覺得如果讓夫人體驗一下男子的感覺，可能夫人對男子的偏見會消失也未可知。」

莎拉夫人氣得滿臉發紅，胸膛起伏了一會兒才按捺住脾氣柔聲道：「我知道你和南特夫人一樣心軟得很，不必用這樣的話激我。」

柯夏淡淡道：「您忘了我姓柯，柯氏歷來都有瘋病基因遺傳，況且夫人，您真的惹惱我了。」他的聲音冷得很，一想到邵鈞剛剛得到的新生命差點因為自己的一時愚蠢沒了，他怒不可遏後怕極了，雖然剛得了點福利，他的怒氣稍微得到了紓解，但絕不意味著他輕輕放過莎拉夫人。

「您知道皇帝陛下是不會為一個子爵遺孀和我過不去的，教會更不會出頭，夫人，我建議您考慮清楚後果——當然，實在不高興了，我的花園多幾隻母牛，也並沒什麼稀罕的。」

莎拉夫人深吸了一口氣臉色雪白：「好吧，你想要知道什麼？我說。」

柯夏道：「為什麼忽然要殺小公主？教會不是還要拿她做棋子嗎？」

莎拉夫人道：「教宗命人傳來密令，說皇帝有異，懷疑被引入了陷阱，要求我們立刻殺掉小公主，抹去所有的證據……」

柯夏一怔：「有什麼異樣之處？」

莎拉夫人搖了搖頭：「我也不知道，但一定很嚴重，教宗一貫謹慎……」她苦笑了下：「你以為我知道多少？我根本不可能見到陛下，我一個落魄孀婦……」

柯夏道：「所以妳靠上了教會。」

莎拉夫人搖著頭：「是教會找到了我，正好白鳥會是在月曜城，我又是個女子，身後沒有勢力，卻有著虛榮和野心以及貴族的身分，便於行事，才被教宗物色到了罷了。」

柯夏道：「你們到底是怎麼算計皇帝的？告訴我所有妳知道的。」

莎拉夫人閉了閉眼睛，低聲道：「去年七月，月曜城豐收慶典的時候，皇帝當時還沒有繼位，但教宗不知道從什麼地方已經知道了消息先帝有意傳給他，這本應該是絕密的消息，我當時也不知道，只以為柯樺皇子是教會的大祭司過來祈福。當時他很好奇想逛逛月曜城，因為是第一次來月曜城，祭司身分出行不便，教宗私下安排了幾個人引導他說是查訪民情。並不止安排了一個點，我們在幾個點都安排了漂亮女子，結果皇帝都沒有興趣，只有玫瑰反而讓皇帝聊了幾句，但教會的人嫌玫瑰出身太差，基因混雜，精神力一般，也不好操縱，並沒有同意。」

柯夏若有所思，臉上卻平靜：「當時柯樺身邊應該有信任的人作為內線吧？」

莎拉夫人低聲道：「我不知道，那邊是教宗安排，我們這邊只是根據吩咐在不同的點安置了女孩，結果陛下一個都沒看上，眼看著祭祀結束，皇子就要返回逐日城，教會那邊可能著急了，傳命來讓我們安排女子，服下排卵藥，指定了房間，結果……」

莎拉夫人苦笑了聲：「皇子雖然處於迷亂之中，卻一個都沒有寵幸，我們送進去了五個女子，什麼方法都用了……我不知道此事，當時是蕾拉負責此事，後來她承認因為懼怕被我問責，便把玫瑰送進去試一試，想著只要侍寢成功就能敷衍過去了，排卵藥也有失敗的機率，到時候就說懷孕失敗了好了。」

「事後玫瑰一直隱瞞懷孕的事，我們圈養著的女子沒有懷孕，我也不知道，直到數月後玫瑰懷孕的事被揭發，蕾拉眼看事情瞞不住，和我全盤托出，我才發現此事，匆忙上報教宗，教會要我們儘快將玫瑰控制起來，我讓蕾拉將她軟禁起來直到生下孩子，沒想到蕾拉處事不密，玫瑰居然逃掉了，我們追捕，卻失手了……後頭的事您就知道了，這孩子落到您手裡，也是一種天意吧，或者說是神命。」

柯夏問：「陛下既然臨幸，為何事後完全不問此事？」

莎拉夫人搖頭：「此事我不知教會那邊如何解釋的，但是後來事態失控，玫瑰和孩子到您那裡，我是報告過教會的。前幾日教會忽然傳來命令要我儘快除掉孩子，我雖然震驚，卻還是啟動了實現布下的暗線……我知道親王殿下是生氣爆炸差點連累您，但我是身不由己，一個弱女子，如何和教會抗衡？捲入這樣的皇室陰謀中，我也日夜難安，你來月曜城的時候，我是真心希望你遠離這些爭鬥的，當年我和南特在學校親如姊妹，何曾想過有這樣一天？」她淚水盈盈落下，整個人柔弱不堪。

柯夏卻若有所思，命人將莎拉夫人押下去，然後回頭看蕾拉這邊驚嚇過度終於全盤托出的口供，和莎拉夫人的吻合，玫瑰本來就不在侍寢女子的名單裡，蕾拉送入侍寢的女子沒有辦法以後，蕾拉為了完成任務，悄悄將玫瑰送入想著只要侍寢了就行，沒想到最後玫瑰還是懷孕了……

所以一切的根源，還是在柯樺身上，教會究竟發現了什麼，以致於煞費苦心籌謀了這麼久才拿到的皇嗣，匆忙就要抹殺？

究竟是什麼樣子的異常，才能讓教會懼怕事情洩露，下這樣的狠手？

Chapter 242 全力備戰

反覆翻了一會兒口供，他找了玫瑰來，讓她看過供詞以後，與蕾拉對質。

玫瑰進審訊室的時候蕾拉幾乎是崩潰的，她對玫瑰痛哭流涕：「玫瑰我錯了，是我不好，我嫉妒妳得到會裡姊妹們的擁戴，就想抹黑妳，藉著莎拉夫人的機會，我是故意的……」

玫瑰匪夷所思：「真的是妳？我平日待妳不薄，而且——當時我醒來的時候，我還將他送了出去……後來他的隨從來接他走……」

蕾拉低聲道：「白鳥會會長剛剛被家裡捉回去，妳又出事的話，所有人都會質疑我。所以我和外面的隨從說了我們的人會送皇子出去，讓他們在外面接應，誤導他們妳是我的人，主要是想先穩住妳，再找機會除掉妳，沒想到妳居然懷孕了，我猶豫了很久假裝說妳是被其他人強姦的，但莎拉夫人不知道怎麼找到了妳的產檢資料，確認了是陛下的孩子，便要求我幽禁妳……等生下孩子後再除掉妳……」

玫瑰身上微微發抖：「我和妳姊妹相稱這麼多年，戰場上相互救助，妳就為了白鳥會這點權力……」

蕾拉睜大了眼睛，眼睛裡都是怒火：「白鳥會明明可以更好！我們可以做得更大更有力量！妳們卻只是想著救助那些沒用的女人，還一次一次反過來被她們拖累！明明是求助於我們，最後吃不了苦想回家庭去了，卻反咬一口說是我們誘拐她們！憑什麼！我們需要的是更堅決更有力量的女人，廢物不該留在會裡！」

玫瑰不再說話，她已經不願意再進行這些無謂的辯論，蕾拉卻嘶啞著嗓子道：「妳還不是留下了孩子？妳背叛了你自己！放棄了我們這些姊妹！」

玫瑰搖了搖頭轉頭出去，蕾拉卻忽然想起什麼握緊了鎖鏈拚命掙扎：「等等！我寧願死！求妳給我一個痛快！不要讓那什麼親王送我去實驗室！我們好歹姊妹相稱過！我不要做實驗品！」

她瞳孔幾乎放大，恐懼到了極點，玫瑰沒有轉頭，冷冷道：「放心，只要妳說出所有妳知道的，我不會讓他們那樣對待妳的。」

蕾拉握緊了鎖鏈，瞪著玫瑰出去，眼淚卻落了下來，也不知道到底心裡在想什麼。

玫瑰茫然走了出來，看到柯夏，低聲道：「我想要解散白鳥會……」

柯夏微微挑了挑眉毛：「妳想清楚再說，人的一生，是會遇到許多事情阻止妳往理想前去的。雖然我不知道一直往前走能不能走到，但是我知道只要放棄了，就一定永遠都不可能走到了。」

玫瑰想起了眼前這位親王波瀾起伏的半生：「這是親王的人生成功經驗嗎？」

柯夏聳了聳肩：「算是，不過我有人陪著，並不是我自己一直在堅持，而是陪著我的人沒有放棄過，所以，找一個志同道合的伙伴，路途可能會顯得不那麼辛苦，甚至可能因為他而開滿繁花。」

玫瑰從他眼裡看到了炫耀，忽然忍不住笑了：「是鈞嗎？」

柯夏面有得色：「必須承認這樣一個伙伴是非常難得的，我是不敢保證妳也能遇上。若是真的辛苦，就放棄吧，也沒人要求每個人必須要達成什麼樣的成就。」

玫瑰點了點頭，微微唏噓：「我會考慮，您打算什麼時候送走我父親和妹妹呢？」

柯夏道：「今晚就有船，鈞也會和你父親他們一起回去，所以妳更不用擔心了。」

玫瑰一怔：「為什麼要送走他？」親王殿下那種得意簡直閃瞎人眼，實在想不到他會捨得把小黑送走。

柯夏道：「他已經為我付出太多，接下來這一段我一個人足以，他如有損傷，我會一輩子不寧。」

玫瑰倒是理解他的心情，畢竟自己這些天也在徹夜憂慮自己的親人，便點了點頭：「那我去和父親先辭別，然後接下來，您是打算讓我見見陛下吧？」

柯夏道：「我再瞭解一下情況，不急，不能讓妳深陷危險。」

玫瑰想了一會兒道：「親王殿下，您志向高遠，又有同路人，我卻一貫只是想著能幫一個是一個，從未想過白鳥會會走向何方，如今大概在您心目中，我隨您來到逐日城，大概也是希望給孩子一個光明未來的吧？」

柯夏挑了挑眉，玫瑰卻道：「其實不是，事了之後，我希望能帶著孩子離開帝國，去聯盟，去到那個擁有更多可能和希望的地方，對於女子來說更光明的地方。」

柯夏這下是真的意外了，玫瑰卻道：「因為這些年我已經發現，憑我一個人的力量，或者說幾個人的力量，是沒辦法解決問題的，帝國整個在淪陷，並不僅僅是女子，所有的人民都在受苦受難，我救得了一個，卻救不了全部。因此當見到您的時候，我是真心希望您能夠達成您的志向，同時將這一片土地上深受苦難的人民給解救出來，因此我陪著您來到逐日城，是希望也能助您一臂之力，我只是想再和他見一面，確認一下，大概也只是找一個答案，然後就會去找尋我自己的路。」

「我救不了別人，我應該先救自己，還有已經生下來的這個生命，我對她有責任，所以我很可恥地退縮了，如果您鄙視我，我也不會覺得意外。」

柯夏想了下道：「不，並不會看輕妳，這其實是人的本性。」

「我一開始也並沒有想過什麼救國救民之類的遠大目標——長久的歲月中，一開始支持我的仇恨並不足以讓我這麼多年百折不撓。現在想來其實支持我下來的，反而是愛，當然並不是我，而是鈞。」

玫瑰唏噓：「您是不幸的，卻也是幸運的。」

柯夏一笑：「我一直覺得，只是做到自尊自愛這一點，對大部分人就已經很難了，更何況是愛別人。但是愛一個人這種事情實在是奇妙，世界本來乏味得很，但因著愛一個人，很多無聊枯燥的事情，艱難困苦的事情，都會變得很有意思。也許這個世界也是因為這樣而欣欣向榮，據我所知新自由聯盟在創立之初，幾個創始者，也並不是那種為國為民救世理想的聖人，但是不管他們的目的是什麼，結局卻造福了整個聯盟。所以也許妳可以先從愛一個人開始，比如菲婭娜，我尊重妳的選擇，也儘量承諾不會傷害到妳和菲婭娜。」

玫瑰微微屈膝行禮，退了下去。

柯夏側頭想了下，既無法壓抑自己那種得意，卻又有些沮喪今晚就該把鈞送走——明明已經只有這麼點時間了！自己居然還在這裡和人渣們糾纏？

自己是不是傻了！甜甜的鈎寶寶不香不可愛嗎？自己是失心瘋了嗎？

柯夏忽然醒悟過來，找了花間酒過來，先裝模作樣問了句：「皇帝這些日子在曜日宮裡如何？」

花間酒茫然道：「起居一切正常，甚至還推行了好幾個很不錯的政令，人人稱頌說他是仁君。」

柯夏想了下道：「你把我離開逐日城後所有的帝國官員任免，都整理出來給我看看。」

花間酒點了點頭正要退下，柯夏卻又招了招手示意他靠近：「你們花間家族，既然長於刺探，想必在某些方面，也有教學的吧？」

花間酒茫然：「什麼教學？親王是想要我們的間諜課程嗎？那個很多，情報收集分析，情感操控，化妝術易容術，潛伏術還有各類體術都有……」

柯夏有些難以啟齒，但仍然含蓄道：「比如提高吻技之類的……」

花間酒瞬間想到了今天飛船上撞到的一幕，滿臉通紅連耳朵都燒紅了立正道：「明白了！稍後立刻傳給您！」他飛快地退了出去，簡直頭上都要尷尬到冒煙。

柯夏這下倒不尷尬了，心裡奇道：這兩個孩子看來都很清純啊，看來花間風還有點良心，沒對這些孩子下手。

花間酒飛快地給元帥傳了一個巨大無比的教學資料。

柯夏躲在書房裡，眉目冷峻，神情嚴肅而專注，金髮下的藍眸寒光凜冽，每一位路過窗前的護衛，都悄悄放輕了腳步，害怕打擾了親王殿下籌謀國家大事，元帥已經許久沒有這麼如臨大敵了！必然是很嚴重的事！

柯夏神情肅穆，略微恍惚地關掉了教學影片——他真的不知道還有這麼多的花樣，學海無涯，自己果然太無知了啊！

用舌頭打結漿果梗這樣的訓練……真的可以嗎？口腔裡竟然有這麼多的神經敏感點？還有耳道的模擬衝擊……眼皮睫毛的掃觸……真是令人出乎意料，人的身體真是寶庫啊！

珍珠串原來可以那樣用……有些姿勢未免過於獵奇，受力點很奇怪啊……但是鈞似乎很柔韌的樣子，好像，也不是不可行……自己手臂也很有力，鈞是多少公斤了？

敏感點這麼多，每個人都不一樣，到底鈞會哪裡最敏感呢？還有這個手法……到底多大的力度算合適？

如果在那裡繫上絲帶蝴蝶結等對方解開……一想到對象是鈞寶寶的話，鼻子似乎有些發熱。

嗯……還是要準備點東西……

柯夏滿臉嚴肅地猶如準備一場沒有把握的戰役，在腦海裡多次推演模擬後，仔細列出了個清單發給花間酒。

沒多久機器人飛快地托著托盤送進了書房，非常齊全，全部附有詳細說明書，花間酒甚至根本沒有露面。

柯夏拿起那支晶瑩剔透纖細玲瓏，香味很棒的薔薇油，耳根忽然又悄悄紅了。

Chapter 243 落空

邵鈞不知道柯夏正花樣百出地覬覦他，他正站在地下實驗室裡和羅丹抬頭看著艾斯丁的身體，羅丹一隻手按在玻璃艙面上，輕聲道：「還有三天，我們就可以見到活的艾斯丁了。」

他眼睛幾乎要貼進營養艙裡了，邵鈞轉頭過去看到他近乎痴戀的神情，不由微微一笑，卻視線與羅丹肩膀上的艾斯丁貓正好接觸，艾斯丁側了側頭，顯然非常寵溺和享受地笑道：「丹尼爾比我小很多，從前他就經常偷偷看我，還以為我不知道，其實他臉上什麼都寫出來了。」

羅丹抬頭十分尷尬，結結巴巴道：「說什麼呢……都那麼久的事了……」

艾斯丁貓得意舔著爪子：「我只是去做了一段時間的客座教授，那麼多學生都坐在下面規規矩矩抄筆記聽課，只有你總是偷偷看我，還絞盡腦汁天天想出問題來問我，最後一堂課的時候看你簡直隨時要哭出來了。課堂結束後我問你願不願意接受一筆獎學金，來我的實驗室擔任助手的時候，你那表情……好美味……」

羅丹臉紅如血，轉頭對邵鈞道：「你還是不能說話是嗎？」

邵鈞看羅丹羞澀極了，善解人意地點了點頭，將下巴微微抬起，指了指嗓子，然後張開口嘗試著發聲，仍然無法發聲。

羅丹伸出手輕輕按在他的聲帶上，皺眉摸了一下，問道：「親王府那邊替你檢查過沒？有天天持續電療嗎？」

邵鈞點了點頭，從腕上通訊器按開了一個診療報告的立體螢幕給羅丹看。

羅丹仔細看了一下，搖頭道：「生理機能方面完全沒有問題，而且你既然已經恢復了記憶，理論上你失去記憶時因為受到驚嚇、恐懼、憤怒之類的心理因素應當不存在了……」

他抬頭又摸了下邵鈞的咽喉，若有所思：「除非，這是你潛意識裡，仍然還是不想說話吧？」

邵鈞一怔，眼睛裡滿是疑問，艾斯丁卻點頭贊許：「你的精神力也異常抗拒人侵入，還有當初替你做記憶備份的時候也非常難。鈞，其實你潛意識不想說話，是不想和人解釋吧？特別是對柯夏。說不出話，你就不需要解釋，不需要坦白，不需要交流，你把你的心牢牢鎖著，抗拒和人溝通，你表面上似乎接受了夏，其實你潛意識裡仍然並沒有完全相信他，所以你順理成章地繼續說不出話，這樣就不需要對任何人解釋。」

「你這個人本質太過於獨立了，其實你不能信任任何人吧？我不知道你經歷過什麼，但是既然已經決定接受夏的話，還是嘗試著坦誠交流吧？」

邵鈞眼裡微微震驚，卻低下了頭彷彿在反思什麼。

這時外面忽然凱斯博士有些慌張地走了進來，恭恭敬敬對羅丹道：「羅丹先生，外面被皇宮護衛隊圍住了，然後西瑞博士來了，這個人來頭很大，據說是羅丹的學生，我是說是天網之父的那個羅丹……的學生……他說要見我……說是想要討論前陣子我做出來的那個複製人的情況……」他慌慌張張看了旁邊邵鈞一眼。

羅丹一怔：「西瑞？他來做什麼？哪個複製人？」他立刻也反應過來，看向了邵鈞，凱斯慌張道：「說是柯希郡王送給柯夏親王的那個。」

艾斯丁卻沉聲道：「去見他，給他戴上監控器，到時候我們說什麼，你就說什麼。」他從貓舌裡吐出一顆小小的監控器：「夾在你耳朵上。」

凱斯將那個東西帶在耳朵上，艾斯丁道：「對了，你去見他吧——記住，如果不按我們的要求來，你肚子裡頭裝進去的微型生物細菌，就會砰！爆發出來，就像一顆氣球爆炸……肚子裡頭所有的東西，都變成膿液爆發出來……」

羅丹微微側頭，有些不適，凱斯博士已經滿臉崩潰道：「我聽話！我一定聽！

你們說什麼我都照樣做！」

凱斯博士走了出去，艾斯丁貓眼閃爍，一個監視立體螢幕顯示了出來，完全是以凱斯視角走出實驗室，進到了客廳裡，那裡西瑞博士已經坐在那邊，慈眉善目地對他笑了：「你是凱斯博士嗎？」

凱斯博士僵硬著臉笑著上前道：「是，是晚輩，不知道西瑞先生到我這裡有何貴幹？真是蓬蓽生輝……」

西瑞博士點頭讚嘆道：「果然一表人才，真是年輕有為。」

凱斯博士滿臉受寵若驚：「不敢不敢……」

西瑞博士和藹道：「我被先帝請過來開展精神力的梳理研究，主要為了攻克柯氏皇族精神力裡隱藏的隱患，柯樺陛下也非常重視我的研究，目前我們的研究已經有了很大的成果，想必你也有所耳聞，我們打算於今年就發布研究成果，同時柯樺陛下許諾，將會給每一位研究團隊的成員按功勞分封爵位。」

凱斯博士眼裡流露出了豔羨：「是的是的，我早有耳聞，西瑞前輩您無論是在聯盟或是帝國都是學界泰斗，地位非同尋常，這也是應該的。」

西瑞博士搖了搖頭卻道：「前陣子我聽說你做了個複製人，格鬥基因強，送去了柯夏親王那邊，具備學習能力，學會了說話，似乎擁有感情，在月曜城甚至還逃離了柯夏身邊，自主撕開監控設備，後來聽說被柯夏親王大動干戈找回來了。這對學術研究非常有價值，我對此非常感興趣，已經稟報了陛下，同意我帶這個複製人回去研究一下，據說柯夏親王的護衛隊剛將他送來你們這裡進行保養檢測，正好路過，就想著順便過來和你交流交流，再把複製人帶回去看看。」

凱斯博士十分為難道：「可是，這是柯夏親王的寵物，他十分喜愛……」

西瑞博士道：「我自然是得到親王的許可了，不然我怎麼知道那複製人就在這裡？實在不必杞人憂天，陛下和柯夏親王兄弟情深，感情非常好，不過是借去研究幾天，又不是帶走不還了，凱斯博士不必為難的。」

凱斯博士滿臉愁容，裡頭地下室裡，邵鈞已經寫了幾個字拉起來給羅丹和艾斯丁看：「答應他，這是千載難逢的好機會。」

艾斯丁閃了閃眼睛：「不先問問夏？」

邵鈞搖了搖頭，繼續拿起電紙螢幕：「不入虎穴焉得虎子，他帶了皇宮護衛隊，有備而來，被他發現你們和艾斯丁的身體不好。」夏當然不會同意他冒險，但是機會難得，再說外面都已經是皇室護衛隊，很可能這真的是陛下的授意。

艾斯丁眼睛閃了閃，對凱斯博士下指令：「同意他。」

凱斯博士連忙道：「既然已經得到陛下和親王的許可，那自然是沒問題的。」

西瑞博士笑道：「那可真是感謝你了，我還有一個小小的疑問，不知道你在製作這具複製體的過程中，是否採用了什麼特別的技術，才使這具原本應該是沒有靈魂的空殼身體，竟然能夠學會說話和逃跑呢？一個複製人產生了獨立意識，這可是創始的手段啊！」

凱斯博士被這樣德高望重的西瑞老前輩和藹可親地盯著熱情誇獎，全身的骨頭都輕了，幾乎差點說出實話：「其實是客人訂製……在他大腦裡加裝了……」忽然他耳朵裡傳來一聲低喝：「別看他眼睛！他在對你催眠！」

凱斯博士微微一抖，他精神力本來就不低，瞬間反應過來，背上的汗幾乎都出來了，西瑞博士笑道：「加裝了什麼？」

艾斯丁低聲示範：「加裝了一個小小的精神力接收器，可以隨機抓取身邊的生物電流。」

凱斯博士連忙重複道：「加裝了一個小小的精神力接收器，可以隨機抓取身邊的生物電流。」

西瑞眼睛一瞇：「隨機抓取？」

艾斯丁按了按羅丹的肩膀，羅丹這時候終於也反應過來，開始加入胡編的佇列：「這是天網之父羅丹的理論，人和人的精神力可以構建成為精神網，這也就是天網的雛形，我們所在的生活空間中，充滿著每個人的精神力，這種精神力其實可以類似一種生物電流，由人的神經和肌肉產生，離開了人體就會很快消失。」

凱斯博士連忙照葫蘆畫瓢重複了一遍。

西瑞博士眼睛亮了：「繼續說下去？」

羅丹繼續胡謅：「你知道，嬰兒的精神力最純粹敏感，我和婦產科醫院的朋友說好了，將精神力接收器放在了新生兒重症房間裡，那裡每天都有新生兒病逝，當顯示接收到了精神力的時候，我就將精神力接收器植入了這具身體的腦顱內……」

西瑞博士將信將疑：「你將接收器放在哪裡？」

羅丹非常迅速回答：「大腦 87GH 區腦幹處。」

西瑞博士目光閃動：「不錯，看來你對我的老師的著述也頗有瞭解，知道那裡正是精神力接收的主要部位。」

凱斯博士乾笑著，西瑞博士卻笑著道：「你這個方法可要保密，否則如果有人知道了，殺嬰的話，那可是重罪……」

凱斯博士嚇了一跳，羅丹回答：「殺害不行，精神力波動太大，無法接收，唯有正常病逝的精神體才行，這是冥冥中的神意。」

西瑞博士若有所思：「看來凱斯博士很有研究。」

凱斯博士嚴肅道：「我們不做犯法的事！言歸正傳，所以我猜是不是這個身體內有了那嬰兒的精神力，所以才有了一部分的學習能力和自我意識，但是經過我今天的檢查，感覺他智力低下，他體內的精神力似乎正在消散，還有他如今已經失去了說話的能力。」

西瑞博士這下意外了：「真的？」

「不錯，所以可能下一步我們還需要更多的研究。」

「那個精神力接收器……」

「可以一併送先生一個……只是這其中有專利……」

西瑞博士慷慨道：「我可以付給你專利費，並且近期我準備發表論文，可以給你第二作者的署名——另外，如果你不介意，我覺得你實在是個非常有天賦的研究人員，不知道是否願意入我門下，你知道，我三十年前就已經沒有收學生。」

凱斯博士高興地搓著手：「那可就再好不過了！」

西瑞博士眼裡掠過了一絲輕蔑，臉上仍然笑著：「那麼，那個複製人……」

凱斯博士連忙道：「在營養艙裡休眠，您立刻就可以帶走！他身上有些傷口，親王的意思是要讓他休眠一段時間將脖子上的疤痕傷口養好，所以也請您見諒，這期間他身上的頸環就不戴了，這是柯夏親王的命令。」

西瑞博士笑道：「自然，我帶回去看看就還給親王了。」

凱斯博士笑著按下了通話器：「把那具複製人的營養艙抬出來，交給西瑞老先生帶走。」

很快一具營養艙被研究助手送了出來，西瑞博士看了下，看到裡頭藍瑩瑩的營養液裡，一具複製人身體正躺在裡頭，黑色頭髮，眉目安詳，無數導線連著他的頎長身體，面板上無數資料閃爍著，滿意的點了點頭道：「那我就先帶走了，稍後給您送上厚禮和相關專利費。」

凱斯博士站起來道：「那就太感謝了。」

營養艙被抬上了飛梭中，一群皇宮護衛隊護送著飛梭，離開了。

裡頭羅丹有些擔心地穿過玻璃窗，轉頭對花間琴道：「艾斯丁裝在營養艙裡頭跟去了，他們要研究精神力的話，不會傷害他的，短期內應該問題不大。」

花間琴滿臉蒼白，整個人一副就要死去的表情：「我覺得我會被親王殺死的。」

「是皇宮護衛隊，圍上的同時所有通訊信號就被遮罩了，無法和您報告聯絡。因為一旦反抗，很可能就會對您和皇帝之間的關係造成嚴重的不可修補的後果，加上羅丹先生這邊傳達的消息認為情況暫時還可控制……」花間琴結結巴巴地說著，原本流暢清脆的聲音微微在發著抖。

柯夏聲音倒還平靜：「所以你們就讓他光著身子手無寸鐵昏迷著送進去了？」

羅丹寬慰道：「還有艾斯丁，我們當時評估後認為這樣才能讓對方的戒心降到最低，營養艙裡也方便藏貓，鈞的意思是這是千載難逢的機會，看看西瑞到底是在做什麼。」

柯夏眼睛裡彷彿已經燃燒起了藍色的火焰：「他心智和孩子差不多，什麼都不懂，還不能說話，你們就讓他去冒險？」

羅丹一怔，看向他：「他前一天就已經恢復記憶了，你不知道嗎？」

柯夏臉上的表情破碎了，羅丹還在認真解釋：「鈞是一個很有主見的人，他決定了的事沒人能違背，再說這的確是理性分析後最好的辦法，我們需要知道他們在做什麼，他們對一個什麼都不懂的複製人是不會防備的，艾斯丁也跟著，雖然我也很擔心，但是你應該信任他們的能力才對。」

柯夏聽到自己在說話：「前天，是在飛船上……就已經恢復記憶了？」他艱難地發問，感覺到胸口一陣緊窒。

羅丹道：「是，他聯上了天網主動和我們說要求恢復記憶，已經恢復成功了。」

羅丹看到那個尊貴的親王看向他，雙眸裡的堅冰破碎，整個人看上去忽然脆弱不堪，微微有些不安，忍不住解釋：「鈞……他這個人一直是這樣，過於獨立了，我和艾斯丁推測，他應該曾經在一個非常高壓的環境長期生活過，類似戰爭環境或者是潛伏環境，需要長期隱藏壓抑自己心情想法，或者是個體的感受得不到充分的尊重和關愛，他沒有得到充分的安全感，所以已經習慣一個人做決定了，等這些事情結束後，其實可以考慮讓他做一下心理諮商，他現在說不出話來，心理因素影響比較大。」

「他潛意識裡抗拒和人溝通交流，或者說是逃避。」

「但是這次還是很難得的機會，他只是想幫你，雖然有些不夠尊重你——也還請你諒解……」羅丹感覺自己彷彿越抹越黑，因為對面那個藍眸的美男子居然還笑了下，雖然笑得彷彿和哭一樣：「他不是不尊重我，他只是不信任我。」

柯夏輕輕說話，聲音彷彿隨時消失在空中：「他永遠都認為我是那個在床上，需要照顧的孩子，什麼都不需要知道。」

書房裡死寂一片，只有柯夏在華麗親王袍下的手一直顫抖著，他深深吸了一口氣，嘗試找回自己的理智：「準備進宮，我要覲見皇帝。」

柯樺本來已要睡下了，聽到他來穿著睡袍就出來了，一身金色瀑布也似的長髮披散下來，笑著道：「知道你回來了，但聽說你忙著審問白鳥會的餘孽，加上一路風塵僕僕，就想著明天再召你入宮，怎麼這個時間來了？」

柯夏盯著他一會兒，才淡淡道：「陛下把皇宮護衛隊借給西瑞博士，然後假說已經得了我的同意，強行將我的人給接走了，我想知道陛下是什麼意思。」

柯樺一怔，迅速回過神來：「原來是為了這個！對不起，我不知道西瑞博士動作這麼快！他昨天是和我說，聽說你要回來了，想借你身邊的一個複製人去研究一下，對目前他研究的課題很重要，我想著也不是什麼大事，你應該會同意，等你回來了我和你說一聲就行了，便也應了，沒想到西瑞博士這麼魯莽！都是我的錯！」

柯夏冷冷盯著他的眼睛，一字一句道：「陛下，如果不是看在您的面上，那什麼西瑞博士現在已經被我扔到碎金湖裡去了，我管他是什麼天網之父的學生，多麼德高望重，現在我需要一個解釋。」

他冰冷的藍眸寒氣逼人，那種曾經屬於戰場上的煞氣讓人毫不懷疑，如果眼前的人拿不出一個過得去的解釋，即便是帝國皇帝，他也不會放在眼裡。

柯樺臉色一僵，連忙上前握住柯夏的手，低聲道：「我有苦衷，你隨我來。」

他帶著柯夏一路向前走，手心甚至有些溼，穿過寢宮的小客廳，走過一條長長的走道，柯樺帶他步上了一座高塔，高塔最高處的房間內，懸掛著歷代柯氏帝王的畫像。

柯樺走到了帝國開國皇帝的圖像前，那裡站著一位英俊瀟灑的皇帝，同樣金髮藍眸，柯樺低聲道：「帝國開國皇帝柯立，原本是人類遠征聯盟軍的高級將領，他與一位同袍叫李雲的將領有著兄弟一般的情誼，兩人一起創立了帝國，李雲被封為並肩王，後來你也知道了，帝國歷史書上也寫了，李雲謀反被殺。」

柯夏眸光不動：「嗯，歷史書上有寫，後來我去聯盟，聯盟歷史書上寫的是柯立違背了開國之前的誓言，拒絕分封領地給外姓人，又忌諱李雲手中的軍權，便羅織罪名誘殺了無辜的李雲。」

柯樺道：「李雲被殺臨死之前，極為仇恨皇室，咒罵柯立為了權力喪心病狂，詛咒柯氏皇族從此以後登上皇位的人，永遠無法得到內心的平靜，直到毀滅。」

柯夏笑了下：「這話倒也沒說錯，每一代登上帝位的柯氏皇帝，那是不知道殺了多少人走上去的，自然內心難以平靜。」

柯樺轉頭道：「後來柯立英年早逝，死於精神力崩潰瘋狂，臨死前一直說看到了李雲。這之後一連數位登上帝國皇帝，晚年多多少少精神力都出現了問題。」

柯夏點了點頭：「然後？你不會也信了這是詛咒吧？柯氏為了高精神力近親結婚，基因病本來就容易遺傳，加上高精神力者過於敏感，原本就容易有心理問題，帝國這樣的龐然大物，站在這個位置上，壓力也很大，出現精神力問題那是再正常不過了。」

柯樺苦笑了下：「我原本也和你同樣想法，直到我自己登上了這個位子，才發現了不對，我一直信教，淨心，守身，沒有做過一件有違天地良心的事，但是在我登基以後，我感覺到自己的精神力也開始出現了問題，莫名其妙地夜不能寐，整夜的噩夢，莫名其妙的精神衰弱和煩躁……我不得不找了原來父皇請來的西瑞博士請教。」

柯夏道：「西瑞博士怎麼說？」

柯樺低聲道：「詛咒其實是一種精神暗示，那位李雲先生也是個高精神力者，他的機甲就叫『夢魘獸』，他的詛咒其實就是一個極為高明的精神暗示，皇帝們一代一代的傳承，每一代在精神力出現問題的時候，都會想到這個詛咒，然後再次強化這個暗示，相當於每一代皇帝聯手將這個暗示進行了集體強化，再加上柯氏皇族原本基因內就帶著的瘋症遺傳基因，以至於這個詛咒成為了一個難以移除的精神暗示，無法解除。」

柯夏冷冷道：「這也是正確但無用的廢話。」

柯樺搖頭：「夏，你不知道當我開始出現整夜整夜的噩夢的時候，我真的也感到害怕，但是西瑞博士說有一個研究方向，在父皇的時候就已經開展了，但沒有完全成功。你那個複製人，提供了一個非常重要的方向，如果能成功的話，我們就可以擺脫在柯氏基因裡的這種詛咒了。」

柯夏哼了一聲，柯樺解釋：「透過基因調整後的複製人身體，比現實生活中天然生下的人體更為健康更為有效，卻沒有靈魂，無法存活，對人體基因進行調整優化，又反過來會影響精神力。」

柯樺低聲道：「西瑞博士在研究的就是，利用皇族的基因來複製出健康優化的人體，然後想辦法賦予靈魂和精神力，父皇在世的時候他們只研究出了一點成果。」

「有一個古老的哲學問題，一艘船，在漫長的航行中不斷更換它的部位，那麼直到最後，它身上每一塊木頭都已經被替換過了，請問它還是原來那艘船嗎？如果不是，那麼請問它從哪一個時候不是的？」

柯樺看向了柯夏，藍眼睛裡滿是悲憫：「西瑞博士他們嘗試的是將擁有靈魂的人體的部位逐步替換為健康的複製體，我在聽到這個研究方向的時候，就想到了這個遙遠的哲學問題。」

柯夏感覺到了一股寒意從脊背竄起：「柯冀？」

柯樺低聲道：「不錯，父皇最後幾年就開始逐步替換身體部位——但是仍然無法阻止精神力的崩潰，他做出這個決定的時候，其實應該早就瘋了。」

「父皇去世後，他們原要放棄了，打算返回聯盟，但聽說了柯希郡王送給你的複製人，有一個居然學會了說話，甚至擁有了獨立意識，還會逃離你，這意味著複製人體有可能擁有精神力。」

「所以夏，我同意了他們進行研究，只是忘了提前先和你好好溝通，還請你諒解和理解。」

柯夏轉過頭，冷冷道：「不，我不諒解。」

「哪怕一個複製人，當他誕生了自我意識，擁有了精神力開始，他就已經是一個擁有靈魂的人了，無論是聯盟還是帝國，人體實驗都是絕對禁止的。」

柯夏看向柯樺，眼睛冰冷銳利：「帝國從前打擦邊球進行複製人實驗，其實這也是不道德的，但上有好之，下必從之，帝國地下複製人實驗室如此猖獗，和帝國皇室暗自縱容甚至為了私利資助鼓勵非法研究不無關係。」

「陛下，你既然信奉神，人類擁有靈魂，是神賜予的禮物，但人類卻不斷地想要瀆神。」

「人和萬物一樣會死，這是自然規則，但同樣也是神賜予人類的最珍貴的禮物，因為擁有了權力，就妄想突破規則，這是過於貪婪的奢求，生死面前沒有貴賤區別，用你們信教的人來說，就是神跟前人人平等。」

「當那個複製人擁有靈魂的那一刻，他就和你我一樣，是平等的人，擁有所有的權利。當然，在帝國和一個帝王說這樣的話，是可笑的，但陛下，你已經忘記了你登上皇位之前的初心了嗎？你已經習慣作為皇帝至高無上的權力，可以隨意踐踏他人的權力了是嗎？你可以如此輕鬆地將一個已經擁有靈魂的人送去做人體實驗，為的是你自己的私利。」

「曾經那個仁慈寬容，關愛子民的那個天使之子呢？」

「神降生於世，是為了普度眾生，不是為了踐踏生靈的。」

「不要忘記那個李雲的詛咒，當你握住那至高無上的權杖之時，你已經忘記了你的初心，當你開始肆無忌憚踐踏他人權利開始，你就已經註定永遠無法獲得內心的寧靜。」

「這就是詛咒的真相，讓獨裁者瘋狂的，正是他們自己那對於權力的貪婪。」

柯夏站在那兒，眼睛裡甚至帶了一絲感傷：「我只是來知會你一聲，人我會帶走——另外，我必須要提醒你一句，這位西瑞先生，精通催眠術，你那些莫名其妙的夢魘，還是先從身邊人查起吧，你精神力這麼高，沒有媒介是不可能成功催眠的。當然，也只能是夢而已罷了，這種小伎倆，心裡沒有虧心事，怕什麼？」

他轉身十分不恭敬地就要走，柯樺看著他無所畏懼的背影，忽然開口：「夏，即便是為了救我，你也不願意放棄一個複製人嗎？」

柯夏微微側頭，有些輕蔑地笑了一聲：「陛下，一個坐在寶座上的人必須有的技能是看清楚誰是為了權力聚集在你身邊。我相信你應該能感覺到，我的殺意和怒意。」

他不再說話，而是大步走了出去。

柯樺站在那裡久久不言，他的背心早已被冷汗沁透。

他喃喃低語：「只是一個微不足道的複製人而已……」

地下實驗室裡，西瑞正在看著已經被喚醒的邵鈞的各項指標，然後看助手們問話，黑髮複製人只是警惕地看著他們，一言不發，如果不是雙手手腕被反銬著，西瑞毫不意外這複製人將會咬斷他們的咽喉。

西瑞的一個學生有些頭疼：「他說不出話，測試不出他的精神力水準，又是個野獸一樣的性格，完全不配合，這要怎麼測試？確定這人真的會說話？」

另外一個學生道：「確鑿無疑，根據我們的線人可靠消息，聽說都是親王親自教的，親王還很寵他，能夠和護衛們交流，但到了月曜城不知道怎麼忽然跑了，柯夏親王大怒，封城找了很久，後來還親自跑去平原把他帶了回來，據說帶回來也沒怎麼懲罰他，不過回京倒是立刻就送回實驗室去檢測去了。只是我們的線人能在周圍出沒，更只能從一些護衛嘴裡收集資訊，具體不知道親王和他怎麼相處的。」

西瑞仔細觀察著邵鈞的表情，上前想要摸他的額頭，對方頭一偏，充滿敵意看著他，學生們忙提醒他道：「老師小心！早晨替他抽血的傑克差點被他打暈過去！」

西瑞笑了下，溫和地對邵鈞說話：「聽說你叫鈞？你受了很多苦吧？一有意識，就被扔去和野獸，和人角鬥？每一天都面對著生命的威脅，生命垂危。即使是到了親王那邊，你學會了說話，他們還是不把你當人是吧？不然你也不會逃跑了，還硬生生把自己的脖子上的項圈給撕開，你很聰明……我從來沒見過學習能力這麼高的孩子，你的精神力一定非常高，雖然現在沒有檢測確切精神力的辦法，但是精神力高會表現在每一個方面。」

「跟著我，你能夠和人類一樣學習，跟著我一起研究，我給你人的身分，我可以帶你回聯盟，你可以和所有人一樣，擁有正大光明的身分，有著光明的前途，還可以結婚……」

他的聲音舒緩溫和，帶著一種奇特的韻律，他也一直盯著邵鈞說話，彷彿十分尊重並且飽含摯愛。

黑髮複製人瞪著他，漸漸眼睛開始失去焦點，眼神渙散，西瑞低聲道：「乖孩子，你是我見過最聰明的孩子了，來，聽我的話，記得我是誰，我是西瑞，是你的主人，你對我的話不會違抗，我說什麼你都會做什麼，好不好？」

黑髮複製人張開嘴，但只能在喉管發出了嘶嘶的聲音，西瑞滿意地笑了，溫柔誘哄他道：「現在我們替你解開手銬，你會聽我的話的，是吧？是的話點點頭。」

黑髮複製人很乖地點了點頭，那股如同猛獸一般的戾氣已經消失不見，彷彿一隻乖順的小貓，西瑞讓人解開了他的手銬，輕輕摸了摸他的頭髮，忽然在他耳邊「啪！」地一下擰了個響指。

黑髮複製人彷彿忽然驚醒一般，茫然轉頭四顧，看著西瑞，似乎不太理解自己為什麼忽然覺得這個人十分親切，西瑞笑了：「來，你只要乖乖聽話，我等等就會給你獎勵，你肚子餓了吧？先來和我做一些檢查，全部完成以後，我會讓你吃東西。」

黑髮複製人彷彿有些猶豫，但學生們簇擁著他走了出來，他茫然不知所措跟著西瑞穿過一條長長通道，按開了許多需要瞳孔、指紋生物資訊才能打開的鎖，進入了一間地下密室內。

他被人指揮著再次脫了身上的白袍躺入了一個檢查艙內，固定住手足脖子頭部，然後頭上身上全都被聯上了各式各樣的導線。

西瑞站在一旁用十分慈祥溫和的微笑看著他，低聲哄他：「這是一個精神力的檢測，你聽我的指揮，回憶一些相關的場景，然後這些神經導線就會將你的腦電波、神經元波動等等回饋成為可量化的資料，這樣我們就能初步推測出你的精神力究竟是水準，這個檢測很關鍵，放心，對你沒有任何傷害，檢測好了以後我們才好幫助你，相信我，嗯？」

黑髮複製人懵懵懂懂看著他，不知不覺又點了點頭，但他的額頭已經被固定在一個金屬環內，很快每一處被金屬環固定的地方都感覺到一涼，大螢幕上所有資料都跳動起來。

一個學生道：「就緒了，一切正常，血壓心跳正常。」

西瑞博士伸手輕輕撫摸著邵鈞的頭髮，安撫他道：「你先想一下你剛剛第一次被扔進角鬥場，和野獸們，和基因雜交複製怪物鬥爭的時候的場景……可怕的野獸，凶殘的怪物，疼痛，恐懼，窒息，飢餓，疲憊到了極點……卻無處可逃，不能休息……只有戰鬥，只有贏，只有殺了對方！」他的聲音充滿了煽動的情緒，邵鈞漸漸彷彿回憶到了那可怕的過去，全身微微顫抖，眼睛瞪大，呼吸急促。

一個學生大叫道：「憤怒量表很高！他的精神力果然很高！」

西瑞博士笑了下，又輕輕撫摸著他的臉安撫他：「好了，一切都已經過去，一切都已經安全，你現在很好很安全，我們將會給你充足的食物，你能有安靜的地方睡眠休息，不再有人害你……你可以安心休息了……」

量表漸漸平復下來，邵鈞呼吸平緩，心跳穩定正常地跳動，漸漸他閉上了眼睛，學生驚呼：「他居然睡著了！」

西瑞博士道：「他接連受了兩次催眠暗示，精神力敏感的人接受催眠容易疲憊，讓他睡吧，順便觀察下他的做夢情況，等他醒了再檢測生殖能力等其他情況——複製人沒有生育能力，看看他是不是個例外。」

學生道：「好的。」

西瑞心裡卻在分析著，他應該的確是有學習能力，能夠被催眠和被暗示，和空殼一樣的複製人還是不一樣。現在的問題就在於，這人是否是真的是複製人，還是只是別人放進去哄騙親王的棋子？檢測發現他腦子裡的確有一個金屬接收器，在原理不明的情況下，如果擅自開顱拿出來，怕會造成不可逆的後果，如果是有人早已掌握這種技術，那麼世界上究竟還有多少這樣的人？

他正沉思著，忽然通訊器響起，學生低聲道：「老師！教宗祕密前來，說有要事想要和您私下會談。」

西瑞看了眼那些儀錶，漫不經心道：「呵，老東西來做什麼？請他到這裡來吧。」

不多時，一個穿著華麗白袍威勢不凡的白髮白鬍子老年男子出現在了密室，西瑞站起來笑道：「原來是教宗大人駕到，不曾遠迎，實在是抱歉了……」

教宗站在那兒，銀白色的頭髮和長鬍子給人一種雍容華貴的感覺，華麗的白袍上金線閃閃發光，他的聲音猶如聖歌一般動聽：「實不相瞞，西瑞博士，我聽說你掌握了一門技術，能夠將垂死之人的精神力轉移到他人身上，所以前來請教這猶如造物主一樣的技術。」

西瑞博士笑了笑：「教宗是哪裡聽來的謠言，你也說那是神的手段，人類無法做到。」

教宗沉聲道：「不必再遮掩，我已經知道，那高高坐在寶座上的柯樺陛下，靈魂仍然是早應該駕崩的柯冀陛下——亡者歸來，借用著親子的軀殼。西瑞博士，你這是逆天的瀆神之舉，一旦我宣揚出去，你知道全世界會如何對待你嗎？天網之父羅丹的高徒，德高望重的學術泰斗，你將手探入了神的領域，將亡者拉回現世，將暴君引回世間，將會觸怒神靈！」

Chapter 246 我的人

所有的人都已經被遣走，地下密室裡彷彿死一般的寂靜。

教宗約書亞站在那兒，薄唇開合，說出了一個如果在外界一定會掀起軒然大波的結論。

然而西瑞博士卻只是平靜一笑：「教宗閣下是想要強加什麼罪名給我嗎？可惜我不信教，還是聯盟人，你的教會戒律，管不到我。」

教宗道：「柯樺皇子是我的教子，自幼信教，時時向我禱告，我視他如親子，他身體裡頭換了個靈魂，我豈能不知？有了懷疑以後略加試探，很容易就猜到了是誰在利用親兒子的軀殼轉生……西瑞博士，你做這樣的事情，是真的不怕下地獄嗎？」他語氣森然。

西瑞側了側頭：「教宗閣下說這樣的話，才真是叫人有些發噱了，你是怎麼可以這麼坦蕩蕩說出視柯樺皇子為親子這樣的話出來的？」

教宗語塞，西瑞戲謔看向了他：「教宗閣下，不要對一個心理專家撒謊，我來帝國以後，分析過你的行為，發現了一件很有意思的事。你喜歡漂亮的小孩子，越漂亮的，越得到你的喜愛，以我們陛下的相貌，小時候一定是天使一樣的孩子吧？」

教宗臉色大變，冷冷道：「信口污衊！」

西瑞笑吟吟：「當然，畢竟陛下是皇族，想來教宗閣下應該沒有做出什麼不可告人之事，隨著陛下慢慢成年，想來你對他那種非分的想法應該也隨著陛下長成了成年人而失去了興趣，但是陛下的精神力非常特殊，他真的毫無覺察嗎？教宗大人？」

西瑞饒有興致看著教宗鐵青的臉：「他是不是保持著和你的距離，拒絕你的接觸，相敬如賓？我觀察過很久陛下和你的相處模式，我當時就想這太不正常了，這不像傳說中深受教宗寵愛的教子。陛下每次和您在公共場合出現的時候，都是警惕戒備的，所有的姿勢都是下意識地防護，衣服總是裡三層外三層，哪怕是酷夏陽光下做禱告，他仍然嚴謹地一絲不苟，即便是其他人早已換上了輕薄涼爽的教會袍。」

「所以，教宗閣下，是憑著這一點，判斷陛下換了人嗎？」

教宗這時卻忽然平靜了下來：「西瑞博士是想要激怒我，掩蓋你的真正罪行嗎？」

西瑞輕輕笑了聲：「罪行？教宗閣下今天是來聲討我罪行的嗎？那何不直接對全世界公布？你明明是有求於我，何必掩飾？」他上下打量著教宗的身體：「我聽說遙遠的遠古，有一種宗教，他們的宗教教主，會一世一世轉世重生，每一任教主死去後，長老們便會四處尋找轉世的聖童。教宗閣下，難道也想如此？」

教宗也笑了：「想來西瑞博士還完全沒有意識到自己的危機，柯冀陛下是什麼脾氣，我再熟悉不過，一旦他完全不需要你了，你以為他還會容忍你這個人活在這個世界上，然後製造出更多的柯冀？他難道還會讓你這個知道他祕密的人活在這世上隨時能揭穿他的祕密？放眼如今帝國，能夠庇護你的，只有我了。」

西瑞笑了聲：「那是我的事，科學與神靈同在？不不不，還請教宗大人回去吧，容我提醒您，發現了這個祕密，您夜不能寐吧，畢竟您一定有許許多多的把柄掌握在柯冀大帝手中，不然也不會老老實實這麼久，直到柯樺陛下登基，你才展露你的野心，如今你感覺到政治野心破滅，一定感覺到十分失落吧。」

「恕我直言，你想要以此來要脅我，那可就打錯了主意，我可不知道什麼柯冀陛下的事，在寶座上的那位怎麼看都是柯樺陛下，不知道教宗是不是心虛了瞎猜疑，您這話說出去，怕就是聯盟都要笑死，誰會信你？教宗還是請回吧！我可不知道什麼靈魂轉移的法術，如您所說，那是神的領域。」

西瑞沉下臉來，下了逐客令。

教宗正想說什麼，忽然他手腕上的通訊器響了下，他低頭看了眼，臉色一變，冷笑了聲：「我等著你來求我的那天。」他轉身拂袖而去，華麗的衣袍一撒大步離開了。

西瑞還以為對方這麼盛氣而來，必然有所準備，正等著他提出更多的條件，沒想到對方卻居然如此輕易撤退，他納悶了。

這時忽然外頭的學生緊張地衝了進來，喘著粗氣，六神無主：「老師！柯夏親王來了！軍隊圍起了我們整間宅子！」

西瑞一怔：「什麼？」

那學生滿臉倉皇：「是武裝部隊，全部裝備輕型外骨骼式機甲，手持雷射炮……老師，您快出去看看吧。」

西瑞勃然變色：「這裡是京城，擅自出武裝部隊，他這是要謀反嗎？」他幾句話沒說完就已起身大步要走出去，外面卻已經湧進來了一群黑衣帝國軍人，每個果然全副武裝，人人神情肅殺，彷彿隨時開戰。

為首的正是面容冷峻的柯夏，他稍微壓了壓軍帽檐，冷笑道：「西瑞博士？我聽說你經過我的許可將我的人帶來了實驗室，我想大概是哪裡出了誤會，我並沒有許可任何人，包括陛下，帶走我的人。」他重重的加重了最後三個字。

西瑞微微啞然，然後才笑著道：「誤會，誤會，我聽說了親王手裡有個複製人具有學習能力和自主意識後，便和陛下請示得了同意，因著急著想要研究資料，先去了那個實驗室想要一些資料，沒想到正好親王將那複製人送過去檢測身體，我一時見了喜歡，想著陛下和親王殿下兄弟情深，陛下同意了，您不會不同意的，便想著先帶回來了，都是我魯莽了。」

柯夏漠然看著他，之前在爍金園裡的那些謙虛已經不見，西瑞彷彿看到了昔日的聯盟元帥，冷酷，漠然，看著他彷彿看著死人。

這甚至有點像柯冀，西瑞背上微微竄起了一股寒氣，柯夏已經大步越過他，直接走向了他身後的實驗艙內，那裡黑髮複製人還在靜靜地安睡著。

柯夏伸手扯開了那些導線，按開開關鬆開所有固定環，解開身上的披風蓋住了複製人，將他抱了起來，一言不發轉頭走了出去，一直走到門口，才轉頭向西瑞冷聲道：「我不管你用什麼蠱惑了陛下，只提醒你一句，別惹我。」

「惹惱我的人，都在地獄裡。」

他抱著人直接走了出去，護衛們簇擁著他，大步行走。

很快這群森冷肅殺的軍人飛快離開了西瑞博士的實驗室，所有學生才如釋重負，紛紛過來安慰老師：「這親王性格太強，老師還是不要和他硬碰硬的好。」

「可能在聯盟說一不二慣了，他忘了他還在帝國嗎？帝國是陛下最大！他居然不遵陛下號令，擅動武裝？」

「沒有陛下的命令就擅自動兵，這相當於謀反！」

「陛下這次不能忍吧？」

「奇怪，一個複製人而已，用得著這樣大動干戈嗎？」

正在沉思著的西瑞博士腕上通訊器閃動，他伸手制止了七嘴八舌的學生，示意都出去，待四下無人，才接通了通訊器。

對面出現了柯樺，淺金色直髮，白色華麗睡袍，但臉上那一見就可見底的清澈柔軟笑容已經不見，他冷漠看著西瑞：「柯夏不肯放棄那個複製人，且由他吧。」

西瑞笑了下：「陛下，您還把他放在眼裡？不過是一具千瘡百孔的備用身體罷了。」

柯樺冷冰冰道：「他還有用，這複製人也不見得多有用，不必為這小事和他撕破臉。」

西瑞道：「之前的推論是柯夏親王不會為了這點小事和我們撕破臉，怎麼現在倒變成了我們不願意為了這點小事和柯夏撕破臉了？陛下，受制於人，這可不是您的風格。」

柯樺陰冷地看了他一眼：「我的風格是什麼？西瑞博士，不要忘了你的身分。」

西瑞連忙謙恭笑道：「也就隨口一說，畢竟那個複製人還是挺有研究價值的，一個複製人怎麼會忽然擁有精神力？如果有人掌握了這種方法的話，我們也能更好地籌備下一步行動。」

柯樺淡淡道：「你不是也成功了嗎？複製人你可以自己去和他協商，動之以利也好，私下誘拐也好，用上你的催眠術也行，我不插手，你自己想辦法，他總不可能一直在柯夏身邊。」

「聯盟那邊有異動，柯葉私下也和聯盟軍方有聯繫，但有柯夏這個前聯盟元帥在帝國軍方，聯盟軍方忌憚他，絕對不會擅動。要不是我當時將柯夏逼回帝國，他一定會趁我駕崩之時大舉進攻帝國，帝國在蟲族戰後，岌岌可危，簡直是一塊毫無遮掩的肥肉。我需要時間，重新以柯樺的身分掌控帝國，還有，這具身體的精神力操縱機甲還不太行，太弱了。」

西瑞笑道：「陛下智計無雙。只是您的精神力需要重新適應身體，不適合高強度的機甲駕馭。那個複製人，我已經在他的大腦裡埋下了一點暗示——我早料到柯夏親王不會輕易甘休，但我的確沒想到他這麼快，這麼強硬，這是你寵出來的吧？」

柯樺忽然森冷地笑了：「他的確是個很優秀的皇族子弟，說實在話，如果他是我的兒子就好了。」

西瑞輕嘆：「如果有一天，他發現他是在為自己的殺父仇人效勞，真想看到他的表情。」

柯樺冷笑了一聲，斷掉了通訊。

西瑞站在原地，久久不語，在他看不見的角落裡，一隻銀灰色透明的貓飛快地掠過。

Chapter 247 溝通技巧

安靜的飛梭裡，邵鈞被抱進飛梭後就睜開了眼睛，但柯夏將他放到座位上就一言不發，邵鈞起身發現自己沒有衣服的窘狀，只能裹著大氅有些尷尬地坐起來。

飛梭裡只在入口處開了個小燈，艙內沒有開燈，整個艙內是難言而充滿壓迫的沉默，邵鈞說不出話來，柯夏一言不發，也不看他，只是走到了落地窗邊，拉開了窗簾，看向飛梭外面的無邊無際的漆黑夜空，雪落了下來，冬天到了。

飛梭啟動了，柯夏站在落地窗邊，鋪天蓋地的雪粒旋轉著打在他跟前玻璃上，逆著光，筆直的脊背顯出了個沉鬱挺拔的剪影。

邵鈞知道柯夏明顯生氣了，電紙螢幕也不在身邊，一貫從容冷靜的他面對賭氣的小王子忽然也覺得有點棘手。

失去了語言的他好像只剩下行動撫慰，持續僵持下去柯夏會越來越生氣的，他心裡嘆了口氣，裹緊了大氅，想要走過去，然而一起身，他忽然就感覺到了一陣突如其來的眩暈，他按著頭一個趔趄，柯夏已經衝過來抱住了他正在往前跌的身體，整個人緊張極了：「怎麼了？」

邵鈞睜開了眼睛，搖了搖頭，柯夏將他平放回柔軟靠椅上，在座位邊蹲下去摸他的額頭，一邊心裡暗自懊惱自己只記得生氣，卻忘了鈞在那科學瘋子手裡不知道有沒有受到什麼折磨。

邵鈞看著他有些緊張的臉，心裡一軟，從額上拉過他的手吻了下他，示意他一切沒問題。

然而這一個輕輕的吻卻彷彿點燃了什麼開關一樣，柯夏已經反手抓住了他的手按到了他的頭上方，狠狠地吻了下去。

這是一個壓抑了許久凶狠的吻，從知道他被帶走開始，他就一直處於緊張狀態，直到見到完整無缺的他，理智告訴他西瑞要研究精神力不可能將他怎麼樣，但情感卻完全無法抑制的瘋狂想像失去他的可能。

而知道他已經恢復記憶後，那種酸澀，失落，難堪，患得患失更是充斥著他的心裡，他委屈極了。

唇分開，他死死按著邵鈞的手，盯著他冷冷質問：「你這是在安撫孩子嗎？我算什麼？有事你自己去，回來看到孩子可憐就親兩口安撫一下，然後下一次遇到危機，仍然拋下我自己一個人去冒險？」

譴責的眼神讓邵鈞有些愧疚，他說不出話來，只好用另外一隻手摸了摸柯夏的頭髮表示安撫。

柯夏狠狠地將他抱入了懷裡，抬起他的下巴深吻，邵鈞被迫抬著下巴張著嘴承受著他疾風暴雨一般的吻，有些呼吸不過來急促喘著氣，漸漸感覺到身體開始發熱。

他忽然伸手用力推開柯夏，柯夏這一刻也忽然停止了動作，低下了頭看著邵鈞，邵鈞臉上通紅，喘息著十分難為情地別過頭去不敢直視他，側身低頭去撿那在這激烈的折騰不知何時早已滑落在地面的軍用大氅。

幽暗蒼穹的微光透過落地窗玻璃，此刻什麼都沒穿的邵鈞過於直白的身體反應沒有任何東西可以掩飾，與緊緊攬著他身上卻嚴整穿著整套深黑軍裝的柯夏這一刻顯出了鮮明對比。

柯夏忽然好整以暇地笑了，牢牢捉住了他想要去撿大氅的光滑手臂，擰著按到了後腰，軍裝上反射著窗外淡淡雪光的帝國軍金質徽章上，金色巨獅昂揚抬頭，鬃毛怒張，蓄勢待發做出了狩獵姿態。

飛梭早已停在了白薔薇王府的停機坪，但門卻一直沒有打開，原本在下頭想要迎接的花間酒、花間琴以及聞訊想要第一時間瞭解詳情的羅丹等了一會兒，始終不見開門，面面相覷。

花間酒傳了訊息給元帥，不多久元帥直截了當地發了個滾字給他。

花間酒臉色複雜，將聚集在停機坪迎接的人揮手示意全部散了，只留下了機器人管家留在停機坪口兢兢業業等待他們的親王殿下。

雪紛紛揚揚落了一整夜，天亮的時候，白薔薇上全都落滿了薄雪，蒼白的花瓣不堪重負卻仍然艱難綻放著，人造陽光照在了開始融化薄雪和飽受摧殘的薔薇花瓣上，顯示出了一種驚心動魄的美感。

在飛梭上待了一夜的親王殿下第二天是將邵鈞包在被子裡抱回房的，機器人管家迅速通知了護衛隊隊長花間酒大人，花間酒體貼地傳了個訊息問候親王殿下有什麼需要幫忙的，是否需要家庭醫生，並且做好了心理準備又要接受一個滾字。

但饜足了的親王殿下顯然心情好多了，這次回了一個：「這次不應期比較長，要不要看醫生？」

花間酒飛快地回了個：「是您還是鈞？」

這次他終於如願收到了「滾」字。

他笑眯眯又發了一句大逆不道的訊息過去：「到底有多少次？鈞很厲害嘛！」

親王殿下沒有再理他。

被包在被子裡的邵鈞全身都彷彿被火車碾過一樣，縮在柔軟被子裡閉著眼睛一動不動，陽光照在他充滿疲憊的臉上，

柯夏親自端了杯水過來抱起他來餵他喝水，他伸出手來想要自己拿杯子，一眼卻看到自己手指上全是紅色的齒痕，昨夜那極盡混亂的場景，過於強烈的歡愉，那種充斥在神經末梢裡直衝大腦皮層讓他難以承受卻又極致的快樂感覺又回到了腦海裡，那對於他是陌生從來沒有感受過的，他臉上忽然又熱起來，收回手縮回被子。

柯夏很是耐心地誘哄：「喝點吧，我聽到你的聲音都啞了，你現在還沒辦法說話，還是保護好嗓子。」

邵鈞將被子扯起蓋過了頭，拒絕和這頭禽獸繼續說話，被尾卻露出了修長白皙的一隻腳，那裡更是遍布著各種痕跡，從小腿到腳腕腳跟上都是斑駁的指痕齒痕。

柯夏盯著那隻很快又縮回被子的腳，忽然覺得自己又可以了。一晚上的實踐證明，鈞這經過精心挑選製造的身體隨便哪裡都是敏感點，以至於他能夠輕鬆讓對方繳械，加上對方心懷愧疚步步退讓，開始基本是予取予求，後來受不了到底卻體力不濟，以至於節節敗退，他大獲全勝，這讓他的征服欲得到了極大滿足，完全沖淡了前天的不滿和委屈。

他很是有些遺憾，知道現在不能再瞎鬧了，還是讓鈞好好休息，但是——其實鈞不會說話挺好的，說不出話來，他就可以假裝不知道對方已經不想要了。

不想用聲音溝通是嗎？那就換一種溝通方式好了，可能用不了多久，等他多和他努力溝通幾次，他就能重新聽到他的聲音了。

從來沒有一場勝仗能給予他這麼大的成就感和滿足感，大獲全勝的柯夏志滿意得地出去書房處理事情了。

直到晚上，休息好了重新穿回嚴整護衛服的邵鈞才見到了眾人，臉上仍然冷淡平靜。花間風也接到了通知祕密出現在了書房裡，他臉上的面紋已經洗去，整個人彷彿年輕了許多，漆黑的眼睛看人的時候總是怯生生的，無辜清純，沒有任何人會將這個人與臺上風光無限穠麗風流的明星花間風聯繫在一起，更不用說那黑暗的間諜家族族長了。

早已從花間酒嘴裡聽到報告的花間風玩味地打量著邵鈞那仍然微微有些發腫的嘴角，眼睛下青色的陰影找出那種疲憊的蛛絲馬跡，打趣他：「鈞可真是辛苦了。」然後迅速得到了來自一旁殷勤倒水的柯夏警告的目光。

純潔的羅丹則完全沒注意，只是十分認真地替邵鈞檢查眼皮等等地方：「艾斯丁昨晚偷偷傳了影片過來，你們可以先看，他說還要在那裡隱藏一段時間，因為發現了一些奇怪的東西，還要再求證一下，要我們不用擔心……張開嘴……」

「高精神力者只要有意識到對方是在催眠，很容易就能抗拒催眠，這也是催眠者一般不會對高精神力者催眠的原因。你雖然沒有被催眠，困倦和偶然眩暈的話也是正常，畢竟一直緊繃著精神抗拒催眠。對方的暗示沒有成功，暗示必須要有一定的邏輯合理性，在天時地利之時經過一些契機誘發，不可能下完全不合邏輯的暗示，他暗示你應該聽從於他，如果是一個什麼都不懂的新生複製人，可能會接受這個暗示，但是對於你這樣擁有完整社會經驗和人格的人，意志又比一般人更為堅定，不可能暗示成功的，放心吧。」

「但是昨晚的影片我有點介意，大家請看。」羅丹按開了影片，整個影片是從邵鈞被帶入實驗室，解下病人服被鎖上實驗台開始的。

花間風有些不自在，輕輕咳嗽了聲，但看在座的人神情都很坦然，只好微微轉過頭，然後果然不經意看到柯夏的耳根微微有些紅了，看到邵鈞被扣上拘束帶的時候，他甚至還不動聲色地轉了轉身子，優雅地將長長的右腿架上了左腿上。花間風心裡嘖了一聲，暗自嗤笑了一番聯盟元帥表面冷酷淩厲其實純情處男的表現。

羅丹解釋道：「這是檢測精神力在不同情境的表現，的確透過這些測試可以得到一個初步的量表指標，大致判斷出精神力的水準，我請大家注意這一段其實是讓大家知道，西瑞對鈞非同尋常的關注有些奇怪，關鍵是後頭的場景，請大家注意。」

很快教宗出現了，所有人都坐直了，花間酒驚呼道：「教宗！」

所有人都屏著呼吸聽出了教宗說出的那句石破天驚的話，然後面面相覷，眼睛裡全寫滿了震驚。

教宗和西瑞的對話裡頭蘊含著太多的資訊，直到他們對話倉促結束後，柯夏闖了進來，將邵鈞帶走後，柯樺與西瑞的通話再次震驚了所有人。

影片結束後，在場的所有人都沉默著，久久花間風才問道：「柯樺，真的被柯冀取代了？」

羅丹抬頭，紫羅蘭色的眼睛十分直接：「在一個已經有靈魂的身體內投射入其他人的靈魂甚至精神力，這是我都做不到的事情，我不認為以他的資質能做到。」

「人類無法憑空創造靈魂，靈魂與軀體的結合是天然密不可分的，軀體死亡則靈魂往往會消散，精神力高只是會消散得慢一點，除非有辦法源源不絕地補充，與之相對的，靈魂如果消散，軀體也會極快地衰敗，這就是精神力崩潰往往就會導致軀體衰敗死亡的原因。」

柯夏原本緊繃著的面孔微微放鬆了些，站在一旁的邵鈞原本一直避開和他身體接觸，這個時候也輕輕拍了拍他的手背安撫他。

羅丹繼續道：「精神力與身體的結合是非常非常緊密的，不可能隨意剝離，還有他如果已經掌握了這個技術，不可能還對鈞這樣一個複製人身體忽然產生精神力這麼感興趣，畢竟如果已經擁有能夠將人的軀體上原本的靈魂驅逐，注入其他人的靈魂這樣的技術，那在一具空白的複製人身體上注入精神應該更簡單。從邏輯上說，他如果掌握這樣的技術，也應該選擇的是像我們一樣使用一具新的複製人身體來給柯冀，而不是大費周折地對自己兒子下手，看他們對話的情況，應該還考慮過柯夏的身體，這就更奇怪了。」

「要知道無論是柯夏，還是柯樺，都已經是人群中難得一見的高精神力者，除去他們的高精神力，他們的身體並沒有什麼特別之處，遠遠不如更容易操作、能夠隨意選擇優秀基因的複製人身體。」

「而即使是複製體，注入精神體也充滿了極大機率的失敗，目前實際上成功的只有風先生和鈞而已，而風先生是原本就是自己的身體，且本來就沒有死亡。鈞這個則太特殊了，鈞是純魂體，經歷過非常漫長的年月的凝練捶打，精神體與一般人不同，非常凝練，這才能夠讓他在投射過程中即便遇到了意外精神體撕裂，還能夠險之又險地注入身體內。但是即便是這樣，當初我也和鈞一再強調，風險非常大，建議他還是和我、艾斯丁一樣，保持魂體就算了，沒有必要冒這樣大的風險進入凡人的身體……」

柯夏忽然轉頭看了眼邵鈞，邵鈞避開了他的眼神，羅丹卻渾然不覺，一心沉浸在他的技術演講中：「可惜鈞沒聽我的話，純魂體才是最完美的狀態，風先生都沒辦法保持純魂體，當時如果他的軀體死亡，他的靈魂很快就會消散，鈞真的是太浪費了，凡人身體生老病死，到時候也不一定還能回到純魂體的狀態……非常可惜，凡人的生活短短百年，魂體卻擁有無限的時間……西瑞不可能掌握這樣的技術……」

羅丹已經完全忘記了自己之前明明是在分析技術疑點，滔滔不絕，邵鈞只覺得側臉一旁柯夏的眼神灼灼，給了他越來越大的壓力，他一側耳根幾乎熱透了，只能轉眼去看在一旁一直眯著眼睛看熱鬧的花間風。

花間風接到他求助的眼光，輕輕咳嗽了聲：「羅丹先生，那您的意思是，西瑞博士不可能掌握這樣的技術是吧？否則他就不會大動周折冒著得罪柯夏親王的危險，去把鈞帶回去研究了。」

羅丹乾脆道：「是，我不認為西瑞的資質和今天影片裡頭的表現，足以勝任這樣的實驗，更何況，這樣的嘗試必然要做過大量的人體實驗，他不可能成功。」

柯夏忽然道：「昨晚我去皇宮裡找柯樺要個解釋時，柯樺和我說，柯冀臨死前已經將身體部位逐步替換過，但仍然無法阻止精神力的崩潰和瘋狂。雖然理論上這應該是『柯冀』說出來的話，但是我感覺很可能是真的。」他將那古老的詛咒和柯樺說過的話說了一遍。

羅丹抬頭：「忒修斯之船？從前複製體還沒有廣泛應用在義肢、器官移植上時，很多患者會使用其他人捐獻的器官移植，最後發現有些人擁有了被移植人的基因，甚至還有人擁有了器官供體原本擁有的愛好、特長，記憶，這一直有科學家在研究，甚至提出了如果逐步用一個人的器官移植到另外一個人的身體上，是否原本的人，就會被另外一個人逐步取代？究竟這個人，究竟是誰呢？從哪一個時刻，徹底被另外一個人取代呢？這是一個毛骨悚然的課題，觸碰了太多的倫理禁忌，被禁止研究了。後來隨著複製人技術的成熟，也很少有人再提這個實驗。」

柯夏沉思道：「但是看柯冀這意思，應該是想占用其他人的軀體。」

羅丹搖頭：「沒用，精神力崩潰，換多少個身體都一樣，哪怕西瑞掌握了往複製人身上轉移精神力的辦法，他也沒辦法給柯冀的精神力轉移，因為他的精神力在崩潰渙散，不可能經受得住這種失敗機率如此大的轉移。」

眾人沉默了。

羅丹卻沉思道：「那個詛咒很有意思，很值得研究，這樣一代一代的強化的暗示……讓我來想想還有沒有先例……」他已經又開始天馬行空地走神了。

柯夏忽然抬頭敏銳道：「還有一件事，教宗一口咬定發現了這個祕密，西瑞理論上應該是柯冀的盟友，同謀者，接下來他與這個所謂的『柯冀』的對話，卻絲毫沒有提醒對方教宗發現了他的真實身分？這是最大的漏洞，我認為西瑞其實是在為自己在尋找後路。」

花間風點頭贊許道：「不錯，仔細分析這裡頭還有很多紕漏，柯冀如果要將這麼大的事交給西瑞，西瑞必定有什麼要命的把柄在柯冀手裡，光是名利並不夠，西瑞對這個『柯冀』明顯不夠尊重和畏懼，這不合常理。」

「但是這樣又無法解釋柯樺為什麼會以柯冀的身分說話。」

羅丹抬頭道：「我認為是催眠。」

眾人看向他，羅丹道：「高精神力者很難被催眠，尤其是這樣完全催眠對方接受自己是另外一個身分，柯樺的精神力應該出現了動盪、虛弱甚至崩潰等等很大的波動，才會使對方趁虛而入，下了暗示，暗示他就是借兒子軀殼複生的柯冀。」

花間風道：「有什麼會讓一個高精神力，高高在上身邊都是護衛，位高權重的皇帝精神力崩潰呢？」

柯夏想了下道：「一向奉為神一樣的教父，彷彿對自己有不可告人的感情，最後卻安排了人迷姦自己生下傀儡……一向慈愛以為早已逝去的親生父親，忽然要謀奪自己的軀殼重生……這樣的事呢？」

眾人悚然看向了他，柯夏摸著下巴道：「我覺得我們的小天使柯樺，經歷了這樣的事，應該很可能會精神力崩潰。」

眾人沉默了一會兒，都接受了這個理由，的確光是想想就很可怕了。

花間風繼續追問：「那麼怎麼求證那個人仍然還是柯樺呢？如何解開暗示呢？」

羅丹沉思了下道：「從技術手段上來說，暗示一個人是另外一個人，其實是非常難的事，因為他就算認知自己是那個人，但實際他還是不是那個人，他無法擁有那個人的記憶、掌握的知識、能力水準等等，這種暗示原本就應該隨著時間延長很容易讓被暗示的人自己就意識到，但他還沒有意識到，一種可能是時間還短，第二種可能是暗示還在不斷連續強化，並且有人協助將屬於柯冀的記憶、知識催眠裝入柯樺的大腦內，但這仍然是讓對方誤以為自己擁有這些記憶，仍然並不長久……」

柯夏卻道：「我有一個想法……等我再徵求一下玫瑰小姐的意見。」

眾人知道他的意思，也不再追問。

花間風又繼續提問：「那麼西瑞的動機是什麼呢？既然這樣的暗示如果根本不久長，他為什麼還要暗示柯樺陛下成為柯冀？這如果他真的有這樣的能力，為何不直接暗示柯樺聽他的命令就行了？還有，真正的柯冀，又在哪裡呢？如果說一切都是柯冀主謀，他究竟又是為了什麼？讓兒子被催眠以為成為自己，這不是更增加了自己暴露的風險嗎？」

這下大家都沉默了，柯夏道：「我最近在看近期的帝國官員變動任免情況，風先生有空可以替我一起看看，我們目前所能做的也只是小心警惕——如果柯冀是幕後主使的話，他必定還有下一步計畫，也請風先生那邊加強情報工作了。」

花間風道：「好。」

柯夏問：「還有什麼補充的嗎？」

大家沉默，柯夏便拍了拍手：「那大家先回去，保持聯絡，請羅丹先生留下來一下，我有事請教您。」

等大家都出去後，羅丹好奇問柯夏：「親王還有什麼要問的？」

柯夏卻湊近問他：「鈞離開之前，是認為自己有可能失敗的？有和你們交代什麼事嗎？」

羅丹道：「對啊，他沒告訴你嗎？哦對了，他還不能說話。」羅丹記性很好，很快便將邵鈞當時說的話稍微婉轉解釋了下給柯夏，解釋道：「你們現在感情挺好，有什麼誤會就早點說開，這樣也有助於他的聲音早日恢復。」

柯夏眸色轉深，低聲道：「知道了，謝謝您羅丹先生。」

邵鈞出去很快便被花間風拉到了一旁竊竊私語：「鈞寶寶，你想不想去讀大學？我現在在帝國九州大學就讀，你一起來吧？」

邵鈞有些遲疑，花間風已經乾脆俐落招手把花間酒叫了過來：「小酒，你明天就以親王名義知會帝國九州大學，讓他們安排個學位給鈞。」又轉頭問鈞：「就機甲裝備專業吧！」

邵鈞一聽這專業就不說話了，顯然是滿意，花間酒為難道：「親王那邊……知道了嗎？」

風先生揮了揮手：「你傻了嗎？鈞喜歡，親王敢不同意嗎？」

他揮手又將花間酒趕走：「立刻去辦，下週我就要見到鈞寶寶在學校裡。」

他攬著邵鈞的肩膀在猶帶著雪的薔薇花旁竊竊私語：「柯夏欺負你了吧？我教你，下次夏再纏著你，你就讓他給你也上一次。」

邵鈞臉微微發熱，推開花間風的手，花間風顯然還不知道他已經恢復記憶，還在苦口婆心教唆他：「在聯盟，同性配偶都是互相輪流滿足的，你一次我一次，這才公平呢……」

「所以阿納托利也是讓著你的嗎？」一個聲音從後邊涼涼傳來，花間風臉色不變，淡定轉頭道：「親王還是要關心鈞寶寶一些呀。」

柯夏抱著雙手，涼涼道：「你沒發現鈞已經恢復記憶了嗎？」

「什麼？」花間風臉上的表情也崩裂了，輕輕咳嗽了聲，看了眼臉上有些無奈的邵鈞，掩飾道：「我有事，先走了，下回見。」

柯夏看著花間風一溜煙跑了，嘲道：「他有愧於你，」柯夏頓了下，也忍不住自嘲：「只有什麼都不知道的鈞寶寶，大概才讓我們以為能有機會從頭再來，在你面前擁有一個完美形象吧。」這時候他也有些失落。

邵鈞也有些抱歉地笑了下，柯夏看著他的笑容，心裡一陣酸澀，他是經歷過什麼事，才會有這樣深的心防，不敢相信人，不願麻煩人呢？明明是一個多麼溫柔的人啊。

心裡一種衝動湧上心頭，柯夏一把將邵鈞按在了牆邊，牆邊纏繞著的花藤花瓣簌簌落下，柯夏彷彿蜻蜓點水一般啄了下邵鈞的唇，溫柔又小心翼翼，邵鈞抬眼看著他有些意外，但也並沒有怎麼反抗，大概是知道柯夏心裡似乎有事。

兩人臉靠得非常近，呼吸交錯，柯夏低頭看著他漆黑的眼睛，輕輕低聲道：「你不想說話就不用說，我會盡最大的努力，去懂你。」

邵鈞有些詫異，柯夏卻低頭一手按著他的手撐著牆，一手托在他腦後輕輕摩挲，揉得他脖子後又癢又酥。柯夏只專心和他纏綿地嘴唇摩擦著淺嘗輒止，吻一會兒又分開，又用鼻尖挨挨蹭蹭著邵鈞的臉和耳朵，像隻小貓在蹭著求親熱，彷彿只要這樣就已經很滿足。

薔薇花的清香中，邵鈞看著柯夏湛藍色的眼睛柔軟深情，金色的頭髮反射著陽光雪光又分外璀璨迷人，不由微微心中一蕩，有些被這美色所迷，風先生說的話，好像也有點道理。

Chapter 249 一些往事

邵鈞其實有點煩惱。

他覺得他是很想說話的，也很努力了，仍然還是無法發聲，羅丹他們說他心理有問題，是潛意識不願意溝通。

現在柯夏大概不知道又被羅丹灌輸了什麼觀念，一副對自己小心翼翼彷彿隨時會碎的樣子，但是這樣的美色當前，這樣的耳鬢廝磨和貼近的體味，都讓他那過於敏感的肌膚帶來了酥酥麻麻的感覺，這具身體……真的有點煩……但是不得不承認，這種愉悅對於他來說是致命的，他彷彿一個真正十八歲的青年，第一次嘗到這樣的快樂，很是有些新鮮，更何況柯夏實在長得好看。

如同收集了陽光一般溫暖的金色頭髮，湛藍色如寶石一樣璀璨的眼睛，粉紅的薄唇說出好聽的話，邵鈞覺得自己有點像被美色所迷的昏君，幾乎願意交出自己的一切。

那種急切希望對方緊緊擁抱自己的飢渴又出現了，他感覺到口有些乾，可是對方仍然只是禁錮著他，用味道包圍著他，有時候揉揉他的睫毛耳朵，有時候蹭蹭他的唇，金子一樣的髮絲時不時擦過他臉頰，很癢，每一下淺嘗輒止對他來說都是撩撥。

直到他終於忍無可忍在臨界之時想要推開柯夏，才發現晚了，之前彷彿只是挨著蹭著撒嬌的柯夏不知何時腿已經抵在了他雙腿間，在他身體變化的第一時間準確捕捉，溫柔握著他手腕的手這一刻也開始收緊，然後便是一輪疾風暴雨的深吻，等他看到柯夏湛藍色的眼裡狡黠的笑意，反應過來這不過是個溫柔的陷阱時，早已深陷其中，被牢牢禁錮成為可口獵物。

柯夏其實原本也是想讓邵鈞好好休息的，但聽到羅丹說的話，他心裡五味雜陳，臨別前的那一晚，所以對於機器人來說，是最後一夜了？他曾經是個人嗎？他曾經遭遇過什麼才變成今天這個既強大又溫柔，既堅忍又孤僻的人呢？他為什麼要放棄永生的魂體，選擇風險極高的凡人身體呢？做決定的時候他陪了自己一個晚上，失去所有記憶的鈞寶寶對自己莫名的依戀，是不是說明了自己在他心中的不一樣呢？

這個人他大概永遠不會說出自己心裡的感覺，他愛自己嗎？他不知道，但是他相信自己一定在他心中是不同的。

所有的疑問埋藏在心裡，對方不想說，他就不問，但是他胸口洶湧而出的愛意亟需找到一個出口，而對他來說就是想緊緊地擁抱他。

至於為什麼抱著抱著就變成了擦槍走火，那都怪那複製人的身體太過敏感了。

柯夏對邵鈞的身體很滿意，肩寬腰窄，四肢修長，肌肉勻稱流暢，尤其是知道這具身體是邵鈞自己挑選的模樣，想來應該就是他無人知曉的從前作為人類的身體，更是十分喜歡。

當然，鈞雖然一直很隱忍冷淡，但是柯夏仍然很好的在他臉上神情和眼睛裡流露出來的情緒感覺到對方對自己的身材和相貌，也掩飾不住欣賞和喜愛之意，這讓他的雄性荷爾蒙爆棚，心理得到了異常大的滿足感，於是更驕傲地展示自己從軍多年保持鍛煉打熬出來的一身肌肉，再鍥而不捨地表現自己的能力。

於是等到再一次把鈞折騰得疲倦睡著的時候，柯夏精神奕奕出來找到了玫瑰。

玫瑰聽了柯夏的前因後果，捂住了嘴：「所以，這就是他離開以後不聞不問的原因？」

柯夏道：「是，應該是被催眠後完全忘記了這事——他現在以為他是柯冀大帝。」

玫瑰眼裡充滿了厭惡：「那是一個徹頭徹尾的暴君，他在的時候，我們飯都吃不飽，不斷上繳無窮無盡的稅去滿足永遠吃不飽的官員。他讓老百姓甚至覺得只要吃飽飯就已經是恩惠——沒想到還能這麼喪心病狂，使用兒子的身體！」

柯夏道：「我想舉辦一個宴會，並且製造機會讓妳和陛下見面。」

玫瑰並沒有考慮多久：「可以。」

柯夏點了點頭：「放心，會保障你和菲婭娜的安全的。」

玫瑰卻叫住了柯夏：「親王是有什麼開心的事嗎？」

柯夏抬起了眉毛，玫瑰道：「明明現在情況這麼艱難，但是親王和之前卻完全不一樣，好像壓在肩上的擔子沒了一樣，眼睛總是在笑一樣。」

柯夏笑了：「這麼明顯？」他側了側頭：「以前也遇到過很多很困難的事，在那時候看來真的已經是絕境了，現在這些不算什麼。」

他邁著輕快的步伐走了，現在想起來，正因為自己那些最難的歲月有鈞，所以他才得以度過了那麼多絕望的難關，而他那個時候的確不知道，他的神是鈞。

他返回房間看了眼鈞還睡得正沉，便輕輕闔上門，一個人在外面書桌上打開螢幕，聚精會神看起那一行一行枯燥的帝國官員任免來。

不知到了幾點，睡房的門打開了，邵鈞身上只穿著一件襯衫走了出來，看了殷勤工作的柯夏一眼，眼神有些不善，直接轉身去了浴室，砰的一聲鎖上了門，很快水聲響起，應該是在沐浴。

剛才他累得動不了，但仍然堅決拒絕柯夏要抱著他去洗澡，顯然是知道洗澡也很危險，看來現在好多了，才自己下床去清理身體了。

柯夏拿起電子筆遮住了自己嘴角的笑，其實這套房裡的浴室自己可以隨便進出，上鎖也沒用，但這時候鈞是真的生氣了，還是不要去惹他的好。但一想起剛才鈞被他折騰得汗津津地縮在被子裡，眼角通紅，睫毛溼漉漉，心裡就又一陣心癢。

等鈞洗乾淨帶著溼氣走了出來，目不斜視，看都不看他直接推門就要出去，顯然是要回自己的房間，柯夏連忙喊道：「等等，鈞你過來看看這個。」

邵鈞轉頭涼涼看了他一眼，腳一動不動，手仍然在門把上，柯夏一本正經：「我和你說過當時為什麼會回來帝國嗎？」

邵鈞滿臉你休想騙我的樣子，卻沒推開門，柯夏道：「柯樺許諾讓我掌軍，和阿納托利他們商量後覺得如果老皇帝要藏下一個蟲族基地，必然會動用帝國軍把守，所以才辭去聯盟軍職，回到了帝國。結果我掌軍以來，無論是從軍餉，還是從軍隊調動來看，都完全查不出這應該有的軍隊的痕跡，而作為繼任的皇帝，柯樺也似乎完全對蟲族基地一無所知。」

怎麼會？邵鈞這下也好奇了，柯夏道：「如果說柯冀本來就是想借柯樺的身體還魂的話，這些安排不告訴柯樺也就不奇怪了。但這些東西又是怎麼瞞過如今掌管帝國軍的我呢——你來看看最近這幾個官員任免。」

邵鈞走過來，身上還帶著薔薇清香，那是柯夏專用的浴鹽的味道，柯夏滿意地瞇了瞇眼睛，非常喜歡鈞身上染上了和自己一樣的味道，他翻開了螢幕，按開一個人像：「這是格里羅，民政首席大臣。」

「一周前，被催眠的柯樺，將他以貪墨的名義收押待審，並沒有什麼實打實的證據，帝國官員們對此很是有些意見。」

「格里羅一直是個不太出色的庸官，沒什麼執政能力，謹小慎微，唯一說得過去的就是特別忠心耿耿，皇帝叫他做什麼，他就做什麼，就算有貪污，多半也不是他自己拿大頭，很可能背後還有別的利益團體，這在帝國官員中比比皆是，拿著國家的錢互惠互利，但皇帝的命令還是會擁護。柯冀在的時候也沒動他……這個被催眠成柯冀的人，為什麼要罷免他呢？這就有點耐人尋味。」

柯夏專心致志翻了下一個人：「我仔細查了因格里羅牽連到的一些人事任免——然後發現了一個不起眼的人。」

「這個，土建部三級官員，涂愷，因格里羅案子牽連，如今已被撤職逮捕待審。」

柯夏眼睛裡隱隱含著得意的光，看向邵鈞：「你還記得涂浩嗎？那個土豪。」

「涂浩並不是第一個涂家從事間諜工作的人，這個涂愷，才是他的引薦人，是他的叔叔，他們對外的身分都是不起眼的小官，大部分官員也都不知道他們祕密從事安全工作，即便是涂家人，知道的只是極少數。」

「我不知道柯樺為什麼要動他，無論是涂愷還是涂浩，應該都是柯冀的祕密死忠，但是，理論上被催眠的柯樺，這個時候不應該去動他們，這更像是一個試探，又或者是一個警告——如果柯樺還有自我意識，這是柯樺做的嗎？如果柯樺已經沒有意識，完全是西瑞的傀儡，那麼這到底是西瑞的意思，還是躲藏在西瑞身後的柯冀的意思呢？」

邵鈞專心湊近立體螢幕去拉動看涂愷的履歷，柯夏低聲道：「非常普通的履歷，就是一個很普通的平凡人，出身於算不上特別顯貴的貴族家庭，並非繼承爵位的長子，資質平平，讀了大學，畢業後進入土建部就文職，經常出差駐紮在工地。」

邵鈞感覺到柯夏貼近了他的臉，警覺地離開了些，柯夏忍住笑對他道：「我幫你倒杯茶，你慢慢看。」他起身去拿了茶壺，一邊倒熱茶一邊對他說：「這套茶壺茶杯你還記得嗎？我打碎過一個……」

邵鈞轉頭看到那套茶杯眼皮跳了跳，怎麼不記得，柯夏何止打碎了一個，當時他好不容易才收拾乾淨，這熊孩子居然說只剩下三個不好看，乾脆又打碎了一個，他當時恨不得衝上去揍他，沒見過這麼頑劣的孩子，他機器人生涯最開始的幾年，感覺每天都在收拾他打碎的東西。

他嫌棄的表情逗得柯夏哈哈大笑，拿著熱茶遞給他：「我看到這套茶杯也很意外，皇家事務司居然補全了它們。」

邵鈞剛洗完澡其實有些口渴，入口發現是蜂蜜檸檬花茶，皺了皺眉但還是口渴一口氣喝完了，柯夏體貼道：「現在太晚了，喝別的怕你睡不著。」

邵鈞又看了他一眼，有些感慨，柯夏彷彿讀懂了他的意思：「怎麼，是不是感慨這麼頑劣的孩子，怎麼還是成了聯盟元帥？」

邵鈞忍不住笑了下，柯夏又是自傲又是炫耀：「不是嗎？你以前那麼嫌棄我，又嫌棄我奢侈浪費又嫌棄我頑劣，怎麼後來又那麼寵我呢，因為我生病嗎？」

邵鈞伸手摸了摸他金色的頭髮，可能就是覺得這麼漂亮的人，不該吃苦吧？

柯夏興致勃勃指著書房旁邊一個大櫃子：「我以前經常躲在裡頭看書，你面無表情地把我從這裡頭扯出來，我還覺得你煩，整天嚷嚷要母親換一個可愛的機器人。」

他又摸了摸邵鈞的背：「我還命令你飛上樹頂幫我摘紙鳶過——現在還真的很想揍以前的自己，哈哈哈。」

他笑起來金髮簌簌抖動，寬闊的蕾絲睡袍領口下露出白得近乎透明的肌膚，邵鈞不由又想到之前在床上，這具通體如玉一般的身體什麼都沒穿的樣子來，有些口乾舌燥，連忙低頭又喝了一杯茶。

柯夏不知何時已經倚在他身邊，還在說著過去的事情：「你還替我寫作業，嗯？你不要以為你代練的事情我不知道，他們恢復了我的天網鑰匙，我看到了幫你建的人物，一進去就碰到了涂浩，哈哈哈哈，你代練的事就全暴露了……」

夜深了，書房裡卻氣氛很好，以至於邵鈞也不記得後來是怎麼被柯夏哄著又回到了床上，兩人相擁著睡著的——好像是說到以前給他說睡前故事……他真的給他說過睡前故事嗎？

Chapter 250 密語

白薔薇親王府的賞雪宴會很快傳遍了逐日城。

前一日被雪凍傷的白薔薇已經迅速被剪掉，重新催生出了一簇簇完美柔軟的薔薇花，等待著來賓們的到來。

華麗高闊的舞廳已經被收拾出來了，花間琴正在一旁指揮著機器人和護衛們忙碌地安置樂隊設施、歌舞設施、自助席，綁著一簇一簇的鮮花、緞帶，鋪上簇新的地毯，高闊的天花板上垂下了千絲萬縷的柔軟燈帶，抬眼看去柔和清新。

還有一個小時，客人們就該陸續抵達了。

柯夏帶著邵鈞從高高的二樓欄杆往下看著寬闊的客廳全景，一邊說著閒話：「鐵甲大叔和茉莉已經到了聯盟安置好了，茉莉獲得阿納托利舉薦，進了霍克音樂學院，只能先就讀預科，要通過正式考試才能就讀。不過據說她很有天賦，阿納托利還托人請了個音樂教師給她，進步很快，通過正式考試沒問題。平時閒暇據說鈴蘭給她提供了個助理的兼職，她有空就替鈴蘭做些雜事，也能有一些助學貼補。鐵甲大叔已經在AG公司的一個機甲研究院得到了一份機修工的工作，薪水穩定，住在AG研究院提供的員工宿舍裡，算是定居下來了。」

邵鈞嘴角露出一絲微笑，柯夏依偎著他低聲道：「柯葉和柯楓我也發了邀請函，不知道他們來不來——不過『柯樺』倒是同意來了，我有一個想法，把柯樺催眠成為柯冀，是不是想要騙過什麼人，畢竟朝中應該還是不少真正柯冀的死忠。」

「稍後玫瑰會做我的舞伴，這樣柯樺會第一眼就看到她，到時候我看看他是什麼反應。」

邵鈞點了點頭，心裡想著什麼，一旁的柯夏卻挨在他的手臂上忽然十分不滿道：「可是我想第一支舞和你跳！」

邵鈞沒當一回事，以為他又是慣性撒嬌，但柯夏顯然沉迷於對他無理取鬧，振振有詞：「你答應過和我一起回白薔薇王府的吧！」

邵鈞迷惑看了他一眼，他什麼時候答應過了！柯夏開始翻舊帳強詞奪理：「我說了很多次要帶你回白薔薇，你沒有否認，就是默認了！這是白薔薇王府這麼多年來重開的第一場舞會！主人家伉儷先開第一支舞是規矩！」

邵鈞無言，柯夏開始聲討他的良心：「怎麼，你難道想說你以前就是哄我的騙我的？啊我想起來了，畢業典禮那時候你和我吵了一架，後來阿納托利說第一次遇見你是在那一年的冬季拍賣會！也就是說我才去新兵報到，你就已經跑了！我被流放去礦星天天吃土的時候，你帶著羅丹、艾斯丁他們在旅遊！你早就想離開我！」

邵鈞終於抵不住柯夏那藍色眼睛裡包含著的譴責……好吧，算他是個耽於美色膚淺的人吧。

他看到下頭花間琴帶著護衛們不知何時已經處理完畢也都離開了，應該是跑去前頭花園那裡維持秩序，畢竟客人立刻就到了，只有幾個機器人在團團轉著吸塵。大廳一側的音響裡放著悠揚的豎琴音樂，猶如流水一般潺潺動人。

他便伸手一攬將柯夏打橫抱起，幾步從寬大的旋轉步梯走了下去，放了他下來，微微鞠躬伸手，做了個邀請跳舞的起手。

流暢歡快的舞曲旋律在大廳裡迴盪著，柯夏將手放到他手心裡，邵鈞一手攬住他的腰身，帶著他旋入了舞池。

柯夏不滿地和他呢喃：「我比你高！應該我跳男步！」

邵鈞帶著他轉了個圈，揚眉看著他，柯夏終於放低了聲音：「好吧……」

反正沒有人，柯夏索性將頭斜斜靠在邵鈞肩膀上，低低笑道：「慢點，這曲子節奏慢，我教你跳貼面舞好不好。」

邵鈞無語，只好擁著他慢慢踱著，就像是陪著小孩玩家家酒一樣。舞完了一曲才在一側沙發上坐了下來，柯夏伸著長腿還隨著音樂點著拍子，一邊卻靠在他身上乾脆滑下去睡在了他的膝蓋上，一頭金髮都披了下來，他今天沒有穿軍裝，而是穿著非常正式的禮服，胸口紮著精美的蕾絲絲巾和金質胸針，邵鈞無奈地看著他這麼一揉，恐怕那嬌弱的禮服又要皺起來了，只能儘量替他捋平，通訊器響起：

「親王，很多客人到了，估計陛下很快也要到，您看是否請您移駕前園，玫瑰小姐已經到了。」花間酒的聲音。

柯夏懶洋洋起來，邵鈞替他整理了下衣物，柯夏往前走了兩步轉頭看他沒有跟上，詫異詢問：「你不一起來？」

邵鈞揮了揮手，拿了個電紙螢幕寫了幾句：「羅丹找我有點事，我先去處理下一會兒正式開宴就過來。」

柯夏有些不滿，但也知道羅丹一直沉迷於研究，潛伏在西瑞那邊的艾斯丁那邊又只和他聯繫，想了下迎候客人的確十分無趣，便也揮了揮手隨他。

邵鈞回到後院找到了羅丹，自從柯夏回來後，已經在白薔薇王府重新替羅丹建了一個私人實驗室，所需設備全部從AG公司在帝國這邊的分公司私下供應過來。

羅丹正盯著培養艙裡艾斯丁的身軀發呆，看到邵鈞，臉色微微有些倉皇：

「鈞，艾斯丁失聯了。」

邵鈞一怔，羅丹臉色蒼白：「定位失效，原本會正常傳訊息給我，但忽然也沒有了，最後傳的一個影像只是一些實驗資料。後來他一直躲躲藏藏，說是覺得他們的實驗室還有一部分祕密，還在想辦法進入，我聯上天網也找不到他，我很擔心。」

邵鈞想了下，拿出電紙螢幕：「理論上他遇到危險是可以離開那個貓的軀殼回到天網的吧？所以可能只是他無法聯絡，並不是遇到危險。」

羅丹道：「是這樣沒錯，真遇到危險，損失的也就是那在貓裡頭的精神力，天網裡的主腦仍然可以慢慢恢復，但是……需要太久的年月。」他苦笑：「我終於理解夏知道你去冒險的感覺了，我受夠無盡的等待了。」

他神色悵惘迷茫：「是我錯了，他原本就對回歸塵世沒有興趣，都是為了陪我，哄我玩……我非要扯著他回來……」他手掌按在培養艙上，裡頭銀色頭髮的男子靜靜闔著睫毛，彷彿睡著了一般。

邵鈞上前擁抱了一下他，羅丹深吸了一口氣平靜了下來，低聲道：「不要和其他人說，我們的身分太敏感。」

邵鈞點了點頭，羅丹沉沉盯著那具已經製作完成的身體，心裡仍然抵不住的惶恐：「我需要一個新的身分，去接觸西瑞。」

邵鈞想了一下沒有斷然否決，而是拿出電紙螢幕：「你等我制定個詳細的計畫，不要輕舉妄動。」

羅丹看向他，他對邵鈞還是充滿了信賴，便回道：「好。」

邵鈞繼續寫道：「不要責怪自己，他對塵世沒興趣，只是因為你不在。」

羅丹垂眸苦笑了聲：「一開始就是我太貪心，他明明已經長眠，我卻要打破他的安息，強行留下他。」

邵鈞眼看他一時無法從這種情緒中解脫出來，只好拿出電紙螢幕，稍微列了幾個計畫，羅丹立刻被吸引了注意力，兩人又商量了一會兒，邵鈞才起身出來準備稍遲些和柯夏商量。

他和羅丹告別，走了出來，才穿過花園，忽然被一個歡快的聲音叫住：「鈞寶寶！總算見到你了！」

邵鈞轉頭，看到尤里笑著跳過來一把攬住他的脖子：「琴隊長跟酒隊長老說親王找你有任務，你也不住宿舍裡了，我本來想感謝你呢，幫我買的月光石真的很好！」

邵鈞點了點頭，尤里仍然十分多話：「琴隊長說你暫時失聲了，有關係嗎？檢查過了沒有？不過沒關係，我說你聽就好啦！」

他摟著邵鈞嘀咕道：「剛才皇帝來了，哇！真是氣派了！他們已經開舞了，親王的女伴好漂亮！好像是這次和你們一起回來的？你認得她吧？」

邵鈞點了點頭，尤里低聲道：「話說回來，上次和你說的女生，還記得嗎？等舞會結束了，我就帶你去聯誼好不好。」

邵鈞搖了搖頭，他事情還很多，尤里卻面露同情，但仍然道：「隨你吧，這段時間親王府也事多——還有卡樂的事，哎！聽說他已經被送回聯盟去受審了，家人以後都要受牽連，不能擔任公職和軍職了……嘶……糟糕，我肚子有些疼，大概剛才吃的乳酪有點乳糖不耐，算了我先去一下廁所，你先替我執勤一下！拜託拜託！這個是執勤簽到卡！」

尤里將簽到卡塞給他，便自己一溜煙跑了。

邵鈞無奈搖了搖頭，拿了簽到卡往下一個執勤點走去，前頭音樂聲隱隱傳來，想來是舞會正在舉辦，也不知道被催眠的柯樺見到玫瑰會是什麼想法。

他一邊想著如今的情勢和失去聯繫的艾斯丁，一邊穿過陰暗的灌木叢，卻忽然聽到了一個熟悉的聲音：

「想不到二弟倒有興致今天過來參加舞會，我聽說親王妃正鬧離婚？」

邵鈞屏住了呼吸，藏身到了一處濃密的薔薇花架身後，穿過挨挨擠擠的花朵縫隙間，果然看到柯葉站在那裡，披著嚴嚴實實的黑色狐毛大氅，站在那邊冷笑著，他對面站著的，正是一反常態低調許久的柯楓。

柯楓臉色並不好，冷笑道：「大哥跟在父皇身邊多年，最後不也是將寶座拱手相讓？如今倒是有興致來關心我的家事了。」

柯葉短促笑了聲：「我只是覺得你可笑罷了，讓我猜猜你來做什麼，你想來看看柯夏還能得意多久，是不是？」

「父皇許諾了你什麼？」

「讓我想想，你才是我最看重的皇兒……我一直對你寄予厚望……」

柯楓想必神情大變，因為柯葉笑了：「猜我為什麼知道？你猜對了，因為父皇也對我說過這句話，我猜得沒錯的話，你現在和我，應該也是一樣的吧？」

柯楓身形震動，怒斥：「閉嘴！」

「哈哈哈，真是可笑，可笑你竟然還相信父皇說的瘋話……沉浸在父皇編織的謊言裡……什麼人！」柯葉忽然爆喝，腳一蹬竟然以難以想像的速度躍了過來，一拳直衝花架。

薔薇花架上的花瓣紛紛掉落，邵鈞已經迅速避開了那一拳，卻心悸於那速度和力量，迅速轉身就逃。

柯楓也已迅速轉過身，臉上神色陰鷙，手一伸，竟然已拔槍在手：「殺了他！一個王府護衛而已！柯夏不敢怎麼樣！」隨便扣個罪名冒犯皇族就已是死罪。

柯葉已經怒道：「蠢貨！聖駕在！你不要用槍！」

「砰砰砰！」

邵鈞已經迅速在地上一滾，避開了好幾槍，手重重在地板上一擊躍起再次躍入障礙物後，砰！一隻手赫然已經握住了他的脖子，將他整個人提了起來！

怎麼可能！人類怎麼可能有這樣的速度……

邵鈞著眼前冷漠盯著他彷彿盯著死人一樣的柯葉來不及想太多，收足狠狠發力！向對方胸膛蹬去！

然而對方絲毫沒有躲閃，冷冷盯著他，收緊了握著他脖子的手。

邵鈞只感覺到了自己雙足彷彿踢到了一塊極為堅硬的鋼板上，巨大的反作用力讓他足踝巨痛！而對方居然紋絲不動，那只手猶如鐵鉗，力量巨大，脖子被收緊，整個人被舉高離開地面，逐漸窒息，兩眼一陣發黑，耳朵轟鳴著，但那長久以來在角鬥場訓練出來的絕境求生的毅力讓他用殘餘的力氣伸手按在了腰間，拔出了侍衛佩戴的雷射佩劍！

唰！

柯葉那隻舉著他的手臂被一陣雪亮刀光狠狠削下！骨碌碌滾落在了地上！

邵鈞也狠狠跌在地上，新鮮空氣重新湧入了肺裡，他劇烈咳嗽喘息著，耳朵仍然轟鳴著。

但四面八方被槍聲驚到的人都已包圍了過來。

雪亮的探照燈照到了這裡，雪亮一片，邵鈞感覺到被人抱了起來，有人替他上了急救呼吸面罩，他轟鳴著的耳朵漸漸開始恢復聽力，柯葉在大笑：「這護衛惹惱了我，給點小教訓罷了，表弟不用這樣一照面就下死手吧，這真的會死人的。」

「陛下恕罪，只是我和柯楓親王在說話，這護衛不知好歹，想要偷聽，冒犯皇族，我就給了點小教訓……」

邵鈞感覺到抱著自己的人緊緊抱著自己，手卻在顫抖著，呼吸急促，似乎怒極，冷冷道：「這裡是公共場所，侍衛不過是例行巡檢，兩位親王有什麼密事，自己找個祕密房間愛怎麼說就怎麼說，無緣無故殺我的人，我只能視為對主人的挑釁。」

柯葉笑了下：「表弟不用這麼大驚小怪，大不了我賠你幾個侍衛就是了，罷了，既然表弟不歡迎我，那我還是先回去吧。」

柯樺在說話：「想來是誤會，剛才遠遠看到打鬥，聽到槍聲，沒有人受傷吧？

兩位親王沒有受傷吧？」

柯葉道：「沒有，擾了陛下的興致是我的不對，今日先回去，改日進宮請罪，也備下厚禮，向表弟請罪。」

柯樺笑了下：「那可真的要好好賠罪才是了，這侍衛沒事吧？」

柯夏鐵青著臉，一位參與急救的隨行御醫在旁邊低聲道：「陛下，性命應該無礙，進醫療艙治療就好。」

怎麼會沒有受傷？自己明明……邵鈞掙扎著轉頭想找那地上滾落的手臂，但一動就感覺到腦袋一陣眩暈，胸口煩悶欲嘔，兩眼一黑，暈過去了。

Chapter 251 人類的感覺

邵鈞再次醒來的時候，是在陽光鋪滿的床上。他身上每一處都很舒坦，昏迷前的疼痛和窒息都已經無影無蹤，他密密實實地被人從後抱在懷裡，不用回頭他也知道那是柯夏，他抱得很緊，以致於他一動，就被條件性反射一般地按住了。

他努力轉過身，看到柯夏眼皮顫了顫，睜開了眼睛，眼窩裡還有著陰影，想來睡得不太穩，看到他立刻瞬間眼眸清明，連忙伸手摸了摸他的額頭：「你還有什麼地方不舒服嗎？」

「在醫療艙裡讓你修復了三天，但窒息很容易造成腦部不可逆的傷害……醫療艙無法修復。」

邵鈞搖了搖頭，柯夏伸手緊緊將他抱住，過了一會兒才狠聲道：「下次不許這麼冒險！你……一個小時前還在和我跳舞，一個小時後就已經不省人事，把我嚇死了……」

邵鈞伸出光溜溜的手臂，輕輕撫摸著他的頭髮，柯夏將頭埋在他的肩窩裡，兩人靜靜依偎了一會兒。柯夏忽然抬頭瞪著他，邵鈞無辜地回望他，柯夏又氣又笑：「從醫療艙出來還顧不上幫你穿衣服，怕你還有什麼不妥的就還得放回去，但是你也不用這麼……」

邵鈞這些天對自己這具身體的誠實和敏感已經充分認識並且接受了，坦然看著他，一副反正已經這樣了你看著辦的樣子。

誰叫他抱這麼緊？這可是一具十八歲的健康充滿活力的身體。

柯夏終於忍不住笑了，兩人不約而同向對方湊近，接了一個特別綿長溫柔的吻。唇分之際，柯夏喘息著臉微微發紅：「我有點累……」他在醫療艙邊守了許久，直到出來才小休了一下，又吃了一個大驚嚇，著實還有些沒怎麼回到狀態。

邵鈞很是體貼，翻身覆在了柯夏身上，柯夏卻摸了摸他的臉，整個人鑽進了被子去。

兩人又在床上纏綿了許久，才下了床，換上了衣服。

柯夏一邊替他穿衣服，一邊道：「羅丹先生來看過你，確認無礙後也和我說了艾斯丁先生失聯的事，他把之前你的計畫告訴了我，我已經替他安排了身分去帝國九州大學入職了——但是，你為什麼沒告訴我你也要去那邊就讀？」

柯夏抿起嘴，看著他的眼睛有些委屈：「我就知道花間風沒安什麼好心眼，我不同意，我每天要處理軍部的事，沒辦法跟你過去，沒人保護你，再來一次，我會死的。」

邵鈞有些無奈有些理屈，柯夏拿起了一隻手錶扣在他的腕上：「這是重新升級改造過的防護表，我讓人重新做了功能升級，但還沒來得及給你就出事了。」

邵鈞低頭看著那支錶有些意外，柯夏道：「和你送我的那隻一樣的造型，是一對的。」

「但是，即使是這樣，我也不同意你離開我，你是我的護衛，怎麼可以去學校？」

邵鈞啞然失笑，知道柯夏只是在鬧情趣，拉過他的頭又親了親他，柯夏臉色微紅：「不要以為用美人計就可以說服我的。」他金色的捲髮還沒有來得及梳起來，清晨的陽光照過來面容極為清美，邵鈞心想誰在用美人計還說不準，但是自己真的要變成昏君了，這一刻他還真覺得天天陪著他不錯。

但是這樣正經事做不了啊，邵鈞還是找回了引以為豪的理智。

花間琴的通訊進來了：「親王殿下，柯葉親王已經在花廳等著了，說是來給您賠罪。」

柯夏沒好氣道：「不見！」邵鈞卻推了推他的手，找了一會卻沒找到他的電紙螢幕，只好在柯夏手心上寫了句話：「我明明斬下了他的手臂。」

柯夏道：「事後我調了監控，他們身上有干擾設備，導致熱成像有問題！但我還是看到了你斬落了一樣東西，可是事發現場沒有任何血跡，當時混亂之中他應該是自己帶走了，我懷疑是假裝在手臂上的人工電子臂。」

邵鈞搖了搖頭，拉著他的手掌專心寫：「他的速度和力量，不是一般人能達到。」

柯夏一怔抬眼，邵鈞繼續寫：「去見他。」還沒寫完，手就已經被握緊了，柯夏將他的手指忍不住又放到嘴邊親了下，顯然又想到了剛才的場景：「好了，別寫了，再寫下去，我又要……我去見他，你一起來。」

柯葉大馬金刀坐在花廳裡，看到邵鈞跟著柯夏走出來，一雙利眼已經釘在了邵鈞臉上，然後笑了：「我說那身手應該不是普通人，再晚一秒，你的頸椎就能被我捏斷，沒想到絕地之中還能被你翻身。我那表弟居然也還為了你眾目睽睽之下在我臉上給了我一拳，領軍三十年，柯葉親王被柯夏親王打了一拳也沒有還手，可真是聲名掃地。」

柯夏冷哼了一聲：「你這是還要上門討打嗎？那點傷算什麼？故意不醫治，不就是想讓全天下人都知道我打了你嗎？」

柯葉半邊臉上果然還有著青紫，他笑了下：「是我不對，我當時以為只是個普通護衛，想著殺了也就殺了，既然是你心愛的人，那就算我錯了，畢竟之前也是我誠心誠意要和你合作，這次上門來，也是向你致歉的。」

柯夏嘲道：「好一個普通護衛殺了也就殺了。」

柯葉一笑：「都算我的錯，行了吧？你這小可愛也和你說了吧，我的身體的確有不對。」他將自己身上的披風扯開，將自己的身軀滿不在乎地裸露在了陽光下。

邵鈞和柯夏都屏住了呼吸，那是一具銀白色的合金機械身軀，整個身軀，只剩下了一隻左臂以及左胸是血肉之身。

柯葉淡淡道：「整個身體只有心臟和一隻手臂和頭顱仍是血肉之軀，其他全是義肢和模擬內臟，因為我還要領軍作戰，所以我選擇了機械義肢改造，力量更強大。」

「這就是那天我和柯楓說的祕密，柯楓的情況應該也和我一樣——我們的器官，已經在一次次的手術中，逐步移植給了父皇，取代他壞死的身軀和內臟。」

他伸出右臂，鏗的一下彈出了堅硬的合金手指：「這隻手臂的力度，可以輕易捏碎人的骨頭——所以我說你這個小可愛很強，只差一點點，他就再也無法修復了，包括我的腿部力量和速度也更快更強。」

柯夏喃喃道：「你們這些瘋子……」他背心已經滲出了汗，他再次感到了深深的後怕，回到帝國兩次，兩次遇險都讓他差點失去邵鈞，這對於他來說實在太可怕了。

柯葉笑了下，將大氅又披回了身上，慢條斯理地扣緊扣子：「父皇哄我們讓出身體的時候，是真的非常情深意切的。我信了，想來柯楓也信了，我應該不是唯一供體，柯楓如今非常暴虐，他的親王妃鬧著要離婚。我呢，打發了所有的寵物和夫人。」

他淡淡道：「直到我自己也成為改造人的這一刻，我才忽然理解了當年的雲翼的心情。」

「以為一直愛著自己的人……」

「很長的時間內，我還對父皇抱著幻想，幻想著他治好了身體，回到皇位……漸漸地，我才慢慢發現身體的改變同樣對我的精神力跟心理帶來了什麼改變。」

「一個沒有身軀的皇太子？哈哈哈，我怎麼會相信這些鬼話？」

「無數個夜晚我以為我的所有肢體都還在，我的精神力正在變得淡薄，我已經無法再駕馭機甲，我所有引以為傲的才能、技能都依賴於我的高精神力，但隨著我失去了軀體，我的精神力竟然也在削弱——理論上不少殘疾人士在遇到困難的時候，反而精神力會變得更敏感和強大。」

「但是我沒有，因為我已經輸了，我早已被擊潰，我為了權力，為了那虛幻的父子之情，付出了自己的血肉之軀，付出了自己的器官，然後我後悔了。」

「我已經算不上是一個人，我只是一個工具罷了，改造身體再如何強大，那也不是我，每一天我都無比清醒地認識到這一點，我永遠失去了身體的某一部分，我從來不知道原來它們對我那麼重要。」

「我早已被擊潰，所以我的精神力也正在崩潰。」

柯葉淡漠地看了柯夏一眼：「無論你怎麼想，我其實不在乎，只是既然合作，我願意坦誠相待。」

他又看了一眼邵鈞：「對於強者，我是很尊重的。你沒有死在我手下，我可以對你道歉，如果你死了，那就得不到我一絲歉意了，對於敗者，我是不會放在眼裡的。」

柯夏冷冷道：「所以沒有在你折辱下崩潰，遠走高飛仍然活得很好的霜鴉，你反而更喜歡了？」

柯葉看了他一眼：「你可以轉告他，他當初說過，只有我真正受過像他一樣的苦，他才會考慮原諒我，現在他可以笑了，我同樣進行了身體改造，精神力正在崩潰，昔日高高在上的掌軍親王，已經淪為了自己心的奴隸。」

柯夏卻忽然問道：「蟲族基地在哪裡？」

柯葉嗤笑了一聲：「就知道你來帝國的目的不單純，我可以告訴你我也不知道，但是應該不在帝國，我掌軍數十年，從來沒有見過這一項開支，所以當知道蟲族是父親豢養的時候，我同樣也很吃驚。並沒有任何跡象顯示出帝國軍方看管、出資豢養蟲族，他應該還有更祕密的管道和收支來源，但是哪怕是僅僅聽令於他的皇宮護衛軍，也是有開支的，徵兵數量、軍餉、裝備、研究開支、豢養蟲族所需要的飼料等等一切開支不是小數目，我也沒有查出來。」

柯夏陷入了沉思，柯葉深深看了眼邵鈞：「我走了，請務必轉告雲翼我的現狀，我幾乎可以想像他開心的樣子，我並不想讓他知道我如今變成了一個可恥的弱者，但是現在其實我也沒什麼可以失去的了。我是真的想補償他。」

柯葉轉身走了出去，身形蕭瑟，卻仍然高傲如從前。

邵鈞心情很複雜，他厭惡柯葉，但柯葉說的那些話他卻能夠理解甚至同情——因為他再瞭解那種心情不過了，你的身軀比血肉之軀更堅韌強大，不會受到傷害，會飛在高空能潛水到深海，但是你每一天都在清醒認識到那不是你的身體。你無法認同它，而伴隨著血肉之軀的剝離，那些屬於人類的感情也漸漸淡漠，再也不會因為情緒變化而感覺到血脈的跳躍、心臟的飛速搏動，呼吸急促，眼淚湧出，耳朵漲熱，喉嚨乾渴。這些生理機能的逝去，也讓那些屬於人類的感情隨之變得淡薄。

心理會產生變化那再正常不過了。

他忽然也有些明白這些天他如此貪戀和柯夏身體接觸的原因，那是他失而復得的感覺，並不僅僅是那具身體的設定原因，更多的原因還是心理上的渴求，並不是柯夏單方面的要求，是他自己也喜歡並且焦灼渴望著填補那麼多年的缺失。

忽然他身上一暖，他怔了下抬頭發現不知何時柯夏又已經緊緊抱住了他，低聲安慰：「我也很慶幸你重新擁有了血肉之軀。」

落地窗外花的清香，風吹來帶著些涼意，柯夏抱著他，心臟在胸膛跳動，和他一樣，噗通噗通，他的懷抱緊而熱，他的唇軟而甜，確鑿這是屬於人的感覺，而不是透過感測器或資料告知。

這就是身為人類的感覺啊。

「肯定是自體複製器官移植以後仍然衰敗，於是不甘心就直接移植親兒子的器官，最後還是不行，才打了要奪取整個身體的主意。但是很明顯，柯冀還是失敗了，現在的問題就在於柯冀究竟在哪裡？催眠柯樺有什麼意義？西瑞博士那邊是個突破口，就看羅丹了。」

花間風滔滔不絕地低聲說著。九州大學校園裡，熙熙攘攘的學生們活潑歡快地走在校園裡，這裡是帝國九州大學，涿日城最大最好的高等學府之一。

校園一側的常青藤長廊上落滿了雪，太陽照在雪上透出了漂亮的粉色。花間風穿著奶白色的寬鬆翻毛外套，裡頭搭著米白毛衣，抱著一疊書，短髮搭上一雙漆黑眼睛青澀無辜，整個人的氣質完全是個年輕學生，他和邵鈞坐在長廊裡的長椅上說著悄悄話：「等等就有羅丹的講座，我們去聽，你那邊報到了吧？夏捨得放你？」

花間風揶揄看著邵鈞穿著嚴嚴實實的毛呢風衣，胸口還別著個低調的綠寶石圍巾扣，替他固定住了墨綠色的純色圍巾，一看就知道不是自己別上去的，再想想柯夏那脾氣，想來是尊貴的親王殿下親自幫他戴的。

邵鈞拿出了電紙螢幕：「他私下約了涂浩，不過早晨送我過來的。」柯夏在車上又借機討要了不少便宜，最後又非要把他的圍巾給自己圍上，替他遮掩脖子上的痕跡，如今兩個人現在真像乾柴烈火一般，只要湊在一起沒多久就開始不自覺地擦槍走火，邵鈞很是有些甜美的煩惱。

花間風低聲道：「羅丹的身分是天網專家，演講的課題是將精神力脫離身體留在天網裡的可行性，這個課題加上他的樣貌，一定會吸引到西瑞的注意。」

邵鈞點了點頭，花間風有些遺憾道：「要不是怕他身後的柯冀，否則把西瑞博士交給我，保證什麼祕密都問得出來，可惜了。真想快點結束這些，回到聯盟啊。」

邵鈞寫了幾個字給他看：「費藍子爵對你怎麼樣？」

花間風一笑：「小心翼翼的，他覺得對不起我，當初他把我送給了某個糟老頭子，後來我假裝墮海自殺，他那次將你當成我，一直以為我跑去聯盟了，所以這次我回來，他對我還不錯。」

邵鈞繼續寫：「阿納托利？」

花間風臉色一紅：「你放心，我和費藍子爵什麼都沒有……」

邵鈞想了下寫：「風先生真是藝高人膽大。」

花間風臉通紅，轉移話題：「你知道嗎？那天柯夏當中揮拳給了柯葉一下，驚動了整個上層貴族，那天我和費藍子爵也在場，真是……你知道柯葉是什麼人吧，他掌軍幾十年，柯樺對他都有些硬不起來，畢竟他帶兵打仗的時候，柯樺都還在吃奶呢。柯夏那一拳，所有人都以為柯葉要翻臉，結果柯葉竟然一聲不吭走了。」

「現在所有帝國貴族都在揣摩著，認為柯葉是真的勢衰了。」

「還有那天，玫瑰小姐出現在柯樺面前，他真的彷彿第一次見她一樣，彬彬有禮，完全沒有異樣，看來是真的不認識，然後在處理柯冀和柯葉的衝突上，也還是和從前一樣軟弱，既不想得罪柯葉，也不想問罪柯夏，柯葉走的時候他真是鬆一口氣，迫不及待地也回宮了。說真的我完全看不出他身上有柯冀的影子，柯冀那個說一不二的瘋子，真的能演出這樣的精髓？難以置信。」

「要說演戲，是我的專門——一個人的笑容、動作、語言，全都可以經過長期訓練後熟練偽裝，只有眼神非常難以掩飾，所以我們需要偽裝成其他人的時候，往往需要想辦法遮掩眼睛，或者身上製造一些更引人注目的東西，比如飾品、紋身、傷疤、胎記之類的東西，然後儘量避免眼神接觸，然後扮演的時候一定要全情投入，完全將自己所有感情都投入到偽裝的角色中……這樣才可以保證眼神完美無缺……」

這時有個高大學生站到了他們跟前，眼神不善：「你就是新來的機甲整備系的旁聽生吧？我們教授要我們來替你做新生嚮導。」

邵鈞站了起來，這時對方才發現邵鈞居然比他高，而且衣著華貴，氣勢逼人，微微氣息一滯：「我是一年級三班瑞斯達。」

邵鈞伸出手去和他握手，瑞斯達卻有些不滿：「我算是你前輩，你的名字呢？」

花間風露出了一個羞澀的笑容道：「瑞斯達是吧？很抱歉，教授沒和你交代我們鈞因病暫時不能說話嗎？」他的黑色眼珠深邃又神祕，睫毛長而翹，肌膚又是分外光滑，看著瑞斯達的時候，額外有一種柔軟感。

瑞斯達一窒，想起教授的確交代過對方目前有發聲障礙，所以派他來幫忙，只好結結巴巴道：「哦一時忘記了，你呢……請教你的名字？」他聲音已經不知不覺放軟了。

花間風伸出一隻白皙又漂亮的手：「一年級藝術系那伽，請多指教。」

瑞斯達臉色微微放鬆：「哦，原來你有認識的人？」伸手握住對方的手，瞬間被那柔軟如無骨的感覺吸引了注意力，微微走神，他目光來回兩人的黑髮黑眼中逡巡了下，恍然大悟：「你們是親戚吧？」

花間風道：「是的，鈞是我表弟，勞煩您多加照顧了！現在您是想要做什麼呢？」他帶著羞澀的笑將手鬆開抽回，瑞斯達只聞到對方身上有一股很淡很冷的清香，若有若無地有些勾人，不由一陣失神，喃喃道：「就先帶新同學走一走校園，認識要上課的課堂、圖書館、餐廳、教務安排的地方等等。」

花間風道：「正好我一會兒和鈞一起要去聽講座，這些我就帶著鈞一起去看吧？就不必麻煩您了。」

瑞斯達振奮道：「是要去聽天網的那個講座吧？那個講座真的很震撼，我也是要去聽的！還是我帶著你們走一走吧，帶領新來的同學，這是有校園公共服務積分的。」

花間風抿著唇，纖長手指一撩頭髮，露出了精巧的耳朵，睫毛長長垂下，羞澀道：「多謝您了，積分的話您不用擔心，我叫鈞替您簽字代表已經完成就好了。」

瑞斯達道：「那就不必了！我現在時間正好空著，來來我帶你們走走！」從一開始的不情願到躍躍欲試熱情滿滿，邵鈞冷眼看著花間風小施手段，把這毛頭小子弄得服服貼貼，花間風抽空還朝他拋了個媚眼，一副替他搞定同學的架勢。

邵鈞只能無言以對。

拜服了花間風家的手段——只是也不知道幾十歲的老人精了，裝嫩騙小毛孩子，好厚臉皮！

只見瑞斯達一路引著他們，不知不覺已經被花間風套出家裡的情況，帝國逐日城居民，父親母親都是從事機甲技術工作，有職稱，也算是子承父業，這其實也是帝國許多家庭的情況，兒女們大多數都沿著父母親的路在走。

路過中心花園廣場，瑞斯達道：「這裡是中心廣場，任何人都可以在這裡自由演講發表言論……」他轉頭看了眼花間風，連忙補充道：「只是不能攻擊、侮辱皇室和帝國……」

花間風清澈的聲音道：「這個大家都知道啦，啊，現在在上面演講的是誰？」

他們走過去，看到高臺上有個青年男子正在慷慨激昂：「廢除農奴制！爭取人權平等！」一群學生包圍在演講台下，抬眼望著他，眼睛裡滿是崇拜。

瑞斯達道：「這個是學生會副會長杜楊，人還不錯，據說畢業後打算從政。」

花間風滿臉欽佩：「很不錯啊，為了農奴爭取權益的話，會觸犯很多人的利益，損失很多選票。」

瑞斯達贊許道：「不錯，我也覺得他很勇敢。」

三人穿過中心廣場，瑞斯達帶著他們又往圖書館大樓走去：「這邊是圖書館，裡頭有一層是學術報告大廳，專供專家做學術報告的，天網那場學術報告這次聽說吸引了很多媒體還有很多專家來，我們學生難得有這樣的機會，得早點去，不然怕就沒有位置了。」

三人快步走入了圖書館，果然早已熙熙攘攘都是人，瑞斯達有些遺憾道：「中間沒位置了，我們只能坐旁邊了，真是可惜。聽說這次的演講課題，這位羅丹前幾天才剛在聯盟學術雜誌上就這個課題發表論文，很是轟動了研究界，很多研究天網的科學家們都爭著想要駁斥他的論點，結果發現對方提出來一些實驗結論，的確是可以成立的。如果按那些結論的邏輯一直推下去，只要人的精神力足夠強大，真的有可能在天網上留存。」

「這真是太可怕的研究論點了。」

「不過學術界們還是有很多不同意見，爭論很多。」

「有些還只是推測，並沒有辦法證實。」

瑞斯達和花間風說著話，而花間風一直點頭認真傾聽，神情專注，鼻尖則剛被冷風吹過微微發紅，漆黑的頭髮也有些亂，瑞斯達心跳又亂了幾拍，心裡想著這個藝術系的男生，怎麼相貌也並不算非常出色，但是這一舉一動，眼神微笑，都這麼牽動自己的心呢？

邵鈞則完全沒有理花間風，只專心看著臺上，果然過了一會兒羅丹真的出現了，他還帶著幾個研究員，想來是AG公司臨時調撥給他的，他顯然對演講這種事非常嫻熟，看起來雖然很年輕，但走上台去那種鎮定自若的氣質，卻莫名讓場內都安靜了下來。

羅丹按開了一個立體影片，淡淡道：「感謝各位今天來聽我的演講，我們不廢話，只說結論，再看論據，之後答疑。」

立體螢幕上很快顯示出了一組一組的資料，他精準地開始演講和解說每一組實驗資料，胸有成竹，這些實驗彷彿都是他親手做出，每一組資料，每一個實驗專案結論，都了然於胸，隨口道來，他甚至根本不低頭看講稿，只是飛快地按出圖表和資料，然後熟極而流地解釋。

報告廳裡一片安靜，邵鈞相信很多人都和他一樣完全沒聽懂，但是完全被羅丹的神態和講解的氣場降服了。

邵鈞第一次見到丹尼爾的時候，就是個羞澀卻又有些固執和聰明的孩子，敏感又專注，後來艾斯丁將他的記憶恢復以後，他也只是見到他有些孤僻、專注科學研究的一面，他還是第一次看到羅丹在大庭廣眾之下演講，展示出他那屬於天網之父的驚人才華。

他明明只是淡漠地站在那裡，卻彷彿就是那個領域裡的王者，他樣貌年輕，甚至從前沒有人知道他的頭銜、學歷，但是全都屏息聽著他在演講，那就是那個領域的神靈。

邵鈞有些感慨看了眼場中的學生們，他們是幸運的，能聽到天網之父重返人間，給他們上這麼一堂課，可惜大概大部分人都還是和自己一樣浪費了，畢竟很少有人能跟得上天才的思維。

花間風忽然伸手按了下他的手，他轉頭看到花間風使了個眼色，他抬頭看去，果然看到一個前排的貴賓座那裡，坐著一位白髮蒼蒼的學者——霍然正是西瑞博士。

魚，上鉤了。

演講很快到了答疑環節。

羅丹身上那種生活中略微帶一些天真和迷糊的氣質已經完全不見，取而代之的是學術上的嚴謹以及高度自信，甚至帶了些凜然，他在學術上近乎偏執的堅持也在答疑中表現出了極強的控場。

一些比較簡單的詢問羅丹一般一兩句話就回答了，下頭提問者還有點發呆，過了一會兒才彷彿恍然大悟一般坐下。

一些咄咄逼人想要駁倒羅丹的，也是被羅丹幾句話就指出了漏洞，很快有些羞慚地坐下。

直到西瑞站了起來，全場靜了下來，西瑞問羅丹：「請問羅丹先生，有人說過你長得很像天網之父羅丹年輕的時候嗎？你取這個名字，是否和你的相貌有關？」

羅丹淡淡道：「還請這位先生專注在學術研究上，不要浪費時間，下一位。」

場上譁然，西瑞在帝國學術界無人不識，在聯盟更是學術泰斗，這位名不見經傳，只是日前靠著語不驚人死不休的一篇論文引起了學術界注意，怎麼就敢當面對西瑞？

西瑞卻笑了下，一副並沒怎麼生氣的樣子，繼續很好脾氣地道：「是我的不是，我想請教羅丹先生，去年在聯盟，有一例腦死亡的患者被成功救活，恢復意識，是否就是羅丹先生親自動的手術，使用的技術和今天您說的精神力留存天網理論，是否有相關之處。」

轟！整個會場都轟動了，學者們交頭接耳著：「腦死亡？不可能吧！」

「腦死亡怎麼能救活？」

「腦死亡基本就意味著真正的死亡了……」

西瑞慢條斯理道：「據我所知，那位患者的腦部，被一顆殺傷力極強的子彈高速旋轉穿過，整個腦部都已經被完全損壞。」

花間風緊緊握住了邵鈞的手，嘴唇微微顫抖，羅丹平靜看著西瑞，紫羅蘭色的眼睛毫無波動：「不錯，那例腦部手術很成功，是我施術治療的，用的正是精神力上傳天網，然後短期內複製製作了新的健康的大腦器官，移植入患者頭部，再將寄存在天網裡的精神力導回病人恢復健康的腦部，成功了，病人如今可如常生活和行動。」

嘩！學者們交頭接耳，激烈爭辯討論。

這簡直是醫學界的突破！但是為什麼無人知曉？

羅丹看著西瑞道：「那一例成功病例證明了在短時間內精神力還未消散之時，充分利用天網技術，是來得及擁有更多的機會拯救病患的。」

西瑞道：「但是據我所知，精神力接收、留存以及極限條件下的身體更換，風險都非常大吧？」

羅丹道：「是的，機率很低，我本人來做可以適當提高機率，但此外患者自身精神力的強弱才是根本性決定。」

西瑞道：「那麼患者的精神力強弱如何測量或者如何能夠保障這種成功率呢？」

羅丹道：「我所救治的這位患者，他常年苦修，鍛煉精神力，這並不適合大部分的人們，我個人認為相對於廣大民眾來說，提高精神力最簡單的方法，還是增加在天網中的時長，在天網中創作、鍛煉、格鬥、靜思，甚至只是在天網中遊戲，都能夠在精神力增長方面有幫助，這是早就已經有許多文獻論述過的，我就不贅述了。」

西瑞卻道：「普通人精神力再如何增長，也無法確保在身體病危時，精神力不消散吧？」

羅丹道：「這正是我們正在探討的課題，在天網中如何使用其他人的精神力來強化、補充自身精神力。」

西瑞坐直了身子：「羅丹先生的意思是，一個人可以吸收其他人的精神力？」

羅丹道：「可行，但是同樣要經過鍛煉以及嚴格的條件，這種原理其實類似於如今的天網主腦，主腦的運行依賴於源源不絕的天網用戶——可以嘗試假設類似天網的小型局域網，這是另外一個課題了，我們今天就不展開講了。」

西瑞身體微微發抖，但他仍然遏制住了自身的喜悅，臉上平靜如波：「我想要邀請羅丹先生會後與我在這方面多加探討，我如今在這方面的研究也有一點小成就，可以和羅丹先生交流經驗，減少彼此的彎路。」

所有學者都羨慕之極看向羅丹，羅丹卻乾脆俐落地拒絕了：「不，我此次來帝國還有要事，多謝了，我自己開展的研究已經足夠了。」

西瑞笑了下，沒有堅持，羅丹又回答了幾個疑問，看了眼時間，乾脆俐落地結束了演講，助手們上前替他收拾東西。而西瑞的學生也開始上去和羅丹說話，看來是極力邀請羅丹，但羅丹只是搖頭拒絕，面容冰冷堅決。

邵鈞看了眼那些助手，個個應該是經過訓練，走路輕巧猶如猛獸漫步，四肢充滿力量，不是簡單的研究人員，知道AG公司那邊包括風先生這邊應該都安排了人手保障羅丹的安全，心裡微微放心。

演講會散了，瑞斯達站起來十分悵惘道：「可惜，聯盟那邊的科技，真的在超越我們了，從前我們的生物技術是比他們更先進一些的，戰後……哎！真想去聯盟聽聽課，那邊的生物機甲已經全面鋪開了。」

花間風轉頭看了他一眼微微笑著安慰他：「聽說可以爭取獎學金赴聯盟留學的。」

瑞斯達搖了搖頭：「很難，聯盟那邊的學校就算通過了申請，國內也會各種阻撓，還要交許多錢才能買到出去的名額，只有貴族的子弟才能有出國的希望。我如果畢業之前能和哪位貴族簽訂機甲整備聘用協定，還有希望爭取出去。」

他起身道：「我們先去餐廳用餐吧，下午還有一節機甲整備觀摩課，然後就結束了。」

花間風道：「瑞斯達學長真是辛苦了，午餐我來請吧。」

瑞斯達哪裡肯讓這位清秀的藝術生出錢，一時意氣道：「那怎麼行！還是我來請你們吧！」說完卻又微微有些懊悔，畢竟三人的午餐費可不少，但是他看到花間風漆黑的眼裡帶著笑意，又有些覺得值得。

花間風只是想讓邵鈞能儘快在新環境有同學照應，畢竟他和邵鈞不是同系，哪裡真的會占這小伙子的便宜，早已在終端預約好下了單：「不能勞煩您太多，已經點好三人餐，我們過去就可以了。」

瑞斯達臉上微紅，但心下微微鬆了口氣，午餐十分豐盛，花間風長袖善舞，很好地扮演了一個青澀卻又在財物上特別大方的藝術系新生，而邵鈞則一直默不作聲吃學校午餐，已經許久沒有吃過學校午餐了，他如今更期待的是下午的旁聽。

下午的機甲整備觀摩課的確讓他非常「驚喜」。

因為今天的機甲整備觀摩，竟然是柯夏親王鼎鼎有名的「天寶」機甲！

太意外了，以至於整個機甲整備班的學生們全都沉浸在這種過於突然和巨大的幸福中。

課程結束後學生們都還捨不得離開，聚集在場地裡議論紛紛：「沒想到最新生物技術竟然是這樣，我之前只能想像，今天才算理解了。」

「好多非常耗費能源的武器，太強了，關鍵是好大！這麼大的機身，得多少能源才能啟動全功能啊！」

「所以才採用新能源啊，話說如今親王回帝國了，新能源的採購聯盟還會供給嗎？」

「短了誰也不會短了親王的吧。」

「機甲演示那個帥哥是誰？聽說只是親王的侍衛？但是真的好帥。」

「奇怪？已經是最先進的生物機甲了，為什麼機甲艙裡還是保留著手動艙？理論上生物系統應該會對機甲艙內的外人更敏感吧？」

「對，手動艙占的位置還很寬大，機甲艙內空間有限，這種設置真的不太合理，只是備用的話，平時應該會完全折疊起來的。」

「重點是你們觀察過那個手動艙沒有，功能好齊全！和一般的機甲手動備份鍵盤只是為了方便維修不一樣。」

「現在機甲手動鍵盤只是為了整備師方便修理用了吧，還有機甲駕駛員用那個嗎？」

「哎！時間太短了！如果能錄影就好了！」

「想得美了，沒聽教授說這是私人關係出借嗎？全程侍衛們都盯著呢，能讓我們走進去看一下，已經是這輩子最值得誇耀的經歷了！」

「想不到我們學院教授還能有這本事借得到，這可是前聯盟元帥的私人機甲！在聯盟也是軍事機密來著。」

邵鈞面無表情從機甲整修坪走了出來，很快就被人請到了飛梭上，他家小王子又親自來接他放學了。

剛剛冒充了親王侍衛演示了一輪機甲的柯夏笑得很是討好：「怎麼樣，第一堂課驚喜嗎？」

邵鈞有些無語，柯夏已經又伸手悄悄攬住他的腰：「你們的教授可都要歡喜瘋了呢！」

邵鈞看著他近距離的英俊面容，拿了電紙螢幕：「事關你以後的安危，不該拿出來這樣給人看。」

柯夏笑了笑：「不礙事，能看去多少，生物機甲的原理本來早就公諸於世，如今輪到帝國受制於新能源了，沒有新能源，他們知道原理也沒用。關鍵是你的第一支舞，第一節課——第一次的吻……所有的第一次，都和我有關，這種感覺真是太好了。」

邵鈞決定不再繼續和柯夏討論這些，這位位高權重的聯盟元帥，一到戀愛上怎麼就完全戀愛腦了，連帶著自己也變得幼稚起來，他拿出電紙螢幕直接問：「和涂浩的密談如何？」

柯夏果然收回了嬉皮笑臉，冷笑道：「不堪一擊。」

「開始還一言不發，哪怕如今的動作好像已經是被柯冀清算了，他的小叔深陷大牢，他居然還是什麼都不說。」

「不過，我只說了一句話，他臉色就完全失控了。」

邵鈞好奇看向他，寫了電紙螢幕：「什麼話？」

柯夏卻指了指嘴唇，閉上眼睛。

邵鈞又好氣又好笑，低頭啄了一下他的唇。

柯夏睜開眼睛，有些不滿太過敷衍，但還是老老實實道：「我只說了一句，這蟲族基地和相關支出，既然不在帝國，那自然是在聯盟境內。」

「他整個臉的肌肉都抽搐了，他什麼都沒說，但是他的表情說明了一切。」

「我沒猜錯，那個蟲族基地一定仍然在聯盟範圍內，應該是一個不引人注目的小國的領空。」

「漫漫星空，要找到一顆祕密蟲族基地的星球太難。」

「新自由聯盟太年輕，但盟國基本都還是原來舊聯盟的邦國，一個一個排查過去，雖然還需要時間，但有了方向總是好很多。」

「更何況其實不算非常難排查，我如今就高度懷疑法羅國，你還記得嗎？當初布魯斯元帥政治避難的國家，很小的國家。」

「雖然漫漫星空，無垠宇宙，找出一顆星星很難。」

「但是從國家下手，就簡單多了，軍隊支出、研究經費，只要使用，必有痕跡，我已經通知阿納托利開始祕密調查，相信很快就有結果。」

柯夏臉上微微有了些興奮：「我猜老皇帝的打算是等恢復身體健康以後，操縱蟲族，攻占搶奪我們的新能源星球，現在估計一切都卡在他的身體上。」

「說實在的，真是非常縝密的計畫，如果他身體健康的話，我們還真的是防不勝防，埋藏得這麼深，這一手，幾乎和我們當初把新能源星隱藏在星盜裡頭異曲同工了。」

「柯冀一定急著想要拿到一具健康的身軀，羅丹就是那根救命稻草，他一定會上鉤的。」

柯夏志滿意得，轉頭看著也在沉思的邵鈞，飛梭裡很溫暖，邵鈞已經將外套和圍巾都脫了，露出了裡頭合身的套頭毛衫，纖長細膩的脖側肌膚上，還有著早晨他留下的吻痕。

難以言喻的成就感湧現在他胸口，他不由忍不住又湊了過去，嘴唇才碰到對方耳垂，邵鈞已經警覺轉頭，戒備地看著他，顯然對早晨在飛梭裡的混亂還很有教訓，為了避免脖子上再有更多痕跡，他伸手果斷抵在了他嘴唇上。

柯夏睜著一雙晶瑩藍眸盯著他，也沒有進一步動作，只是眼巴巴看著他，心裡卻在默數五秒，五、四、三、二、一。

果然被他盯著的邵鈞有些吃不消，鬆開手轉過頭去拿了本書看，柯夏心裡笑了起來，他這幾天終於發現了邵鈞的致命弱點，他對夏的臉顯然毫無抵抗力，每次他本來被煩得有些惱怒了，但是一旦看著他的臉一會兒，他就會忘了自己之前在生氣什麼，甚至出現明顯的恍神——太明顯了，就算是體位，他明顯也更喜歡能夠看得到他臉的面對面的姿勢。

特別是……

柯夏想起那天自己蹲著抬頭看他的時候，一貫冷靜自持的鈞幾乎瞬間就潰敗的情景來，幾乎又忍不住要笑，天知道他那天忍了多久沒有笑出來，以免傷害到對方的自尊心！

意識到自己的美貌對對方有著致命殺傷力後，他要拿捏鈞真的簡單了許多！

羅丹回到飯店沒多久，迫不及待的魚就找到了他，雖然都被他身邊的研究員攔下了，但因為是大名鼎鼎的西瑞，羅丹還是讓人請了進來。

西瑞帶著幾個心腹學生坐了下來，笑著對他道：「羅丹先生這次來帝國演講，真是帝國的三生有幸。」

羅丹冷淡道：「我的時間很寶貴，有什麼請直說。」

西瑞笑了下：「其實我知道羅丹先生來帝國是為了什麼，說實話，我能幫你。」

羅丹看了他一眼，默不作聲。

西瑞卻是按了下腕上的通訊器，一具頎長的男子身體影像浮現在了空中，旁邊是一系列的數值，然後是這個黑髮黑眼的男子被扣在了實驗臺上進行試驗的影像以及各類數值。

羅丹雖然仍然什麼都沒說，但忽然挺直的脊背顯示了他的關注，西瑞笑了：

「這是一具複製人身軀，由帝國的一家實驗室製造出來的，年初的時候作為贈品送給了柯希郡王手裡，然後因為格鬥素質特別強悍而被扔上了角鬥台，供赴宴的貴族們取樂，然後被當日赴宴的柯夏親王——前聯盟元帥看上了，帶回了王府。這個本應沒有靈魂的複製人，竟然學會了說話，甚至還有了自我意識，嘗試逃跑，雖然仍然被柯夏郡王抓了回來。最新消息是柯夏親王為了這個複製人，甚至當眾毆打柯葉親王。」

西瑞看著他意味深長地笑了：「很有意思吧？一個複製人，怎麼會有精神力呢？」

「我對這個很感興趣，於是與這個複製人的製造者，實驗室的負責人凱斯博士好好交流了下經驗，才發現他的確對製作各種基因融合複製人非常拿手，有時候還挺有創意，但是以他的學術水準，無論如何也不可能做出一具能夠擁有靈魂的複製人來，這是創世神的手段——他不配。」

「花了點時間精力，我才問出了真相。這具複製人，一開始就是聯盟這邊神祕的專家訂製的，因為聯盟和帝國交惡，聯盟買家放棄了訂單，偏偏培養艙這邊已經培養得差不多了，銷毀有點可惜，但是長相什麼的也挺一般，索性就拿去當成給柯希郡王的贈品。而這具複製體和別的複製體的不同之處，僅僅是複製體在培養到大腦成熟的時候，在腦部植入了一個儀器。」

「羅丹先生今天才到帝國，演講後就馬不停蹄地到了那個實驗室——卻吃了個閉門羹，是不是？」

羅丹淡淡看向他，面無表情，西瑞卻笑了：「你真是很像我老師年輕的時候啊。說實話，你真的可以信任我，柯夏親王對那個複製人還挺看重的，不知道是不是也敏感地感覺到了不同之處，但是這個複製人我曾經短暫接觸過，感覺得到他的精神力並不完整。我對他下了一個小小的暗示，如果你需要的話，我可以將那個複製人帶來給你——想必那一定是你非常重要的研究資料，雖然因意外脫離了你的控制，但是那的確是你的東西吧？」

羅丹一言不發，西瑞卻仍然耐心道：「羅丹先生，請相信我對你沒有惡意，畢竟你身懷著的是太過驚世駭俗的技術，所以你非常小心地隱藏著自己，但是足夠細心的話，依然能夠發現，在聯盟蟲族戰爭期間，聯盟那邊的生物機甲的發明和推進，天網技術的進一步推進，生物艙精神力要求降低等等，這些都是你在背後推動的吧？」

「聯盟所有有名有姓的科學家、生物學家、機甲研究者、製造者，沒有一個敢站出來說生物機甲是自己的發明，都只是非常謙虛地說自己只是參與了製作和研究，你才是 AG 公司祕密培養的科學家，與此同時，新自由聯盟總統阿納托利身邊的情人被誤刺，子彈擊穿了他的頭顱，徹底損毀了他的腦部，仍然是你一手遮天，將已經宣布腦死亡的他搶了回來。」

「你知道你已經擁有神的知識和手段了嗎？AG 公司給你的條件一定非常，非常優渥，當然，對你的保護也是密不透風。」

他看著一直沉默著的羅丹：「但是身為這個領域的研究者，我卻理解，物欲、名聲等等，全都不是我們所追求的，我們所追求的，是在研究領域的每一寸突破，突破神靈的領域，施展神靈一樣的手段，這也是我所終身狂熱追求的。」

他按開了影像，顯示出了一個黑髮青年，桀驁不馴的目光在他緩緩地語言中漸漸目光茫然，不知不覺聽從了他的一舉一動：「我在他身上下有暗示，讓他從柯夏親王那邊回來輕而易舉。」

「我只是很感興趣你那個理論，利用天網，利用無數人構建的精神力網，來強化某個人的精神力，這是可以實現的嗎？」

羅丹淡淡道：「目前的天網實際上也是基於這個原理，所有人在提升自己精神力的同時，也在提升著對方的精神力，因為所有人的精神力都在提高，因此他們感覺不到在天網的過程，也是一個精神力輸送的過程，因此主腦才得以一直存在，維持著天網的存在。」

西瑞微微發抖：「你的意思是，主腦……」

羅丹似乎沒有任何遮掩：「主腦汲取精神力，並且越來越強大，這個我試過，組建一個小小的局域天網，很簡單就構成了一個小天網世界。」

西瑞道：「這個局域天網的條件……」

羅丹道：「五到十個以上精神力非常強大的人同時接入這個局域網內，就能夠組建出一個相當不錯的虛擬世界了，而作為這個虛擬世界的主腦，會很明顯得到其中的強化。」

西瑞沉聲道：「當精神力強化到一定程度……」

羅丹聳了聳肩：「理論上作為主腦的精神力可以一直留存在這個局域網內，只要組成這個局域網的人一直不下線的話。但是不可能，所以天網的規模越大越好，局域網只是能做一個相對的佐證，當然，還有一種情況，就是如果組成局域網的人的精神力如果非常強大，那主腦得到的強化就會越強。」

西瑞目光一閃：「我聽說在天網中，就有精神力極高的人，能夠壓制甚至吞噬精神力低的人……」

羅丹道：「精神力哪是那麼容易吞噬的，每個人的精神力特質都非常獨特，隨意吞噬精神力，很容易造成自身精神力崩潰。」

羅丹看向西瑞，眸光淡而超脫：「無欲無求，居高臨下，反而更能夠包容萬物。」

西瑞笑了下：「先生一言，驚醒夢中人——我如今有一個課題，已經施行到了關鍵時刻，羅丹先生的這個局域網，我非常有興趣，是否能請您出手，指導我搭建一個小型局域網？」

羅丹看了眼他，皺了皺眉：「西瑞先生該不會是想讓你自己作為主腦吧？恕我直言，玩玩可以，你的大腦和精神力並不足以支撐太大的虛擬網，比如天網這樣的網，需要的主腦品質非常高，與此同時需要的時間也是以百年計的，並不是那麼簡單。」

西瑞搖了搖頭：「不不，主腦另有其人，我可以對您說實話，他的精神力出現了極大問題，因此局域網大概能夠對他的精神力穩定和提升有好處。天網的主腦，當初由天網之父羅丹親手創建，無人知道究竟如何搭建創造出主腦。您也知道，天網之父是我的老師，但我一直無法參透這個課題其中的關鍵，今日聽你一言，才恍然大悟，但這位貴人的時間不多了，因此非常希望能得到您的指點。為了感謝您，這個複製人，我一定會將他送到您手中，並且另外有重禮相送。」

羅丹皺眉想了下：「這個複製人，我是可以再製作一個，只不過麻煩點罷了，並不是什麼特別珍貴的資料，我只是想找出他異變的原因。」

西瑞笑道：「當然，並沒有任何威脅之意，只是感謝之情。這位貴人精神力接近崩潰已久，我已經用盡了所有我能想到的辦法，如今唯有這個局域網可以試一試了。」

羅丹想了下道：「只是短期穩固精神力的話的確可以，你先準備五位以上高精神力的人吧，品質要好，而且一開始人不必太多，以免精神力過於冗雜，主腦反而被吞噬，其他設備我列個清單給你，辦好了再通知我，我的簽證時間不長。」

西瑞連忙道：「簽證時間包在我身上，還請先生列出清單。」不知不覺間，他已經對羅丹畢恭畢敬，如事恩師。

羅丹卻泰然自若，完全沒覺得這樣一位白髮蒼蒼的學術泰斗在自己跟前低聲下氣有什麼問題，伸手拿出電紙螢幕，寫了下，列出了一堆清單，列印轉給了西瑞，然後卻問道：「那個複製人……」

西瑞道：「在您離開帝國之前，一定交給您！」

羅丹皺眉想了下：「不必著急，等我通知再說，我會親自去拜訪柯夏親王。」

西瑞笑道：「可以，但是如無意外，柯夏親王是不會將他交給您的，據我得到的消息，這位複製人如今很得他的寵愛，柯夏親王甚至已經為他辦理了帝國九州大學的旁聽生身分，直接進去旁聽就讀，並且毫無疑問他身旁是有人保護的。」

羅丹淡淡道：「知道了，多謝提醒，還有什麼事嗎？」

西瑞站了起來笑道：「沒有了，非常感謝，我先回去準備。」

羅丹看著西瑞走出去後，關上了門，打開了通訊器，對面正是柯夏、邵鈞和花間風。

羅丹攤手：「都聽到了？計畫很順利，毫無疑問主腦一定會是柯冀，局域網內組建，建議你們想辦法成為其中一分子，我會給他們提出誘導性人選的意見，但具體你們誰上，由你們敲定，但是我同樣還是要提醒你們，柯冀雖然精神力崩潰，是個瘋子，但如果是以他建立的主腦虛擬世界，原則上他就是那個世界的神，你們的精神力一定要足夠清醒、堅韌以及足夠強大，才能夠抗拒那個世界的主腦的吞噬，反過來將他消滅，因此風險還是很大的——當然，我會留下隱祕介面，在關鍵時刻能夠將這個局域網接入天網，但是其中的關鍵也是要儘快找到艾斯丁。」

邵鈞拿出電紙螢幕：「我想做誘餌，順水推舟裝作被暗示，深入內部探聽消息。」

柯夏一口拒絕，沒有任何周旋餘地：「不行！」

花間風一攤手：「一切聽你們指揮，我等候通知。」非常迅速地切斷了通訊，顯然並不想捲入兩人的戰爭中。

羅丹原本就不擅長人際交往，看到花間風撤了，連忙也飛快道：「定了人選儘快告訴我。」趕緊也切斷了通訊。

邵鈞和柯夏在書房裡默默相對，柯夏深吸了一口氣，站起來哄他：「計畫很順利，你在親王府守著就行，我會回來的。」

邵鈞去摸電紙螢幕想說話，柯夏按住了他的手，藍眸堅定：「我不會答應的，你乖乖在家裡，柯冀本身就是個瘋子，他的潛意識構建的虛擬世界一定是非常狂亂的。你的精神力受損，非常不穩定，本來就需要靜養，不適合這次的情況，我絕不可能放你去的。」

「還有花間風和羅丹，我不同意，他們絕對不會讓你去冒險。」

邵鈞默默和他對視，柯夏卻不為所動，伸出手捧著他的臉：「聽著鈞，你從前替我做的太多了，柯冀是這麼多年以來我的噩夢，殺掉他，告慰家人，是刻在我靈魂裡的使命和責任。」

他輕輕低頭溫柔地吻了下他的嘴角：「就聽我這一次，柯冀精神力已經在崩潰邊緣，不堪一擊，況且還有風先生、羅丹、艾斯丁他們幫忙呢，你相信我，這仇應該讓我親自來。」

柔和的燈光照在他半邊臉上，又漂亮又溫和。柯夏看了眼又似乎又有些走神的邵鈞，心裡暗自鬆了口氣，覺得應該又用美色搞定他了，上前抱著他繼續深吻，氣喘吁吁之時一邊伸手去解邵鈞的襯衫，不多時他已經躺在了墨綠色絲絨沙發上，金色頭髮從沙發上一直垂落到地毯。

邵鈞垂眸看著柯夏在瑩然燈光下，比雪還白的肌膚，關節透著粉紅色，他曾經非常熟悉這具身體，因為他曾經很長一段時間天天替他按摩揉捏——當時他純然就是個機器人，只是記得這小郡王的身體比女子還要柔嫩細膩，他很長時間還時常替他穿上襯衣，打領結，套襪子，穿靴子，看著他慢慢長大成為一個成年男子的身軀。

他不由自主伸出手去，捏住了柯夏的腳趾，柯夏有些意外縮了下腳，笑了下，他的腿又長又直，邵鈞伸手從足踝一路替他輕輕揉捏上去。

今天這花樣他喜歡，柯夏將腳乾脆搭上了邵鈞的腿上，邵鈞忽然開口了：「我為你做過很多事。」

鈞能說話了？柯夏睜大了眼睛，又驚又喜，鈞卻伸出手指按在他的唇上，阻止他說話：「但是那些很多只是出於同情、責任……」

「我曾經作為團隊指揮官，帶領執行過許多非常難的任務，也曾經獨立潛伏在敵方，完成過非常艱難的任務，我希望你也能夠相信我的能力，足以輔佐你，不會拖你後腿。」

「我希望在明白對你的心意的情況下，真正為愛人做一件事。」

迷亂的一夜，柯夏發現本來施展美人計的自己，最後卻是結結實實地被對方施展了美人計。情迷意亂中，他也不知道答應了什麼，總之最後他竟然答應了邵鈞去做誘餌！

清晨明媚陽光照進臥室，柯夏閉起眼睛，聽到浴室裡嘩嘩水聲猜測應該是鈞在洗澡，他有些沮喪無奈倒在柔軟的大靠枕上，柔軟乾燥的被褥摩擦著肌膚，他想起昨夜對方漆黑的眼睛專注凝視著他，修長乾燥的手撫摸著他給他帶來閃電一般的感受，那低沉又柔和，許久沒有聽到的聲音完完全全把他迷住了。

鈞的聲音是這麼的美，說的話明明很簡單樸實，卻充滿力量，莫名讓人信任，而在情動之時，鈞發出的聲音又是如此美妙，彷彿黑暗中的提琴聲，能讓人的靈魂予以共鳴。

於是他竟然答應了讓鈞去做那麼危險的事！

他現在還能反悔嗎？懊惱之極的柯夏也不穿衣服，只是一個人癱在床上一動不動，直到邵鈞從浴室裡走了出來，看到他這樣，忍不住又笑了下，走過來帶著清新的浴後清香，兩人接了個甜美清新的早安吻，邵鈞問他：「不多睡一會兒？」

柯夏伸手去摸他的脖子，感受聲帶的震動：「你究竟什麼時候能說話的？等等再讓醫生幫你檢查一次。」

邵鈞道：「不知道，就是忽然很想和你說話，然後就發現能發聲了，應該沒有大問題，沒有別的地方不適，不用看醫生了，我還要去上課。」

柯夏面露不虞，邵鈞眼裡滿含笑意，摸了摸他毛茸茸的金色捲髮：「我有點想法，和你說說好不好。你先去洗澡，再一起用早餐？我替你做了早餐。」

不過是寥寥幾句話，會說話的邵鈞就彷彿和從前那個嚴謹的機器人管家重合了，柯夏一時有些不習慣，不知不覺被邵鈞安排著去浴室洗漱後，又替他穿好衣服，再一起用早餐，吃了一會兒早餐後柯夏忽然回過神來：「所以——鈞，其實以前雖然我是主人你是機器人，但是我其實一直被你安排著的吧？」自己的人生其實一直被這個機器人默默引導安排著，卻完全沒有發覺？

邵鈞抬眼：「嗯？」一雙漆黑的眼睛和十八歲過於年輕的面容又讓柯夏有些錯位的恍惚。好吧，柯夏放棄了追根究柢，埋頭吃起熟悉味道的早餐來，都這麼多年了，他回來了就好。

送邵鈞回到校園的時候，柯夏還是非常緊張：「不行，我後悔了，不能把你讓出去，我直接就把你送給羅丹就好了，這樣最穩妥。」

邵鈞眼睛裡全是笑，安撫地摸了摸他的頭髮：「你把我送去給羅丹，那你有什麼理由去找西瑞啊？關鍵是你啊。你也說了，這場戰爭的主角可是你，我們都不過是點綴。放心點，風先生也在，能有什麼事，你別小看了花間族的族長。」

柯夏低頭看著他脖子上又多了幾個吻痕，從一旁抽出一條圍巾來嚴嚴實實再次替他圍上脖子，然後低聲道：「小心。」

邵鈞真的是愁了，自己從來沒有這麼兒女情長過，當初單身一個人，出任務隨心所欲，從來沒有後顧之憂，如今多了這麼個人，藍汪汪的眼睛盯著自己的時候，彷彿自己是全世界最重要的人，一時之間手腳彷彿都被捆上了無形的絲線。

唉，但是，他看著眼前這英俊美男子，一邊心裡嘆著氣，一邊還是又吻了他幾下表示安撫，好不容易才看著飛梭離開，轉頭便看到遠處人群遠遠觀望，看來這豪華皇室飛梭還是太引人注目了。

但是這個時候他需要注目，他往教室走去，路上很快被花間風找到了：「太顯眼了帥哥，你們還記得帝國是禁止同性結婚的嗎？親王就可以為所欲為嗎？」

邵鈞笑了下：「今天別離開我，他們一定會很快動手，你想辦法和我一起被他們帶走，最好也能成為構建局域網的精神力材料之一。」

花間風嚇了一跳：「你能說話了？」

邵鈞點了點頭：「嗯。」

花間風好奇地貼著他道：「你說服夏了？」

邵鈞點了點頭，雖然能說話了，他還是沉默寡言：「他想一個人去，那太危險了。我覺得柯冀不會那麼容易上當，我們一切小心，所以我還是希望你也一起去，麻煩你了。」

花間風笑道：「這有什麼，義不容辭。」他黑眼睛裡滿是躍躍欲試：「其實我也很期盼一戰，天網裡的精神力交戰！聽起來就覺得是一輩子難以遇上的事，誰捨得錯過？」

這一天果然花間風都跟著他，即便是必修課花間風也跟著他坐在後頭，雖然幾乎完全聽不懂。

在下了課，去圖書館的時候，西瑞出現了。

他銀髮蒼蒼，整個人彷彿一個儒雅的大學教授，出現在圖書館裡一點都不違和。邵鈞看到他警戒地往後退了兩步，西瑞卻笑了：「還記得我嗎？你叫鈞是吧？你來九州大學學習機甲裝備是嗎？我聽說你的成績不錯？」

邵鈞睜著眼睛不知不覺看向了西瑞那深褐色的眼睛，彷彿那裡有魔力一樣。

西瑞道：「你有沒有覺得很遺憾？只是做機甲整備師不合適你的，我可以提高你的精神力，讓你可以親自駕駛機甲，你來我的實驗室，我會讓你和真正的人一樣，有強大的精神力，能夠駕駛機甲，沒有任何人能夠奴役你使喚你，你將是一個自由的人。」

邵鈞眼睛一片茫然，不知不覺走了過去，他身旁的花間風卻拉住了他的手，怒喝西瑞：「你是什麼人？他不去！」

他拉著邵鈞的手：「鈞！我們回去！親王說了不許你亂走的！」邵鈞眼睛裡出現了一陣迷惑，西瑞輕笑了聲，不知何時寂靜的圖書館周圍已經一個人都沒有了，幾個黑衣侍衛出現在一側，手裡拿著槍指著花間風。

西瑞道：「乖乖聽話。」

邵鈞眼神在掙扎著，花間風緊緊拉著他的手，護衛們走上前低聲道：「要快，不然驚動了外面的人就不好了。」

西瑞看了眼花間風：「識趣點，如果你不想在這裡變成一具屍體的話。」

花間風想了下抱緊邵鈞：「我和他一起走！」他接著威脅：「外面都是親王的侍衛，我只要大喊，所有人都會過來。」

西瑞不想旁生枝節，指示其他人：「一起帶走！」

巨大的圖書館書架後露出了個出口，花間颪和邵鈞被人帶著從那裡離開，很快被帶上了一架飛梭，悄無聲息開走了。

很快羅丹就收到了邵鈞的影像，躺在實驗臺上閉著眼睛身上連著各種各樣的導線。

西瑞博士笑盈盈出現在了鏡頭前，擋住了那具健康沉睡的身軀：「羅丹先生，大部分的材料我都已經準備好了，就連答謝您的禮物都已經到位，不知道先生是否能夠移駕來我的實驗室指導一下局域網的搭建呢？」

羅丹看了他一會兒，眸光閃動：「我今天剛要去拜訪柯夏親王，但他說有軍務在身，要明天才見我。」

「我和柯夏親王在聯盟有過數面之緣，他因為默氏後遺症，所以需要好的生物機甲，我為他的生物機甲系統做過優化，還算說得上話。雖然他已經離開聯盟，立場不同，但是我只是個研究人員，研究沒有國界，我手裡有著許多柯夏親王感興趣的東西可以交換，比如讓他的生物機甲更完善的機甲操作生物系統優化等等。」

西瑞博士在對面笑了。

羅丹道：「所以，你明明知道柯夏親王很有可能會把人還給我，乾脆先下手將這個複製人拿到手？我很好奇，你背後的那位貴人，難道真的不懼怕掌兵親王的報復嗎？」

西瑞博士笑了下：「先生實在是過慮了，我實在只是急著想要將人交給您，您要知道柯夏親王可是軟硬不吃的。」

羅丹側過頭：「我並不急，而且現在這樣，我反而覺得似乎捲入了什麼陰謀中。我歷來只負責研究，別的什麼都不管，這樣的複製體雖然難得，但是也並不是不可或缺，我覺得為了我個人的安全著想，我還是不要參與，儘快回國算了。」他伸手乾脆俐落地截斷了通訊。

西瑞博士吃了一驚，下意識轉過頭看身後站在角落裡一個穿著深黑色皇家護衛服神情陰鷙的男子：「看來這個複製人並不是非常重要。」

那男子笑了聲：「等著吧，不要說出境，他連飯店都出不去。」

他笑著按了按耳朵上的通話器：「陛下？聽到了嗎？看來這位羅丹和我們調查的結果一樣，沉浸在研究中，非常怕麻煩。對所有的名利都不在乎，只要有人能提供給他安靜的環境和優渥的研究條件就行，奧涅金家族真是奇人輩出啊。可惜我們發現得太晚了。」

佐德有些遺憾道：「我們一直認為奧涅金家族身後負責生物機甲的另有其人，但奧涅金家族實在太過狡猾，安排了太多障眼的人。直到這個複製人的突然出現，以及被這個複製人吸引來的這個羅丹，才讓我們注意到了這個人。」

「當初奧涅金總統身邊那個黑髮情人當初的確已經腦死亡了，有了這條線索細查下去，果然查出來了為那個杜因做手術的人，另有其人。」

「一個將腦死亡的人重新拉回人世的天才，竟然被奧涅金家族藏了這麼久。」

「幸好天佑帝國，天佑陛下，終究還是在最終關頭，讓我們發現了這個人。」

「應該不是奧涅金家族的陰謀，畢竟這樣的人才，如果是奧涅金家族，只要什麼都不做，把這個人才牢牢扣在聯盟就行了，而且他顯然是真的想走，連這個珍貴的實驗材料，都要放棄，看來也是意識到了不對。」

通訊器那邊不知道說了什麼，那男子肅容應道：「是，我們一定堅決遵照您的指令，將他留在帝國。」

他笑了下又道：「但是陛下，等他發現您的身分，很可能就意識到他沒辦法回去聯盟了呢？」

通訊器那邊有說了幾句話。

「好的，好的，看來還是需要西瑞博士出馬，儘量先哄騙為主吧。」

他抬眼看了眼身旁的西瑞博士，陰森森笑了下。

過了沒多久，果然羅丹傳了通訊過來，西瑞博士接通後，羅丹在對面，紫羅蘭色的眼睛帶著怒氣：「西瑞博士，是你做的吧？飯店因為被人檢舉有人攜帶違禁武器進行恐怖襲擊，所有住客被限制進出正在搜查？」

西瑞博士還沒有回答，那名男子已經站了出來主動答道：「羅丹先生，我家主人如今精神力十分危急，迫切需要您的幫助。請您相信，您在帝國期間，一定會得到非常安全的保障，只要您指導我們西瑞博士，搭建出局域網，改善我家主人的精神力就好了。」

羅丹瞪著他一會兒，問道：「如果我說不呢？」

男子輕笑了聲：「那這個限制的時間，可能會很久，甚至直接被限制出境。」

羅丹道：「你是誰？」

男子謙恭地鞠了個躬：「鄙人佐德。」

羅丹微微有些茫然，男子好心地補充：「前帝國安全局局長，惡名昭彰，無論是聯盟還是帝國，都對我深惡痛絕。當然，柯樺陛下登基後，我已經卸任了。」

羅丹皺起眉，他雖然仍然還是不認識他，但也知道人人避之唯恐不及的安全部門是做什麼的，至於一個卸任了的安全局局長為什麼還有這麼大影響力他不關心，他有些厭惡道：「不要逼急我，我想你們可能不知道一名生物專家能做什麼。無論是天網還是生物機甲，都需要非常深厚的生物學領域的知識，我不想提醒你們我在這方面的造詣。」

佐德局長笑了下，仍然非常謙恭道：「我非常相信羅丹先生的能力，也請您還是相信，我們更大的誠意是在合作，而不是破壞，我親自過去接先生過來，請您相信，您在這樁合作裡頭，得到的只有利益，而沒有任何風險，另外，我們知道您在聯盟是受到奧涅金總統的庇護，請相信這一次實驗過後，你在帝國，同樣受到最高統治者的庇護，通行無阻，整個帝國的研究資源，都能隨你調動，聯盟有非常多的限制，但在帝國，你將擁有最好的研究資源和沒有限制的研究範圍。」

羅丹厭惡道：「我不會為了這些而屈服，我只是怕麻煩，你們調查我的過去，扣留我的試驗品，干擾我的行程，並且威脅我的安全，這讓我沒辦法信任你們，搭建實驗局域網仍然是有風險的，你們這樣的架勢，誰知道是不是等局域網搭建後，你們又會繼續扣留我一定要求我搭建更大的局域網？又或者局域網沒有達到你們精神力穩定的要求，你們會不會又要進一步威脅我？」

佐德局長道：「那麼，請問如何才能讓你相信我們呢？您可以提條件的，但請不要直接拒絕。」

羅丹想了下，似乎有些不知所措：「第一，我要帶著隨身助理，保護我的安全，而且我很多研究習慣、資料、生活習慣，都是我的助理打理的，非常重要，你們不能對他們不利。」

佐德局長道：「可以——但是也希望他們在帝國期間，保守祕密，不要對外聯絡，包括和聯盟那邊的聯絡。」

羅丹似乎稍微放了點心：「可以，我們可以簽訂保密協定，我和 AG 公司那邊同樣也有保密協議，但是技術都是我本人的專利。第二個要求，搭建一個局域網只需要二十四小時，搭建成功以後，我和我的助理必須立刻能夠安全離開帝國。」

佐德局長笑了下：「那羅丹先生離開後，局域網會不會維持不了？」

羅丹冰冷道：「局域網是否成功，要看主腦的品質，這個我無法確定和保障，要先看你們主腦的品質，此外，一旦搭建成功，剩下的只是維持，這是很簡單的，只是看組成局域網的精神力，也就是說登進局域網的人員精神力的大小，這和目前天網的原理是一樣的，我會給你們留下如何接入和維持的辦法，局域網能不能保持和維持，全決定於主腦以及接入局域網的精神力的人員，這個與我無關，全看你們自己提供的人員了。」

「這一點應該很容易能夠在天網上得到佐證，天網每天都有源源不絕的人登錄，無論這些人精神力如何，都在給天網主腦提供能量，然後主腦不斷強大的同時，也在反過來提升著每一位登錄天網人員的精神力，這是一個良性循環，能不能達成這個良性循環，要看你們自己的情況，當然我可以遠端替你們把關，但是讓我個人留在帝國，陷於你們手中，隨時威脅我個人安全，那我寧願一開始就不配合，你們自己看著辦吧。」

前安全局長佐德沉思了下，忽然側耳做了個傾聽的姿勢，然後笑著對羅丹道：「我的主人同意了，請羅丹先生放心，我這就去接您，當然也希望先生之後能夠守口如瓶，做到安全守密。」

羅丹淡淡道：「我本來就很少現身，回去以後最好再不相關最好，這次帝國之行，讓我越發肯定，還是老老實實在家裡研究就行了，只要出來，總會有麻煩。」

佐德笑道：「羅丹先生有著這樣的才華，掩藏不住也是很正常的，我這就親自過去接您。」

通訊切斷了，羅丹接通了其他通訊，對面是柯夏。

柯夏神情嚴峻：「接下來就要麻煩羅丹先生您孤身進入虎穴了。」

羅丹想了下道：「不必太擔心我，我只擔心艾斯丁。」

柯夏道：「別擔心，我猜艾斯丁先生只是躲在一個無法通訊的地方，暫時失去了聯絡。」

羅丹眉間抑鬱不散，柯夏安慰他道：「就快結束了，鈞也已經在那邊，相信我們很快就能解決一切。」

羅丹點了點頭，沒說什麼，過了一會兒道：「從前都是艾斯丁站在跟前，現在輪到我一個人了。」

柯夏低聲道：「是，這種為了愛人的心情，都是一樣的。」

通訊切斷後沒多久，柯夏看到霜鴉傳了通訊過來。

他接通通訊，霜鴉在對面簡潔道：「不知道你們在搞什麼，兩個消息，一個好消息，我們應該已經找到了帝國祕密藏蟲族的地方，你說得沒錯，就是法羅國，他們可真是膽子足夠大。另外基地那邊的主導人，你可能要意外了，是你的老相識，露絲將軍。」

柯夏高高抬起了眉毛，霜鴉道：「發現她以後我讓阿納托利祕密查了下星際監獄那邊，果然裡頭服刑的人早就被換了，看來聯盟裡頭仍然有著太多盤根節錯的勢力，阿納托利打算藉著這個機會把聯盟清理一下，我這邊也要整頓一下軍隊，整個蟲族基地已經鎖定，等你的消息再行動。」

「第二個消息，對我來說算好消息吧，柯葉親王半個小時前突然傳了個緊急通訊，讓我觀賞了一下他的合金機械身軀，然後又告訴我他又被皇帝緊急召集進宮了，估計沒有好事，如果萬一他回不來了，希望我永遠記著他，恨他也可以。」

霜鴉神情好笑中帶著一絲複雜的情緒：「不知道他那邊發生了什麼事，大概和你們在做的事有關，你自己也注意吧。」

「其他沒有什麼事了，就等你們這邊的信號，先掛了。」

柯夏看著畫面，沉思著。

另外一邊，佐德已經帶著人將羅丹親自接到了西瑞博士的實驗基地裡。

羅丹到了以後沉著臉，先問：「材料安排清楚沒？」

西瑞道：「都按要求弄好了。」

羅丹繼續問：「主腦以及我所需要的導線呢？」

佐德道：「請羅丹先生隨我來。」

羅丹走了幾步，卻忽然警覺道：「不，我要先看到那個複製人，確認是不是我的實驗材料。」

佐德笑了下，彬彬有禮轉身道：「羅丹先生的顧慮很有道理，您請過來。」

邵鈞仍然靜靜地躺在試驗臺上，眉目安靜，西瑞博士解釋道：「讓他進入了深層睡眠，我們正在檢測他的腦電波。」

羅丹上前先看了一下他的身體和外貌，默默凝視了一會兒那具身軀，又翻看了下眼皮，嘴唇等地方，轉身看了下立體螢幕，熟練地按了下鍵盤，查看他的各項身體指標，精神力檢測情況，身體掃描情況，看著他腦部的儀器，皺起了眉頭，低聲道：「精神力比我想像的要低。」

西瑞博士饒有興致問：「這據我觀測已經不低了，在羅丹先生眼裡居然還不夠高？」

羅丹搖了搖頭，轉頭過來看了眼實驗臺上沉睡的黑髮實驗體：「可以把他弄醒嗎？」

西瑞博士道：「可以的。」

很快邵鈞脖側被注入了一管液體，漸漸睜開了眼睛，他眼睛裡先是懵懂迷茫，過了一會兒漸漸清醒過來，警惕看著他們，飛快動著手足，但手足全被牢牢扣在了試驗臺上，他一動都動不了。

羅丹站在他跟前看了他一會兒，看到對方一直沒有反應，漸漸眼睛有些失望，但仍然問著眼前的黑髮黑眼複製人：「你認得我嗎？」

邵鈞警惕看著他，羅丹又問他：「你有名字嗎？」

邵鈞緊緊抿著嘴唇，西瑞博士道：「聽說他叫鈞，根據我們獲得的情報，他清醒過來就一直說他叫邵鈞。」

羅丹搖了搖頭，看著黑髮實驗體的表情漸漸漠然，轉頭道：「沒用了，你們把他還給柯夏親王吧。」

西瑞博士眉毛高高挑起：「羅丹先生確認？」

羅丹非常果斷：「確認，為了這個得罪柯夏元帥沒什麼必要，你們還回去吧，這個實驗體沒有達到目標，應該是吸收過程出錯……」他忽然閉嘴不再說話，和西瑞博士道：「總之我不要了，你們儘快還回去，不要讓柯夏元帥誤會。」

他轉頭毫不留戀地離開了：「走吧，我們去看主腦去。」

一副完全不在意的樣子。

西瑞博士若有所思，轉眼看了佐德一眼。

佐德向西瑞點了點頭，什麼都沒說，伸手引領羅丹，穿過一條走道，進入了一個升降梯內。

簇擁著羅丹的人跟著他們一直進入了升降梯內，直接深入到了地底。

隨著升降梯一直往下了許久，羅丹身後的助理有些不安地看了眼通訊器：「通訊器已經沒信號了。」

羅丹屏住了呼吸，沒有信號，意味著失去聯絡，艾斯丁，會在地底嗎？

佐德寬慰著面露不安的羅丹道：「馬上就到了，因為此事機密，所以地方我們也加裝了很多合金層，避免被探測和監測。」

巨大空曠的銀色實驗室內，在正中央有著一個透明的儀器台，羅丹走進去以後，倒吸一口冷氣，只見儀器臺上，赫然擺著一個頭顱，頭顱上還接著無數的導線。

Chapter 257 組建

柔白色的實驗室光芒照耀著中央，那頭顱頭髮也已經剃光，臉上肌肉乾枯，雙眸緊閉，鼻翼卻在微微翕動，顯然仍有呼吸，分外恐怖。

只見佐德上前單膝跪下道：「陛下，羅丹先生到了。」

那個頭顱的眼睛睜開，一雙藍灰色有些渾濁的眼睛看向了羅丹，然後露出了一個可以說是恐怖的笑容：「呵呵，羅丹先生是嗎？敢以天網之父的名字為名，看來應該是才華無限。」

羅丹深呼吸了一會兒才道：「現在生物義肢已經很常見技術很成熟了，如果是不適合做手術了，那哪怕一個合金義體也可以的，為什麼要這樣驚悚嚇人？陛下？你是帝國皇帝嗎？不覺得這樣不方便嗎？」

一連串的問題顯得他有著一種屬於常年沉迷於研究中的那種不諳世事的天真，顯然是因為他的天才得到過很不錯的優待和保護，以至於在對待這個所謂的「陛下」也並沒有十分畏懼。

而這種大膽和直率卻也讓只剩下頭顱的柯冀更開心了，他笑了：「不錯，我是柯冀，傳聞中已經死去的皇帝，當然我現在活著也已經和死去差不多，因為已經無法執政，所以我才將皇位傳給了我的兒子。」

西瑞恭恭敬敬道：「我們一直在進行移植義肢，但是無論移植了多少身體部位上去，都仍然很快壞死，失去機能——你知道默氏病嗎？」

羅丹一怔：「默氏病？前聯盟元帥不也是嗎？這在現在的時代並不是不治之症啊？」

柯冀桀桀笑了：「不錯，那是我們柯氏基因裡頭攜帶的基因病，我和他居然都發病了，他雖然治好了，卻終身留下了後遺症，而我呢是默氏病中的變種，他們查了很久才告訴我，基因藥無效，只能採取截肢再移植義肢，然而移植了無數的義肢上去，仍然會很快壞死，哪怕最後選擇了血緣最近基因最相似的親人的器官移植，仍然無法挽救，我的身體已經不能接受太多次的器官移植，只能放棄身體，興許這就是根植在柯氏裡的詛咒吧哈哈哈哈哈！」

那個可怖的幾乎如骷髏一樣的頭顱瘋狂地大笑著，彷彿對自己的遭遇極為暢快一般。

羅丹卻皺起了眉頭，沉思了一會兒道：「默氏病基因突變不應該會這樣。」

柯冀忽然一噎，怒視：「你說什麼？」

羅丹道：「我是說默氏基因病已經發現數百年了，這是許多專家研究過研究透的病，好端端基因突變變成這樣不太可能，你應該還是精神力出了問題，加上義肢無法匹配精神力，才導致了現在這種情況。」

柯冀眼睛一眯，忽然道：「你的意思是，如果我的精神力恢復以後，移植義體還能恢復身體健康？」

羅丹道：「也許，我不能保證。但是移植的器官壞死，應該是你的精神力有異，這種情況一般出現在精神分裂者或者多重人格身上，多種不同性質的精神力導致身體無法適應，如果是原本天然的身體反而沒問題。偏偏你患了默氏病，一開始肢體出現問題，你就不該採取移植的方式，而是直接截肢掉不再移植，可能反而不會導致現在這種情況，你移植太多義體和太多不屬於你原本的器官，這對你個人本來就複雜的精神力也造成了影響，這進一步惡化了你的精神力，導致精神力接近崩潰。」

他若有所思：「但是你的精神力仍然很強，還能堅持這麼久至今尚未完全崩潰，一般人如果像你這樣的情況應該早已瘋了。傳聞中柯氏皇族的精神力都高到無與倫比，看來果然如此，我在聯盟也和柯夏元帥接觸過幾次，他也有著極為強大而堅韌的精神力。」

柯冀呵呵笑了一聲：「柯氏數百年的皇室，靠的是一代又一代的基因篩選和基因精選，一代又一代的精神力積累，才有了如今這傲然於世的精神力。」

羅丹漠然道：「以及這麼多奇奇怪怪的基因病。」

柯冀啞然，羅丹乾脆俐落道：「過高的精神力，普通身體無法承載，而太敏感和豐富的精神力又極易導致情緒出現問題，從而反過來影響身體。」他忽然又沉思了：「奇怪，為什麼在柯夏身上，我沒有感覺到這種過高精神力給他帶來的偏執和瘋狂呢？」

他自言自語著，彷彿已經完全忘記了自己站在這裡要做什麼，而是喃喃自語道：「柯夏元帥的精神力高，身上也的確有著因為默氏病後遺症而時常導致的神經痛，但是他的心理以及精神力，出乎意料地健康和平和，這很有意思，理論上他幼年經過那樣的變化，人生經歷比起一般人也坎坷很多，但是他的心志非同一般人的堅定，精神力很平和而穩重，更有著強大的自控力。」

佐德看著他彷彿沉浸在自己的思緒一般，有些著急，正要上前想要打斷，一根導線卻忽然甩了起來，阻止了他上前，柯冀剛才那種痴狂的神態已經不見，而是順著羅丹，很有興趣一般地問道：「那麼羅丹先生是覺得柯夏身上的精神力為什麼能夠達到如此的穩定性呢？據我觀察，柯氏一族，大部分都有著歇斯底里的不穩定的性格因素……」

羅丹側著頭陷入了沉思，過了一會兒卻道：「我聽說，帝國現任皇帝，因為信教的原因，精神力也極為純淨平和，相當穩定，這也是得到過佐證，精神上有信仰的人會較為虔誠單純，精神力也更平和純淨。當然這並不僅僅是因為精神上有支柱的原因，而是宗教很多行為，比如禱告、懺悔、清規戒律以及飲食習慣、睡眠習慣還有一些群體性的宗教儀式，會定期讓人處理一些精神上負面的不利的東西，而普通人如果要達到這種效果的話，一般就需要常年的精神支柱和精神撫慰，差不多是這樣吧，這個我需要進一步研究……」

他有些不耐地忽然想起來一般看向他們：「那麼我們什麼時候開始？已經浪費我太多時間了，我還有太多的事情要做了。」西瑞博士連忙笑道：「都已經按你的要求設置好了主腦設備室以及局域網節點，並且已經準備好了構建第一批局域網的精神力者。」

羅丹道：「我先看一下精神力者，然後再來看看陛下的主腦精神力情況。」

佐德恭敬地帶著他走出主腦間，往旁邊的房間引領而去，羅丹走了過去，發現裡頭已經密密麻麻放滿了許多生物艙，佐德道：「這些是陛下最忠誠的護衛隊成員，每一位的精神力都不低，並且效忠陛下，一共三十位，可供您選擇。」

羅丹皺了下眉：「我不是說了要精神力卓越，但人不要太多嗎？只能逐步接入，一開始就太多的話，過於龐雜的精神力不利於主腦的吸收。」

西瑞愣怔道：「吸收？」

羅丹不耐煩道：「當然，我說得還不夠明白？一開始的局域網架設，精神力會被直接吸收到主腦中，補充主腦的能量。當然主腦這個時候也要保持平靜，讓這幾個優秀的精神力者在虛擬區域網路中構建屬於自己的領域。精神力越優秀的人，構建的領域會越強大，這一點你們在天網中應該有所感覺，卓越的精神力者甚至能夠創造城市、海域、天空域等等，而這一切的能量，都會被作為神域的主腦吸收，主腦就是這座虛擬世界的主神，這些精神力者太過平庸了，不夠，我需要的是能夠創造出一方領域的精神力者。」

他走過去看了下天網聯接艙上的指標，有些嫌棄道：「這些護衛隊衛士，我沒預料錯的話，很可能連剛才那個複製人的精神領域都達不到，三十個還不如一個優異的機甲駕駛者。」

佐德眸光閃動：「羅丹先生的意思是這些人都完全用不上？」

羅丹道：「一開始搭建局域網，他們沒有能力創造出虛擬領域，肯定不行，等最初的領域搭建成後，你們想接入就可以接入，那都是錦上添花的事，但是一定要先讓主腦穩定下來。」

他微微有些煩躁：「我早就說過了要精神力非常優秀的人，你們根本沒有準備好，這是浪費我的時間。」

佐德笑了下：「羅丹先生不要著急，我們仔細研究過您提供的清單，這些只是有備無患，既然不合適，請您移步這邊看看這邊的。」

羅丹有些不滿地隨著佐德走了過去，進入了另外一間安靜的房間裡，裡頭的天網聯接艙內，靜靜躺著幾個人，佐德殷勤替他介紹：「先生請過來看，這一位，是陛下的幾位皇子，柯葉親王，柯楓親王，柯樺陛下，全都是心甘情願為了陛下的精神力，自願搭建局域網的，他們的精神力都是凡人中的佼佼者。」

羅丹一怔，點了點頭：「柯氏皇族的高精神力是眾所周知的，尤其柯樺陛下信教，精神力又分外純淨……又有父子關係父子感情在，那再好不過，有助於局域網的穩定，這幾位人選很不錯。」

佐德繼續道：「您再請看這邊——這位是教宗，另外還有兩位都是聖教的大祭司，精神力也都非常高而純淨，他們也是自願為了陛下的精神力，無私奉獻，自願搭建局域網的。」

羅丹非常滿意：「教宗！這人選也不錯！教宗一定能搭建出一個很不錯的領域！領域越好，精神力越純淨，對主腦的幫助就更大！不錯，剛好六個，足夠了，可以開始了，我過去看一下柯冀陛下的精神力情況，先搭建主腦。」

他轉頭繼續往主腦室去，佐德和西瑞交換了個目光，西瑞博士微微點頭，佐德便也轉身跟上了羅丹。

羅丹回到主腦室，便開始吩咐助理們準備各式各樣的導線，他沉浸在工作中的時候整個人是冷漠而專注的，即便是面對柯冀這顆尊貴的頭顱，他既沒有畏懼也沒有絲毫諂媚或者退縮之意，只是專心地替他插上所有導線，一邊提示柯冀：「一開始儘量放空情緒，專注想一些讓自己安靜的事物，第一個進入的場景，就是你的初始精神領域，因此越穩定，之後的成功率越高。進去後開始嘗試構建一個闊大的世界，不需要太具體，具體細節由之後接入的人進一步構建完成，你只需要構建一個大陸即可，然後等待其他人替你完善細節。」

助理們顯然都很熟悉他的風格，只是默默地聽從指揮，配合熟練，很快整個頭顱接入了各式各樣的導線，柯冀閉上了眼睛，彷彿睡著了一般，但旁邊接著的儀器等等都表示他一切正常。

在一旁守護著的佐德和西瑞睜大了眼睛一旁觀察著，羅丹卻只是高度專注觀察著其他的資料，過了一會兒道：「很好，很穩定，應該已經成功了。」

大約過了半個小時，羅丹指示斷開聯線，柯冀睜開了眼睛，佐德忙道：「陛下？」

柯冀笑了：「成功了，我是那座世界的神，我重新擁有了身體，我無所不在，無所不能，這種創世的感覺，真是太棒了。」

羅丹點了點頭，道：「主腦世界完成，現在組建局域網，記住，你作為主腦，不要排斥任何接入的人員，讓他們自由構建領域，精神力才會源源不絕。」

柯冀道：「來吧，我迫不及待要見到我的兒子們，還有親愛的教宗閣下了。」

羅丹警告道：「一開始最好不要讓他們察覺到你的存在，讓他們的精神力無限擴展，任意施展構建世界最合適。」

柯冀道：「我知道了。」

在一旁看著的佐德一顆心終於微微放了下來，這位，是真正的有本事的。

羅丹再次將他接入後，走出房間來，熟練的搭建節點，第二個接入的是教宗，隨後三位皇子、兩位祭司，全都熟練接入了局域網內。

代表精神流的立體螢幕上隨著每一個人的接入越來越強。

羅丹看了眼立體螢幕，淡淡道：「很不錯，看來這幾位宗教高層，精神力的確都非常強而純淨，目前看局域網應該成功了。」

佐德道：「那我們現在可以喚醒陛下問問嗎？」

羅丹搖頭：「早期局域網搭建主腦很重要，理論上虛擬網越穩定，他的精神力就會越穩固。他對整個局域網的控制還不夠熟練，你們喚醒他意味著局域網重啟，不建議如此，擔心他的情況的話，你可以接入進去看一下，目前已經可以如同連接天網一樣接入這個虛擬網了，但不建議隨意放人進去，早期的局域網儘量挑選精神力優秀而穩定的人，逐步構建出宏大的虛擬世界，促進主腦精神力不斷穩固，等穩固的良性循環局面形成，你們就可以開放性的任意聯結了。」

佐德想了下道：「我進去。」

羅丹似笑非笑：「不在外面看著我，怕我暗算你和陛下了？」

佐德道：「不敢，我們是非常信任先生的。」

羅丹一哂，但還是有些面露疲色：「你可以接入進去仔細觀察，但不要驚動其他人，我有些累了，能在附近安排個房間嗎？初始搭建還是要保持密切觀察，我不能離開太遠。」

西瑞博士連忙道：「我們附近已經安置好了房間，也安排了飲食，請羅丹先生好好休息。」

羅丹轉頭對助理們交代：「分三班輪流在這裡監控，保持有人，三天內所有局域網的人最好都不要斷開聯結，至少要有兩人以上線上，有異樣隨時過去叫醒我，我得好好睡一會兒。」

西瑞博士連忙笑道：「我們也會留人員值班，請您的助手只管指揮他們。」

羅丹點了點頭，走了出來，果然有人引導他到了附近的一間房間。

生活助理很快替羅丹收拾好床，悄悄退了出去，將門關上。

一隻銀灰色的水晶貓從通風管道裡悄無聲息地鑽了出來，輕悄地躍出，落在了羅丹肩膀上，挨著羅丹的臉親熱地蹭了下。

「舞臺已經搭建好，就等演員們登臺了？」

艾斯丁親暱地鑽進羅丹的懷裡，羅丹抱著他眼圈一紅：「你……沒事，真是太好了。」

艾斯丁伸出舌頭，輕輕舔去他睫毛上一點晶瑩：「是我不好，我看這邊戒備森嚴，結果好不容易找到路混進來以後，發現沒辦法聯繫了，出去也不太好出去，又一直很好奇他們到底在這裡做什麼，索性就想再查查，對不起，讓你擔心了。」

紫羅蘭色的眼睛啪的又砸下了一滴淚水，艾斯丁道：「哎，別哭，你今天不是演得挺好的？連我都要刮目相看，我那孤僻不愛見人的小丹尼爾也長大啦，把那瘋子騙得團團轉。」

羅丹微微哽咽了下：「就是用程式而已，事先錄入了表情程式，這具身體就按程式配合作出神態。」

艾斯丁啞然失笑：「還能這樣妙用。」

羅丹抱著艾斯丁輕輕撫摸，微微鬆了一口氣：「局域網已經搭好了，如今他就是那個世界的主神。」

艾斯丁瞇起眼睛，嗚嗚散發著舒服的聲音：「主神嗎，會讓人感覺到無所不能。」

羅丹道：「是，然後很快他就會發現，在他的虛擬世界裡，他可以為所欲為，他的精神力得到飛快的增長和擴張。」

「他會發現越優秀的人在他的局域網裡，他的精神力就會越來越強大。」

「貪婪會讓他瘋狂。」

艾斯丁笑了：「所以這是你搭建好的舞臺，他一定不會滿足於現有的人員，一定會把主意打到精神力強大的柯夏身上，是吧？但是你真的有十足把握柯夏能夠戰勝柯冀嗎？畢竟這可是柯冀的領域，他就是主神，無所不能。」

羅丹認真道：「柯冀的精神力已經接近崩潰邊緣，搭建起來的局域網讓他的精神力穩定只是一個錯覺，包括在他的領域內彷彿無所不能的呼風喚雨，其實都無法挽回他在現實生活中身體的潰敗，只是他在帝國的勢力實在太強大了，既然已經死去，就讓他真正成為亡者吧，至於送他踏上亡者之路之前，不妨給他編織一個美夢。」

艾斯丁詫異看向他：「不錯，他在現實生活中有多痛苦，就會越發沉迷在虛擬網給他帶來的虛幻快樂中，然後對現實生活中的一切就會開始忽略，但是，這樣的方法，不像是我的小丹尼爾能想到的？」

羅丹直率道：「當然不是我，是鈞啊。我找不到你了很擔心，找他商量，我當時就想立刻以新的身分來接觸西瑞，用我手裡的東西來換取你，但被鈞阻止了，他重新定了這麼一個方案，後來又得到了夏和風先生的進一步完善。」他有些羞澀道：「他們考慮得比我要周到多了，否則我可能就非常莽撞地直接去找西瑞了。」

艾斯丁點了點頭：「鈞考慮事情的確縝密，這個計畫很完美，唯一缺點就是柯夏未必能夠戰勝柯冀。」

羅丹道：「我留了後門，主要是要找到你，關鍵時刻可以將那個局域網聯上天網，到時候你才是真正的主神——但是夏的意思是，這個仇，他想親自報。」

艾斯丁笑了下：「好吧。那我們的任務就算完成了？」

羅丹點了點頭：「他們應該是會扣留我，不過這無所謂。」

艾斯丁低聲道：「你睡一會兒吧，我陪著你。」

羅丹的確是有些疲憊了，雖然他這具身體並不是完全的肉身，但搭設一個局域網，雖然不如天網那樣大規模，卻也結結實實耗費了他不少精神力。

他順從地躺了下來，拉起被子蓋好，艾斯丁蜷在他頭邊，和他耳語：「當時我的天網，一開始搭建的時候，你用了誰的精神力？」

羅丹閉著眼睛低聲道：「當然是我自己，其他人無法信賴。」

艾斯丁睜開眼睛看了他一眼：「很辛苦吧。」柯冀今天這個局域網，一開始就用了六個高精神力的人來搭建，而自己作為主腦，當初還已經死去，主腦條件肯定不如現在的柯冀，羅丹又一個人來構建領域，一定經歷了非同一般的疲憊。

羅丹嘴角微微翹起：「那時候不覺得辛苦，因為心裡有希望。」

艾斯丁銀灰色的眼睛透亮：「有點可惜。」

羅丹已經有些睏意朦朧：「嗯？」

艾斯丁將小巧的貓額頭抵在羅丹的額頭前：「可惜沒在你給我新做的那具身體裡。」

羅丹遲鈍地低低嗯了一聲：「哦，等回去就行了……」他完全沒有意識到艾斯丁的語意，睏意重重地睡著了。

艾斯丁低低笑了聲，也蜷在羅丹的懷裡，靜靜守著他。

巨大的滂沱大雨中，佐德走在茫茫草原上，天空重重的鉛雲不斷劈下閃電，炸開恐怖的雷聲。

草原裡四處都是積水，佐德在一聲一聲的炸雷中，於茫茫的雨簾艱難走著。

遙遠的天邊忽然亮起了一片金黃色的光芒，光的範圍越來越廣，漸漸照到草原上，漆黑的烏雲退開了，烏雲邊上鑲上了金邊。

佐德看向那裡，雲旁忽然飛過三個穿著白袍的男子，背後有著巨大潔白的翅膀，他們手裡持著黃金權杖，掠過天邊，遙遠的遠處潔白的雪山上，能看到宏偉的神廟群。

神聖的聖歌和鐘聲從遠處傳來。

佐德站在雨過天晴，鋪滿陽光的草原上，深深呼吸了一口雨後清新的空氣——完全和在天網裡的世界一模一樣，精神的感覺又比身體更敏銳。

佐德閉上眼睛，心裡默念：「陛下？」

不知從哪兒飛來了一隻巨大的鷹，從天而降落在他跟前的枯樹上。

巨鷹落在枯樹上時，那棵樹居然忽然長出了繁茂的樹葉，枝幹遒勁，葉片硬朗如蠟。

鷹眼銳利盯著他：「外面情況如何？」

佐德單膝跪下，畢恭畢敬道：「羅丹先生搭建了一晚上的局域網，應該是累了，已經去房間裡休息了，囑咐我們在局域網早期不要隨意斷開您的聯結，以免造成虛擬網重啟，影響您的精神力。」

柯冀笑了聲：「他還沒有意識到他走不了了？」

佐德道：「很顯然他沉浸在研究中時不會想太多，他智商非常高，但在社交和生活中就不是非常在意，可能等他反應過來，也要在局域網完全搭建成功後了。」

佐德恭敬道：「陛下如今感覺如何？」

柯冀：「感覺非常好，從來沒有如此舒坦。」他展開巨大雙翅抖了抖後，忽然整個人變回了人形，身軀高大健壯，金色的捲髮披在他肩上，雙眸充滿了威嚴和瘋狂，炯炯有神。

佐德含淚上前親吻他的腳面：「陛下，得再見您的風采，臣不勝歡喜。」

柯冀道：「這局域網的確有用，我感覺到我的精神力從來沒有過的穩固和安定，而在這個領域中，無論他們創建了什麼，只要我想知道，就能全知全能。」

柯冀展望那遠方的神廟，嗤笑了一聲：「那是教宗約書亞創造的雪山神域，真不愧是教宗，他創造出整個聖域的時候，我的精神力瞬間就得到了十分強大的補充。」

佐德問：「三位親王呢？」

柯冀道：「柯楓創造了一個金碧輝煌的城池，極盡華美奢靡，柯葉倒是有意思，他居然只是創造了他自己的親王宅，而且基本一模一樣。柯樺就不說了，他去了聖域那邊，陪他的教父去了。」

佐德一怔，柯冀道：「沒用的東西。」

佐德道：「他的催眠應該失效了吧？」

柯冀唾棄道：「一進來就恢復了孩童模樣，他一輩子就想逃避，之前要用他身體的時候，他竟然哭著放棄了自己，真是沒出息！」

佐德對這位三皇子顯然也有些無奈：「您當初選他，不也是看中他純善溫和孝順麼，他當時一知道您沒死，想要他的身體，也很乖順地要將身體讓給您，只是西瑞博士實在水準不行……精神力沒有遷移成功，反而催眠了他，以至於他自以為自己已經是您……」

柯冀怒道：「西瑞就是個蠢材！那根本也不是他催眠的，那根本就是柯樺這個蠢貨自己對自己下了暗示！他精神力太高，自己對自己下了暗示，連西瑞也解不開！我當時給西瑞留面子，幸好找到了這位羅丹先生，否則這個蠢材我一定讓他身敗名裂。」

他一生氣，天上複又烏雲密布，雲層中閃電湧動。

佐德連忙道：「陛下息怒，羅丹先生說您要儘量保持心態平和，才有助於您的精神力的恢復和吸收，如今局域網想來已經搭成，您的感覺如何？」

柯冀笑了：「我有預感，再這樣下去，我的精神力能夠恢復到從前穩定的水準，到時候應該可以繼續移植義肢，就算不行，合金身體也可以。我需要更多的領域，更多的主城，更多的人接入虛擬網，我要讓帝國的人民放棄聯盟的天網，改接到我們金鳶帝國自己的虛擬網路！」

柯冀心情舒暢，放聲大笑：「想不到，我竟然陰差陽錯，反而成為了帝國天網的主神，從此以後，我就能和聯盟天網的主腦一樣，在天網中永生，成為永恆的神靈！」

他一揮手，草原上忽然憑空長出了許多巨大的參天大樹，轉眼這片草原已經變成了一片原始森林：「我就是神，所有帝國子民，只要登入帝國天網，都只能聽從我的命令和指派。」

佐德道：「臣和所有您的忠心耿耿的屬下，都恭候您重返王者寶座。」

柯冀抬起了雄心勃勃的眼眸：「等我精神力穩定下來，蟲族基地那邊也養好了蟲子，將帝國的日光，灑滿整個聯盟，不過是時間問題——到時候，就連聯盟的天網，也應該併入帝國的天網！」

佐德深深俯下身，再次親吻他的腳面：「吾皇英明，天佑帝國，天佑吾皇。」

佐德才出來，心腹護衛已經立刻上前：「局長，柯夏親王府那邊已經遣人來問了兩次了，問是否見過那位複製人，語氣不太好，我看瞞不了多久，就怕他身上有定位設備。」

佐德：「他們沒給複製人上定位項圈，身體也掃描過了，沒有定位裝置，一時還找不到那麼快，估計他會先去找柯樺陛下，讓皇宮那邊搪塞他，就說陛下身體不適。然後……」佐德忽然陰森森笑了下：「誤導他們，讓他們以為是羅丹帶走了那個複製人，假造他們出境記錄。」

護衛應了，卻又道：「但是聯盟那邊不會善罷甘休的吧，奧涅金家族那邊。」

佐德道：「做點假線索，讓他們以為是柯夏親王——前聯盟元帥，私下邀請了羅丹先生做客，為了他的複製人，還有柯樺現在也在虛擬網裡，傳話給幾位內閣大臣，請他們安排好政事。」

時間還是太少，必須儘快讓陛下精神力穩固下來，佐德感覺到了一陣壓力，忽然想起一事，問屬下：「那個一起帶回來的男學生，審問得如何了。」

屬下道：「應該不是普通學生，受過刑訊訓練，問不出什麼東西，精神力應該很高，對精神力相關的刑罰會有反應但耐受力也很高，如果當初不是西瑞博士先催眠控制了那個複製人，他投鼠忌器，恐怕我們還真沒那麼容易無聲無息帶走他們。」

佐德卻忽然想到：「剛才羅丹先生是不是也說，這個複製人精神力也很高？」

他忽然笑了：「既然精神力都不錯，那就將他們接入虛擬網試試看吧，也能讓陛下的精神力得到補充。」

西瑞一怔，佐德道：「能熬過安全局的刑罰，想必精神力也非常優秀，正愁一時半會找不到高精神力的人，索性先物盡其用。把那個男學生也一起帶過來，接入局域網。」

西瑞道：「不用先問過羅丹先生嗎？」

佐德道：「我親自進去看過了，裡頭情況很穩定，既然能聯入我，想來聯入那兩個人也沒問題。看剛才羅丹先生的意思，目前是穩定的，在局域網裡頭，主腦幾乎就是主神，他們傷害不了陛下的，不放心的話，一個一個接進去好了。」

很快兩個黑髮學生都被帶了過來，強制接入了天網聯接艙內，羅丹的助理們好奇地看了眼他們，並沒有阻止，落在佐德眼裡，更是明白應該影響不大，果然接入後，顯示局域網的精神力流陡然增強，就連西瑞看了眼都有些吃驚：「這兩個人的精神力這麼高？」

佐德笑了下：「陛下一定會高興的。」他眸光閃動：「接下來可以考慮把我們的三十個護衛一起接入了，等明天羅丹先生休息夠吧。」

而坐在漆黑的螢幕包圍裡，冷冰冰的柯夏正在聽花間酒回報：「陛下身體不適已經睡下。」

「羅丹先生也已經完全失去了聯絡。」

「圖書館那邊有學生說，最後一次看到鈞和一個男學生去向羅丹先生請教問題，應該是希望誤導你的視線。」

柯夏閉著眼睛：「希望一切順利吧。」

長夜漫漫，他深呼吸著，等待第二天的天亮。

邵鈞進去的時候，站在了一座和天網主腦一模一樣的地方，邵鈞抬頭看了眼那幽藍的主腦，很明顯能感覺到那不是艾斯丁。

看來這裡是故意偽造成如同天網登陸點一般的地方，麻痺登錄進來的人，而登陸點卻一個人都沒有，這是吸引進來的人四處探索異樣之處。

和自己一樣被綁進虛擬網接入艙的花間風不在，想來這登陸點不止一個，應該是故意讓他們失散的，看花間風剛才只是精神有些疲憊，身上沒外傷，應該沒大礙，就不知道他進來以後會創造出什麼樣子的領域了。

邵鈞若有所思著，一步步的走了出來，彷彿好奇一般地探索著四處。

這是一個漂亮的主城，但天空濃厚的黑雲背後仍然隱隱翻滾著雷電，顯示著主腦隱藏著的充滿混亂和暴戾的潛意識。

城裡空無一人，走到城牆頂上往遠處看，能看到連綿的森林以及遠處的草原、雪山，陽光照在閃閃發光的神廟上，神廟頂上環繞著無數的天使幻影繞著飛翔，十分引人注目。

邵鈞下了城牆，在城裡隨意走了一圈，抬頭卻忽然看到兩個男子開著敞篷飛梭唰的一下從道路中央飆行而過。

他有些無語，過了一會兒，那輛飛梭似乎是發現了有人，又轉了回來，啪！急停在了他跟前，柯葉大咧咧坐在飛梭裡頭，看著他上下打量了一會兒，笑了：「這不是柯夏那個小複製人嗎？你怎麼也被捉進來了，是用來引誘你家主人的嗎？」

邵鈞沒有搭理他，眼光卻落在了他身側的少年，銀色頭髮，長得像霜鴉年輕時候，但雙眸卻是正常的銀灰色，坐在駕駛座裡，雖然臉上笑著，但毫無疑問那不是個精神體，只是個傀儡一樣的人。

柯葉注意到他的目光，轉頭看了眼，笑了：「雲翼，見客人了，笑一個。」然後那個少年真的轉了過來，對著他笑了下。

柯葉伸手順了順他的頭髮，一副珍惜寵溺的模樣，轉頭又打量了下邵鈞：「進來這裡，會遇到自己最害怕的人，或者事情。我昨天看到柯楓，他一次一次的在寶座那裡被自己臆想出來的父親殺死。」他笑了下：「不知道柯樺會遇到什麼，他好像和教宗在一起，難道他最恐懼的事情居然是在教會裡嗎？不過無所謂了，你呢？」

邵鈞一怔，柯葉饒有興致看著他：「你會遇到什麼呢？據說你是複製人？你最可怕的事情是什麼？和怪物角鬥嗎？被人當成寵物褻玩嗎？」

柯葉沒有說完，忽然停止了說話，低頭看向自己的胸部，一把匕首從後往前穿到了他的胸前，露出了一個雪亮的尖頭，血開始洇溼衣服。

他笑了下，轉頭將手裡還拿著匕首的霜鴉抱到了懷裡：「第一百零三次，他一次又一次的用各種方式殺我，在還沒有被我改造之前。」

「其實這並不是我害怕的事，我覺得這是我渴望的結局。」

他笑了下，忽然砰的一下整個人消散成為了泡泡，而那漂亮的敞篷飛梭上，彷彿木頭人一般的雲翼轉過頭，砰！也消散在了空中，只留下了一架飛梭。

Chapter 260 雪山

邵鈞坐上了那具敞篷小飛梭，研究了一會兒，順利地開出了城。

風颼颼從耳邊吹過，邵鈞將車輛開往密集的森林中，果然很快看到了巨大的生物怪物野獸，嗷嗷叫著撲向他。

他面無表情地將玻璃罩子合上，直接衝了過去，巨大的飛梭直接衝撞過去，將那些怪獸衝散成為一簇一簇的灰蠅散開。

果然，主腦並不知道他真正的恐懼，他的三個兒子都是他的親兒子，所以他才能準確掌握住他們內心的恐懼，當面對他這個完全陌生的複製人的時候，他就只能出現這樣浮泛的心理攻擊。

「主腦並不是無所不能，無所不知，只是對主腦世界的強大掌控和隨心所欲，讓他有此錯覺。」

「我特意強調了搭建局域網必須是精神力特別優秀的人——精神力優秀的人會在主腦世界中搭建屬於自己的領域，主腦其實並不能完全控制這些領域，他需要長久的時間慢慢融合，趁創建領域的人斷開天網的時候，將這個領域潛移默化變成主腦世界的，才能夠越來越強大。」

「柯冀沒有這個時間，他如果選擇細水長流，和當初天網一樣，在越來越多的人加入天網後，源源不絕的精神力補充會讓他同樣成為帝國的天網主腦——當然，需要上百年甚至數百年，而且，不能離開那個網路。這實際上是一個名為永生，實為囚禁的真相，主腦看似為所欲為，其實已經被囚禁在了那個虛擬網中。」

「柯冀也捨不得等待那麼長久的時間，他還指望在他的頭顱完全腐敗之前，穩固精神力，重塑身軀，重掌至高無上的權力。貪婪和狂妄會讓他妄圖吸收進入虛擬網內的精神力者的精神力。一開始因為主腦的原因他可能會擁有一些優勢占有上風，但領域的搭建者，對自己搭建的領域是擁有極大力量的，當搭建者發現其中不對的時候，一定會反抗。」

「而柯冀原本精神力就已經極為不穩定了，這種精神力上的爭鬥只會進一步刺激他的精神力。」

「虛擬世界中不存在身體的痛苦，主腦的優勢讓他誤以為自己已經恢復健康，但搭建領域的高精神力者，一旦開始反抗，就是這花團錦簇的虛擬網毀滅的開始。」

「這就是這個虛擬網的陷阱，主腦是真的，能提高和穩固精神力也是真的，能夠永生也是真的。一切技術也都是真的，唯一沒有告訴他的就是——每一個登入天網的精神力，與主腦是相輔相成，細水流長的，他需要漫長的時光來將這些力量吸收入主腦，一旦他急功近利，貪婪地想要吞噬高精神力者的精神力時，反噬就開始了。」

制定計畫時羅丹說的話在耳邊迴盪，邵鈞操縱著飛梭「砰！」再次撞散一隻怪物，只要有意識地控制自己的意識領域，剛剛架設的主腦，就無法真正窺看到他的意識，感受到他的恐懼，攻擊他的情緒弱點。

「你和風先生、還有夏的精神力都非常特殊，意志力非同一般人的強悍，因此這個局域網，也就是屬於你們的舞臺，主腦對領域的掌握並不是無所不能，你們只要爭取到在領域內的絕對掌握權，就能反過來吞噬主腦的精神力，或者擊潰他使之完全崩潰，讓全帝國毫無覺察的情況下，將這不肯安息的惡魔送回地底。」

邵鈞將飛梭開到了最高速度，一路飆車穿過了黑森林，將所有圍上來的怪物全數衝撞散，一直開到了雪山腳下。

潔白晶瑩的雪山腳下，無數的信徒正在恭敬地匍匐跪下叩拜，一步一叩拜往神廟行去，目光無神，動作機械而一模一樣，一看就知道都不是真正的精神體，而是創造出來的信徒。

神聖的聖歌縹緲地從山頂上飄下來，影影綽綽，而巔峰上無數的揮舞巨大潔白羽翼的天使幻影猶如遙不可及的神祇。

邵鈞無視那些沿著冰雪臺階不斷攀登叩拜的信徒，拔腿往上便走。才走上去，身形微微一滯，這巨大雪山，雖然是精神力創造的領域，卻寒氣逼人，冰雪凛冽。

這就是他人的領域嗎？所以才會對外來人造成影響。

邵鈞沿著雪白山階往上走著，越往上，越能聽到歌聲清晰，那些巨大的幻影也越來越逼真，幾乎能看到那些金髮碧眸的天使的面容和巨大翅膀上的羽毛。

快到巔峰神廟門口時，他忽然站住了腳步。

一個大約五歲左右的小天使在空中揮舞著翅膀，淺金色長髮，碧藍色眼眸，額上勒著藍寶石的額帶，身上穿著潔白的金邊白袍，他光著腳丫，從高空中落下，粉紅色的小腳丫落在皚皚白雪上，全然不懼寒冷。

小天使好奇地看著他：「你是誰？為什麼闖入神域？」

他稚嫩的聲音如同聖歌一般，邵鈞凝視著他一會兒，在那有些熟悉的面容上想起了菲婭娜，忽然發問：「你是柯樺？」

柯樺側過頭，笑了：「你怎麼認識我？」

邵鈞道：「你怎麼變成這樣了？」

柯樺懵懵懂懂看著他：「啊？」

邵鈞沉默地看著他，忽然後方神廟裡頭走出來一位高大男子，他長髮上壓著金色的三重寶冕，身上穿著繡著金線鑲嵌無數寶石的華麗白袍，一雙巨大翅膀在身後，正是教宗約書亞，他冷冷看著邵鈞：「何人擅闖神域？」

柯樺振翼一飛，已經撲向了教宗懷中：「教父，他好像認得我。」

約書亞將柯樺抱在懷中，目光銳利打量著邵鈞：「柯冀派你來的？」又忽然冷斥道：「柯冀到底將我和柯樺逼進天網來想做什麼？他奪走了兒子的身軀還不夠，還妄想吞噬我們的精神力？」

他張開翅膀，揚起了權杖：「真是可笑，我會讓他看到神之力的！」

邵鈞終於開口，卻是看著柯樺：「你的精神力很高，理論上不應該有人能夠催眠你，我相信你其實潛意識也非常清醒，究竟發生了什麼事。」

「一味逃避沒有意義，又或者，不是逃避，而是以退為進，這些也都不重要。」

「玫瑰小姐已經決定離開帝國，帶著孩子前往聯盟。」

柯樺睜圓眼睛，很茫然看著他，邵鈞接著道：「是個女兒，名叫菲婭娜。玫瑰的意思是她對皇室的爭奪毫無興趣，以後也不會再和你有所來往，女兒是她自己個人的決定，她也會自己撫養。」

「無論你是真的忘記了她們，還是本來就沒有在意過這樣的平民，都不重要了，她已經決定重新開始新的生活。」

約書亞沉下臉，冷冷道：「什麼螻蟻！在此胡說八道！」

他張開翅膀，揚起權杖：「滾！」

巨大的雪山上忽然刮起了暴風雪，捲向了邵鈞，瞬間將他裹挾在冰冷狂暴的暴風雪中，從雪山上向下拋去！

雪片和細碎的冰屑在狂暴的冰風暴中猶如尖銳的千百隻冰冷利刃，瘋狂切割著邵鈞。

但忽然包圍著他的暴風雪忽然變得柔和，將他重新從半空中又捲著輕輕落到了雪地上，冰冷銳利的雪片已經變成了一隻隻的白色粉蝶，在他落在草地上以後，翩翩飛舞而去。

雪正在融化，變成了潺潺溪水，嫩綠色的草芽穿破冰雪，長了出來，迅速展開草葉，綻放出無數鮮花。

天空中的天使幻影，開始拋灑花瓣，紛紛揚揚落在空中，落在正在融化的雪峰上。

神域的掌握者，換人了。

邵鈞雖然是第一次看到這樣的景象，但不知為何卻清晰的感覺到神域被更換，他看向了一旁正在驚異看著這些變化的教宗約書亞。

約書亞顯然也發現了這片神域不被自己掌握，驚恐轉頭看向柯樺。

柯樺還在微笑著，搧著翅膀飛上了空中：「教父，我還是覺得，春風和鮮花，比冰雪更適合神廟。」

約書亞道：「陛下是不是聽了什麼謠言，誤會了我？」

柯樺卻只是笑著：「教父是不是以為，我已經忘記了五歲時候的事了？」

約書亞的臉色變成鐵青，過了一會兒道：「教父只是太愛你了，一時沒忍住，後來不是一直對你沒有逾規之處了嗎？這麼多年，我對你不好嗎？」

柯樺道：「是啊，我從前也以為教父是一時糊塗，即便這麼多年我一直在噩夢，不願意和任何人接近，也沒有怪罪教父。但是，教父卻還是找女人來和我睡覺，好生下子嗣讓你控制？有了孩子，你會怎麼做？讓白鳥會的巫女們弒君嗎？」

約書亞沉聲道：「都是謠言！」

柯樺笑了：「教父在看什麼？兩位大祭司都不會過來了，這裡目前是我的領域。」

約書亞道：「柯冀把我們帶到這裡來，定有陰謀！你別忘了，他搶奪了你的身軀！如今一定是想要吞噬我們的精神力，這個時候我們應該合作才對！」

柯樺小小的身軀在空氣中旋轉了一會兒，無數星星如金屑一樣落了下來，他小巧的身軀忽然長大成為成年人的身軀，金色長髮飄散在空中，變成成年體的柯樺聲音也變得低沉，笑著道：「我忽然覺得，還是自己比較值得相信——這也是教父您教我的，只有強者，才有資格愛人。」

他伸出纖長雙手，巨大的雙翅在他背後展開，穿著雪白神袍的身軀越來越大，彷彿天降的神祇一般，陰影籠罩了下來，無數星光閃耀著。

約書亞臉色變了，整個人揚起了權杖，在他劇烈飄搖的教宗神袍身後，暴風雪重新爆發了起來。

邵鈞身周圍繞著一個金色的泡泡，輕柔地飄了起來，然後巨大的暴風雪遮擋了視線，他被光圈包圍著落到了雪山下。

他抬起頭，看著巨大雪山上已經被暴風雪席捲的巔峰，轉身離開了雪山腳。

實驗室中，教宗的身體導線連著的立體螢幕上顯示精神力忽然劇烈波動起來！警報聲響起。

負責值班的羅丹助理過來看了下資料，有些匆忙對西瑞道：「建議立刻斷開聯結，他應該遭到了精神攻擊，精神力正在被人吞噬，再不及時斷開聯結，精神力就會受到損傷甚至變成白痴。」他一邊又焦慮道：「趕緊請人把羅丹先生叫醒過來看看。」

一旁的佐德卻攔住了正要離去的侍衛，笑著問那位助理：「等等，羅丹先生太累了，不是非常重要的事還是不要著急驚動他，我想請問下這位先生，這個精神力被遭受攻擊，在天網裡應該也很常見吧？像這種情況，天網主腦會受到影響嗎？」

助理一怔：「不會……相反，這種精神力相互攻擊吞噬的過程，其實反而會有大量精神力損失溢出在虛擬空間內，被主腦吸收——但是這位教宗的精神力會受到損傷甚至可能會被對方吞噬……」

他忽然想起了局域網內部的其他幾位，可都是真正的皇子，而自己並不是帝國人，帶著些悚然的目光看向了佐德，佐德微微一笑：「我們要對教宗閣下有信心，不是嗎？還是不必打擾羅丹先生的休息了吧。」

助理沉默了，佐德笑著道：「多謝這位助理先生的配合，大家再仔細觀察吧？」

事態也就這樣了，大概在接近天亮的時候，教宗閣下的精神力數值開始降低，羅丹也終於起床了過來看情況，看到這樣的情況命人連忙斷開虛擬網連接，又責怪助理們不及時處理：「這已經形成不可逆轉的精神力損傷了！」

佐德笑著上前解釋：「先生不必責怪，這一切都是我的決定。我也聽助理說了，這不會影響主腦，反而會增加主腦的精神力，對不對？為了穩妥起見，我也親自登上虛擬網內看過了，原來是教宗想要對我們柯樺陛下無禮，被柯樺陛下懲治了，您也知道，我們帝國凡冒犯陛下的都是死罪，既然是柯樺陛下親自動手懲戒，那就沒問題，您放心。」

羅丹皺了皺眉：「柯樺陛下動的手？這可是教宗……」

佐德道：「教宗也要聽從皇室命令，膽敢犯上忤逆的，自然也是要裁決的。」

羅丹搖了搖頭，冷漠道：「我不管你們這些政治鬥爭，主腦呢？有問題嗎？」

佐德道：「柯冀陛下說，教宗被柯樺陛下吞噬精神力後，大量精神力溢出，充斥了整個虛擬世界，他的精神力前所未有地得到了充實，並且感覺非常好，正想請教先生，是否可以採取讓惡人連入虛擬網內，讓幾位皇子殿下狩獵，從而達到補充主腦精神力的目標？」

羅丹有些厭惡道：「理論上的確可以，但是我並不贊成培養出這樣一個虛擬世界，當你鼓勵精神力在內可以互相廝殺吞噬，還會有人聯上這個虛擬世界嗎？你可以想像一下，假如你現在知道當你聯入天網的時候，有人能夠隨時吞噬你的精神力，你還會接入嗎？沒有人接入的虛擬網，就會乾涸，有一個古老的成語，叫涸澤而漁，你將池塘裡的水都放乾了，的確是可以捕捉到魚，但是不會再有新的魚進入池塘。」

「一個明智的主腦，採取的措施應該是絕對禁止在自己的虛擬網內私鬥，維持規則，當有人妄圖吞噬其他人的精神力時，果斷出手維護，強制讓人下線，這才是一個能夠持久的主腦世界規則。」

佐德微微笑著：「先生說得很對。」他卻已經完全明瞭，羅丹先生道：「既然局域網已經完全穩定了，按之前的許諾，我要回聯盟了，之後你們打算用這個虛擬網做什麼政治傾軋，都與我無關。我要回去了。」

佐德卻道：「還是請先生再多停留兩天觀察一下，另外，柯冀陛下和柯樺陛下，都希望能夠將此局域網擴大到在帝國的天網範圍，想請教您，是否可以將原本天網的帝國部分，整體切割，連入目前我們這個局域網呢？」

羅丹微微睜大眼睛：「那是另外一個主腦掌控著，物理上的導入切割，未必能成功。」

佐德道：「僅從設備上說，將目前所有連接天網的在帝國的設備，全部強行改為接入局域網，會怎麼樣呢？」

羅丹楞了一下，忽然皺起了眉頭陷入了沉思，過了一會兒揮手召集他的助理：「我需要模擬一下。」

西瑞連忙笑道：「這邊實驗室相關設備都有，羅丹先生是否現在就開始？」

羅丹道：「那最好不過，我模擬一下看看。」他似乎已經忘記了自己要走的事，而是一心沉浸在這個新的宏大課題中，和西瑞道：「我需要目前帝國聯接天網的明確設備數，聯接的設備情況以及目前在天網中帝國的具體情況……」

一群研究員簇擁著羅丹往實驗室去了。

佐德鬆了一口氣，旁邊的安全局護衛道：「太好了，沒想到這麼輕鬆就留下他了，還以為要撕破臉呢。」

佐德笑道：「這位真的就是醉心於學術，只要不斷地給他提供研究條件，又能提出讓他感興趣的課題，你想他走他都捨不得走。」他滿意地笑了：「繼續放出線索，能拖多久就拖多久。」

然後他果斷下令：「派人去帝國監獄，提出所有犯罪的惡徒，要求唯一標準就是精神力高，一律接入局域網內，再將我們的護衛敢死隊們接進去，獵殺他們！」

護衛應了下去，佐德舒心地鬆了一口氣，找到了一個快捷提高主腦精神力的辦法！這還要感謝柯樺皇子了！沒想到一貫懦弱的柯樺皇子，竟然能夠反過來吞噬掉教宗的精神力！

至於什麼規則之類的，等以後真正部署帝國的天網的時候再說了，現在局域網內，陛下就是神，自然是以提高主神的力量為主。

到了晚上，他們果然提出了第一批惡徒十人，投入了虛擬網中。

很快這批惡徒被護衛們吞噬了精神力，柯葉也殺了幾個，就連邵鈞，也遇到了兩個惡徒，在發現對方想要吞噬自己精神力的時候，他很快反殺了對方，並且敏感地發現了主腦世界的變化。

然而柯冀仍然沒有感覺到滿足，巨大的老鷹從天而降，對跪著的佐德下令：「不夠！和教宗被擊敗那一次差得太遠了！必須要精神力能夠和教宗媲美的精神力者才行！」

佐德虔誠行禮：「臣盡力而為。」

第二次遇上滿懷惡意的精神體的時候，邵鈞終於將他擒住了，他將他反扣壓在地上，掐著他的脖子問：「你到底是什麼人？」

那個黑衣人掙了幾下還是無法掙脫，大駭，他親眼見到教宗被從天網聯接艙裡頭拉出來的慘狀，整個人都顫抖著伸著舌頭翻著白眼，幾乎已經像是個傻子，他連忙道：「慢著！你是那個柯夏親王的護衛吧？我們都是一樣的人啊！是我弄錯了！對不起！」

邵鈞問他：「你認識我？」

那個黑衣人忙道：「博士說讓你在虛擬網裡頭待一陣子精神力會更穩固！我是宮廷護衛啊！我們是進來保護柯樺陛下的！」

邵鈞將信將疑：「那你為什麼襲擊我？」

那個黑衣人忙笑道：「誤會了誤會了，是為了讓柯樺陛下的精神力恢復，我們放了一批惡人的精神力進來，供陛下獵殺吞噬的，那批惡徒精神力都很高，而且罪大惡極，我們進來同時是保護陛下協助陛下，剛才我誤以為你是那批囚犯……」

邵鈞面上裝著信以為真，將他鬆開：「什麼時候放我回去？」

那個黑衣人道：「你只要幫我們獵殺那些惡徒，吞噬掉他們的精神力就行了！」

邵鈞茫然道：「怎麼吞噬？這裡不能殺人的，殺了就會消散，但很快又會回來。」

黑衣人道：「精神體，當然殺不掉，但是每次都會損傷削弱對方精神力，在扼制住對方以後，你只要想著將對方的精神力給吸收過來，保持注意力，多練幾次就會了！」他戰戰兢兢說著，感覺到了對方那精神體的凝實和從那手臂傳來的巨大力量，這精神力實在太強了！這真的是個複製人能夠擁有的精神力嗎？他會不會可以輕易把自己吞噬掉？又或者——他心裡忽然起了一個念頭，如果將他吞噬，會不會變得很強？

邵鈞追問：「有多少囚犯要進來？」

黑衣人道：「分批進來的，每批十個，大概每三個星時放一批，不過我聽說可能不用我們這些護衛了，會先讓他們互相殘殺，我們引起殘殺的苗頭就要撤退了。」

邵鈞道：「我看到陛下和教宗打起來了。」

黑衣人道：「沒錯，教宗想要謀反，被陛下鎮壓了！但是陛下精神力還是受損嚴重，所以我們是來保護他的。」

邵鈞看著他不說話了，看著像是在思考，黑衣人試探著道：「不如我們結伴而行？到時候我出去會讓他們把你放出去的。」

邵鈞搖了搖頭：「不，你太弱了，和你一起還要顧及你，礙手礙腳的。」

黑衣人有些無語：「好吧……我叫傑克，出去了我會和西瑞博士說儘早放你出去的。」

邵鈞道：「隨便。」

隨便編了個名字的黑衣人心下竊喜，站了起來道：「那我走了。」

邵鈞看著他離去，心裡卻已經明白，想來柯樺和教宗的對戰，柯樺勝了，然後柯冀發現在這個過程當中，他大概也得到了精神力的補充，於是開始在這個局域網內投入了囚犯。

也就是說，這個局域網裡，目前已經變成了一個鬥獸場。

不斷吞噬留下來的必然是最強的精神力者，而在不斷的精神力戰鬥中，主腦將會得到大部分溢散的精神力。

想不到柯樺和教宗的對戰，竟然引發了這樣的惡果。

邵鈞沉思著，開始抓緊尋找花間風。

他再次找回了他原本停在雪山下的飛梭，加快了自己探索虛擬世界地圖的動作，並且謹慎地沒有創造任何領域，他需要隱藏身分，在找到柯夏之前。

在又遇見了幾個囚犯以及幾個護衛隊獵殺者之後，邵鈞終於在一處湖水邊停下了。

這裡的水上建築風格實在太過明顯，木造迴廊，灰色的屋簷角，角落垂下的銅風鈴，還有平靜湖面上蓮花盛開。

他踏上了迴廊，沒多久便看到一位長髮女子走了出來，她穿著廣袖裙袍，袍子上用彩線繡著精緻的蓮花和鯉魚。

她微笑著向邵鈞鞠躬：「客人從哪裡來？」

邵鈞道：「我找那伽。」

那女子深深鞠躬，寬大的領口露出極為溫柔的頸部曲線：「請客人隨我進來。」

她緩緩在前面走了一會兒，又恭敬轉頭微笑：「客人，就在前面了。」回過頭來的時候，她的臉上，卻全是頭髮。

邵鈞腳步頓了頓，沒有停留，而是直接往前走去。

越過那個女子的時候走到前邊屋子的時候，他聽到有什麼東西骨碌碌的滾下來，他低頭看到那女子的頭顱帶著長髮已經滾到他的腳邊，那女子的臉又出現了，對著他笑了下，眼角滲出血來。

他面無表情跨了過去，掀開簾子，往那陰森森黑洞洞的屋子裡走了進去。

屋子裡仍然是他見過的花間家族風格，但裡頭並沒有人，只是聽到漆黑的夜裡不知哪裡傳來一聲聲嬰啼聲，貓泣聲，夜裡毛骨悚然。

他離開屋子，繼續穿過迴廊，往湖水上游走去，那兒有著嘩嘩的水聲。一路上圍欄邊上，灌木從中，似乎總有著什麼東西在裡頭蠕動著，閃著惡意的眼睛窺看著他，但他絲毫沒有停留，也沒有一絲好奇心去探看。

他一路走過去，果然看到在湖水上游有著一道小型瀑布從高高的岩石上飛撲下來，瀑布下的一個岩石上，在瀑布裡盤腿坐著承受瀑布衝擊的，正是花間風。

他身上只著一件薄薄的單衣，漆黑的長髮溼漉漉隨著瀑布披散貼在身上，寒氣逼人。

邵鈞站在那邊看了他一會兒，花間風睜開了眼睛，看向他，笑了下：「你來了？」

邵鈞總結：「這就是你最怕的事？」

花間風笑得有些無奈：「小時候，父母親都去世了，只能靠著自己練精神力，那時候年紀小，吃不了苦，一邊想著母親會回來照顧自己，一邊又哭著自己一個人堅持。但是晚上真的太黑了，總是自己嚇自己，嚇著嚇著，也長大了——但是的確心理陰影很大。」

他從瀑布下站起來，走了出來，赤著足踏在冰冷的石塊上：「從小我最怕練功。」溼漉漉的衣袍隨著他一步步走出來，很快也變乾了，在夜風中飄拂起來，花間風踩在水面上，一朵紅色蓮花開在了他的足底，托住了他的身軀，他步步生蓮，走向了湖邊。

邵鈞道：「你已經長大，不再是那個一無所有的孩子了。」

花間風道：「是，外頭情況怎麼樣？我怕引起其他人注意，沒有出去，就等著你過來。」

邵鈞道：「陛下和教宗打起來了，教宗應該是敗了。」他把護衛和囚徒的事也說了一遍，把柯葉和柯楓如今的情況也說了一遍。

花間風想了下也無聲地笑了，漆黑瞳孔裡蘊含著嘲諷，兩人對視中彼此都明白了他們的意思，柯冀已經瘋了，鬥獸場也意味著他們的機會更多。

花間風道：「我去見陛下，請他儘快赦免我們，讓我們回去？」他對邵鈞眨了下眼睛。

邵鈞道：「他們說在這裡可以鍛煉精神力。」

花間風側頭想了下：「理論上是這樣沒錯。」

邵鈞道：「那多留一會也沒事，不如我們把那些囚徒也都引來殺掉，吞掉他們的精神力。」

花間風笑了：「好吧。」

兩人悄悄對了個心照不宣的眼色。

實驗室裡。

西瑞剛從羅丹那邊脫身，放任他在實驗室裡認真計算推演後，悄悄走了出來，然後很快接到了柯夏親王再度帶兵輕車熟路包圍了實驗室的消息。

西瑞博士出來的時候，柯夏站在一架輕型炮架上，笑了下，慢條斯理地摩擦著手裡一支非常原始的手持重機槍，那　亮的漆黑槍筒，充滿了暴力美學，又是那麼直接地代表了威懾。

他先問了句：「我的人，在不在你手裡？」

西瑞博士還沒有回答，柯夏又淡淡道：「西瑞博士最好想好了怎麼回答，不要編什麼謊話，我已經得到確切消息，陛下昨天晚上也到了你的實驗室，沒有回宮。」

他慢條斯理地抬手，沉重機槍往實驗室一旁的玻璃窗「砰砰砰砰」放出了一梭子子彈，堅硬的防彈玻璃先是如蜘蛛網一般裂開，然後發出巨響爆裂開來，落了一地的碎片。

他抬手的時候，所有人都看到了他漆黑絲絨披風下筆直身軀上套著漆黑色的合金機械鎧甲——這是只有戰時才會有的裝扮，附著加裝在身上的生物外骨骼鎧甲，能夠幫助身體更輕鬆地使用肩炮，重機槍，火箭炮等等武器，更是能夠隨時召喚出機甲，給予敵人無情打擊。

西瑞博士感覺到喉嚨一陣焦灼緊張，背上出了一層薄汗，他知道眼前這個煞神，只要自己回答得不滿意的，怕是立刻就能平了他這裡，哪怕他胸有成竹，此刻還是感覺到了一陣身體自發的恐懼感。

他吞了吞口水，擠出了一個笑容，字斟句酌：「邵鈞同學確實自願在我們實驗室做客。」

「自願？」柯夏嘲諷地揚起了一邊眉毛，看著西瑞。

西瑞被這樣壓迫性的目光感覺到了一陣窒息：「親王請進來，涉及皇族，這裡人多，我和您解釋一下。」

柯夏乾脆俐落地收起了重機槍，翻身跳下來，長腿跨越，雙足踏在地板上時，所有人都看到了他腳下的花磚被踏裂，聽到了清晰的瓷磚裂開的聲音。

西瑞吞了一口唾液，將柯夏接了進來，只留下了幾個心腹護衛後，西瑞才道：「陛下的精神力出了問題。」

柯夏臉上似笑非笑，西瑞低聲道：「陛下認為自己是柯冀大帝。」

柯夏笑出聲來：「西瑞博士，您這是在說笑吧？陛下仁慈寬厚，好端端地為什麼以為自己是那個暴君？」

他的口氣十分不善，很顯然從來沒有放下過仇恨，也並不打算遮掩，西瑞道：「柯樺陛下……應該是受了精神暗示，暗示他的人，別有所圖，陛下自己尚存一絲清明，在人格短暫恢復的時候，找到了我，希望能夠救他。」

柯夏摸著那漂亮機槍的機身，彷彿在撫摸著情人的身體：「繼續編——你不知道柯樺陛下的精神力有多高吧？誰能催眠他？」

西瑞背上的汗已經溼透了，他精於催眠和心理學，然而這一刻他完全沒辦法掌握柯夏的心理，雖然他知道對方沒有開槍就說明已經信了一部分，但是這種絕對力量和氣勢的威懾感和壓迫感讓他腦袋甚至出現了一片空白。

他身為天網之父羅丹的弟子，這麼多年來在他跟前的無論是權貴還是暴君，都只有低頭謙虛的，然而這幾天他先是被另外一個「羅丹」的天才用智商碾壓得一點信心都無，然後再在這位曾經的聯盟元帥跟前感覺到了露怯。

催眠術上這是大忌，但是他無法控制對自己的懷疑——自己，真的老了吧？

他維持著心態的平衡，將事先反復編好的說辭懇切說出，雙眸坦誠無比：「是教宗，他是陛下的教父，卻一直藉著白鳥會，想對陛下下手，逼陛下生下子嗣，然後再透過精神上的暗示，讓陛下精神崩潰，我聽說白鳥會已經有巫女生下了陛下的子嗣，被教會祕密撫養著。」

柯夏碧眸看向西瑞，再次笑了：「我不明白將柯樺陛下暗示為柯冀陛下有什麼意義？他為何不乾脆俐落將陛下殺掉？」

西瑞道：「為了應那個詛咒！柯氏皇族受了詛咒，柯冀陛下晚期已經精神崩潰了，思維混亂，教宗利用柯樺陛下的純潔仁慈，故意暗示他，雖然具體目的不清楚，但這些時日陛下的確在政事上時常反復無常，無故懲治大臣，身邊的護衛、宮女也被遷怒懲治。殺掉陛下，教宗也無法掌權，唯有讓柯樺陛下精神力崩潰混亂，作為教宗的他才有機會掌控他，進一步控制他。」

柯夏冷冷打量著西瑞，西瑞終於找回了狀態，繼續編著自己早已反復推敲覺得萬無一失的說辭：「陛下精神力高，昨夜爭取到一絲精神力的清明，立刻到了我這裡，我認為陛下如今這種情況，接入天網，以純精神魂體進行治療，才能夠最快清除暗示。但是教宗應該也得到了消息，陛下身邊的護衛們安排了三十人進入了天網內陪同陛下。」

「當時邵鈞同學白天的時候在圖書館時，問了羅丹先生以及我不少關於複製人的精神力的問題，希望我能幫他做一些檢測和研究，隨我回來了實驗室內，他的精神力很高，知道這件事以後，自告奮勇說也要進去護衛陛下，他說他是親王的護衛，自然也算是陛下的臣民，當然也要進去保護陛下。」

柯夏面無表情，他身後的花間酒噗嗤笑了下：「倒有點像鈞寶寶會做出來的事。」

柯夏轉頭瞪了他一眼，又轉頭看向西瑞：「那麼他們現在都在天網裡？」

西瑞道：「不錯，說實話親王如今帶了兵丁過來，我反而感覺安全，否則從昨晚陛下過來開始精神力治療，我就一直心驚膽戰，害怕隨時被教會的人衝進來。如今親王殿下在這裡坐鎮，我就放心多了，還請親王殿下耐心等待，等陛下出來，想來邵鈞同學，也就會一起出來了。」

柯夏微微有些不滿：「他們在天網裡不會有危險吧？」

西瑞道：「當然不會，在天網裡一旦身體或者精神力出現情況，天網聯接艙都會響起報警的，及時斷開就行，目前陛下和邵鈞同學，以及我們派進去的三十個護衛各項身體指標和精神力指標都非常平穩，不信您可以隨同我們下去看一看，當然，您的侍衛可以陪同一起，您不放心的話。」

柯夏站了起來，他的一群彪悍護衛全都圍了上來，西瑞臉色不變，帶著他們一路穿過實驗室走廊，然後搭乘進了向下的電梯內，花間酒細心地派了一群守衛守在了上頭各個開關和控制室，然後仔細檢測過安全後，才讓他們進了電梯，西瑞知道柯夏身居高位多年，自然對這些極為謹慎，也沒有一絲不耐煩，只是任由對方檢查、把守。

等到下了地底實驗室，他才解釋：「陛下的安全太重要，我擔心教會無孔不入，畢竟教徒太多了，因此才安置在這種地方。您請這邊來，他帶著柯夏走到了一間房間內，果然柯樺閉著雙眸躺在天網聯接艙內，旁邊還有著邵鈞、花間風，都躺在裡頭，一切指標正常，花間酒讓人上前檢查了下，對柯夏點了點頭。

柯夏這才道：「什麼時候會出來？」

西瑞道：「可能時間會比較長，因為陛下的精神極為不穩定，天網的純精神治療需要一個穩定的時間，親王如果不放心的話，我可以給您提供食水，您在這裡守著陛下，我們也安心。我現在又要上去給陛下診治，就不陪著您了，等我進去診治過以後，出來向親王殿下您回報情況，可以嗎？」

柯夏想了下道：「我和你一起上去看看。」

西瑞一怔：「您也要上天網嗎？」

柯夏轉頭指了指花間酒：「讓人把這裡全圍好了，一旦出現什麼問題，立刻先擊斃他，再把所有人都從聯接艙裡拉出來強行下線，明白嗎？」

西瑞有些無奈笑了下：「殿下還是不相信我，那好吧，我先上去。」

他命人送了兩個新的聯接艙過來，柯夏身邊的人上前檢查了一會後，彙報道：「殿下，一切正常，是最新的天網生物聯接艙。」

柯夏點了點頭，看著西瑞躺了進去，接入了生物聯接艙內，過了一會兒閉上了眼睛，聯接艙內顯示一切穩定。

他便也躺了進去。

和天網一模一樣的登錄傳送點，無數傳送門閃著光，柯夏站在傳送點打量了一會那個高高的主腦，嘴角露出了一絲嘲諷，忽然聽到西瑞博士的聲音「親王殿下？」他轉頭，雙目瞬間在毫無防備的情況下與西瑞的眼睛對視上了。

那是一雙妖異的紫色瞳孔，彷彿一個漩渦，能夠瞬間吸人魂魄。

西瑞緊緊盯著柯夏的眼睛，整個精神體都在急劇發抖：「柯夏小郡王，你是無憂無慮的小郡王，所有人都滿足你，你的父母健在，還有一個可愛的小妹妹，全家人居住在美麗的白薔薇王府……」

懸在空中的主腦忽然爆發了可怕的風暴，漆黑色和藍黑色的氣浪瞬間吞噬了那一瞬間正在失神的柯夏，他彷彿看到了亙古長夜、銀色黎明，看到了無盡的海平面上風暴席捲摧毀船隻，看到銀河星空中巨大的黑洞吞噬艦隊，看到了七星連珠，看到了漆黑的太陽有著金色的邊，正在被黑洞吞食；看到了大雪在天空中肆虐，群鴉飛過無數的墓碑；看到了湛藍色的天空，五月的風吹過，一層一層的薔薇花綻放出柔軟潔白的花瓣。

在薔薇花的清香中，南特夫人金色的頭髮猶如金色瀑布一般披泄下來，金髮上綴著精美的珍珠冠，她將手裡的柯琳遞給一旁的保母，蹲下身來替柯夏溫柔地整理蕾絲領巾，她肚子有著不小的弧度，蹲下來有些不靈便，層層疊疊的紗裙挨在柯夏膝蓋邊，他抬頭看著南特夫人，一陣茫然。

南特夫人抿著嘴笑了：「今天不上學，也很乖乖喔。不可以欺負妹妹，要聽保母的話呢，小兔子還給柯琳好不好？」

柯夏低頭看到手裡正揪著一隻兔子布偶的長耳朵，布偶上兩隻紅眼睛是紅寶石鑲嵌，毛茸茸的兔毛栩栩如生，南特夫人將兔娃娃接了過來，遞給了柯琳，柯琳笑了：「謝謝哥哥！」南特夫人笑著鼓勵她：「吻一下哥哥好不好？」

柯琳蹣跚著走了過來，給了他又軟又香的一個吻。

柯夏抬眼看著柯琳，總覺得自己好像忘記了什麼，但穿著制服的管家走了過來，牽引著他的小手，帶著他到了餐桌邊，上頭滿滿的全是豐盛的早餐，無數的機器人來回穿梭，還在不斷地上著菜，晚餐結束，正在進甜點的時候，柯榮親王回來了，他穿著筆挺的皇家禮服，腰間佩著飾劍，笑著和迎上來的南特夫人擁抱吻面：「大家今天都很好吧？」

晚餐時柯榮注意到了柯夏今天的沉默：「夏今天怎麼了？難得這麼安靜？」

南特夫人抿著嘴笑：「是我們小夏長大了啦！今天的晚餐一直很安靜，而且餐桌禮儀保持得很好，也吃了不少，不像從前一樣挑食了呢。」

柯榮親王笑道：「真的？那我們定好的攀岩滑翔計畫又可以開始了？週末我帶小夏去吧？」

南特夫人嗔道：「週末學校有野營呢，你又忘了？」

柯榮親王有些抱歉地微笑：「昨天希拉夫人致電給你，有說柯夏的學業怎麼樣了吧？」

南特夫人笑意盈盈：「所有科目成績都挺不錯，作業完成得也很好……」

一家人結束了餐後甜點時間，各自回了房間，柯琳跳著過來纏著柯夏講故事，柯夏拿出了熟悉的童話書，為柯琳講了一個故事——不知道為什麼，平日裡他對這一項工作非常煩躁。

但今天，他看著穿著雪白蕾絲睡袍的柯琳，覺得應該要認真為她講完一個故事。

總覺得要發生什麼不好的事情一樣讓他不安。

半夜，他被踢開門的聲音驚醒，坐了起來，看到了幾個黑魆魆的人影闖了進來，他還來不及怒喝，胸口就感覺到了劇痛。

他倒了下去，身體彷彿靈魂一般地飄了起來，低頭看到黑暗中自己的胸膛凹陷了下去，無數的血彷彿噴泉一樣冒了出來，碧藍色的眼睛仍然大大睜著。

他閉起眼睛尖叫起來。

這持續的尖叫聲實在太過大聲，大聲到他自己的耳朵彷彿都在轟鳴。

他倏然睜開了眼睛，面前的南特夫人和保母正在低著頭驚訝看著他，他停止了叫聲，迷惑地看向了南特夫人。

南特夫人笑著道：「夏怎麼了？兔子還是先給柯琳玩吧？」

他低頭，看到自己手裡拿著一隻兔子的耳朵。

他嚎啕大哭起來，撲向了南特夫人的懷抱。

親王府很快請來皇家專聘的醫生，替受了驚一直在大哭，含糊不清地嚷著有人闖進來殺死他的小郡王診治，開了些鎮定的藥哄著他吃下，當晚南特夫人抱著小郡王，溫柔地安撫著他睡著了。

這一次的深夜，是南特夫人和自己一起受到了槍擊，對方甚至對著南特夫人的肚子又開了數槍，垂死的南特夫人仍然緊緊抱著柯夏，試圖想要保護她的孩子，身體無望地抽搐著，嘴裡湧出鮮血，眼睛一直看著柯夏在流淚。

死去的柯夏在空中再次發出了震耳欲聾的尖叫聲。

無盡的虛空上空，幽藍色的主腦爆發出了狂妄的笑聲：「太美妙了！高精神力者的恐懼能量原來是如此的美妙！直接吞噬果然太可惜了！」

「顫抖吧，恐懼吧！潔白的羔羊，在無盡的童年陰影噩夢中崩潰吧！把你所有的精神力都供奉給你的主神！」

「真是……美味啊……」

Chapter 264 命定之人

風吹過，有著漆黑長直髮的女子嬌羞地一低頭，猶如一朵水蓮花一般。

不勝涼風地落下了她的頭。

啊啊啊啊啊啊啊啊！男子驚恐大叫起來，蹬蹬蹬後退，看著那個滾在地上的頭顱睜開眼睛對他笑了下。

男子一腳狠狠將那頭顱踢開，怒氣勃勃東張西望：「是誰在裝神弄鬼！」

奇怪陳設的房間裡漆黑而安靜，遠遠只能看到兩隻燈籠在遠處。

男子原本就是殺人如麻的星盜，又心知在天網裡這些都只不過是精神力構建出來的世界，便也沒怎麼在意，拿起手中刀子直接向燈籠處衝了過去。

「噗通！」

落入了水中。

男子心裡一驚，正要掙扎之時，忽然感覺到一個涼而滑的東西摸住了他的脖子，他轉過頭，正和一張冰冷鐵青的臉貼在一起：「啊啊啊啊啊啊啊啊！」

無數個臉色雪白的水鬼女子將男子一直拖入了水底。

站在岸上的邵鈞看了一會兒，轉頭對花間風道：「你有沒有覺得……」

「人好像變多了？」花間風也看向了他。

邵鈞皺著眉頭：「來這裡的人似乎越來越多，這個世界明明很大。」不對勁，為什麼這些天來這裡的人越來越多？按之前那個護衛的說法，三個星時放一批的話，這也太多人了，已經過了那麼長的時間了嗎？柯夏為什麼還沒有找到他們？

花間風笑了下：「是不是我們的獵殺的方法太有創意，因此主神很喜歡？主神喜歡獵物們恐懼、惶惶不可終日？我們家的長輩是有這種說法，過於敏感、強烈的情緒，會讓精神力突然之間得到暴漲，尤其是生死之間。」

他也若有所思起來：「我們進來多久了？外頭應該天亮了吧？」

邵鈞不說話，有些心事重重走回了房間內，之前漆黑的房間隨著他走入瞬間明亮起來，原木色地板上鋪著柔軟的地毯，邵鈞盤腿坐在柔軟的草墊上，垂眸凝思。

花間風坐在他身邊，找了件長袍替他披上，一隻手卻伸了進去，在他手掌上寫字：「有什麼不對嗎？」

邵鈞反手抓住他的手掌在袖子裡寫字：「不太對，我有個想法，你想辦法瞞著主神，問出那些被獵殺的每一個囚徒被送入虛擬世界的時間，至少知道是白天還是黑夜——似乎已經過了許久，為什麼夏還沒有找到我們？」

花間風明瞭，只見門口那兒又傳來了聲音：「客人請問來做什麼？」

花間風起身笑了：「我去看看，你休息。」

邵鈞沉默著閉上了眼睛，只聽到外頭的鬼哭狼嚎聲再次響起——柯樺、柯葉包括柯楓，都不會有這種獵殺之前驚嚇囚徒的惡趣味，唯有花間風性格古怪，在他的領域裡各種各樣花樣的驚嚇戲弄囚徒，邵鈞懷疑很多都是他年輕時候受過的驚嚇。

但人也太多了，不過是一夜過去，他們處理了三十六人，為什麼這麼多？是真的喜歡這種被獵殺驚嚇的驚恐嗎？因為這樣強烈情緒下的精神力更強？

還是……有別的用意？

是要纏住他們嗎？

可是他和風先生，在他們的眼裡，應該只是個普通的複製人和一個以學生為名保護他的親王的保鏢而已啊？不值得花這麼多時間來絆住他們吧？

高精神力的夏，應該才是柯冀的目標。

夏已經進來了吧？按計畫的話，為什麼還沒有來找到他們？他找到風先生以後就在這個風格獨特的地方守株待兔——難道柯夏會先去找柯樺嗎？

花間風走了進來，臉色有些嚴肅：「問了一個，一個囚犯很肯定的說他是夜裡進來的，只來了一批，他們這一飛梭有將近一百多囚犯，全部是最近的星際監獄提回來的重犯，他進來的時候外頭還天黑，可是進來的時候天網是天亮的，他還覺得奇怪天網不是和現實世界一致的嗎？」

邵鈞轉頭看了眼外頭的天色，夕陽餘暉落在水面上粼粼閃光，晚霞漫天。

他低聲道：「意思是，這個虛擬世界的時間，流速是比外頭快的？」

花間風低聲道：「我的領域，時間主要以我的認知為主，但仍然會受到主腦的影響。」

邵鈞道：「也就是說屬於外頭主腦的領域，時間比你這裡還要快。」

花間風道：「是，雖然不知道為什麼時間流速會比外面的快，但如果我們繼續這麼下去，不知不覺也會受到整個主腦世界的影響，時間流速不知不覺加快。」他顯然也感覺到了不安。

邵鈞道：「外面一日，裡面一年？」黃粱一夢嗎？邵鈞站了起來，那股不安的感覺越來越強烈：「我出去找夏。」如果裡頭的流速比外面的快，那麼不屬於花間風領域裡的時間到底已經過去多久了？柯夏在裡頭已經多久了？柯冀那個瘋子，究竟想做什麼？

花間風道：「我一起去。」

邵鈞搖了搖頭：「不，你在這裡守著你的領域——在你自己的領域才安全。」他低聲道：「我沒有領域，最靈活，很快回來。」這是他們一開始就商量好的，進入虛擬世界後，需要盡可能的擴張自己的領域，以便能夠反過來對付柯冀，花間風建立這裡不易，不該隨意放棄。

花間風知道他的意思，只是點了點頭：「小心，保護好自己，親王殿下很強，一般不會有什麼大事。」

邵鈞點了點頭，站了起來，走出了那間已經在虛擬世界裡頗有名氣的鬧鬼的鬼屋，找到了之前停在那兒的敞篷飛梭，翻身坐了進去，啟動了飛梭。

外面的虛擬世界已經越來越細膩得像個真的世界一般。草葉上已經開始有絨毛和露珠，土裡出現蚯蚓，樹木鬱鬱蔥蔥，葉片繁密。邵鈞一邊駕駛著，一邊觀察著周圍的事物，想了一會兒往主城的登陸點開去了。

隨著飛梭速度的加快，道路兩邊的景色漸漸顯出了四季變換，他在花間風那邊的時候，楓葉還是綠色的，但等出來往登陸點那邊開了一會兒，他就看到了金黃色的銀杏樹，再一路過去，他看到了枯敗的衰草和滿地的落葉。

然而等到他回到登陸點時，便看到了滿城金燦燦的金鳶花，開得到處都是。

他站在金鳶花前看了一會兒，畢竟他剛上登陸點的時候，可沒見到這麼多的花。

「父親最喜歡這個代表皇室的花。」一個聲音在他身後響起，他猛然轉頭，看到柯葉懶洋洋抱著雙手斜倚在一側，一旁和霜鴉一模一樣的偶人正在一旁正專心地看書，看到邵鈞回頭，柯葉又笑了下：「從前有喜事的時候，他會吩咐在餐桌上插上一支金鳶花。」

他拍了拍影子霜鴉的肩膀，摟著他轉身走了。

喜事嗎？什麼會讓這個老瘋子高興呢？柯夏嗎？

邵鈞瞳孔緊縮，他走回登陸點，抬頭看向那彷彿寧靜之極的主腦，幽藍色的光旋轉著，什麼事都沒有發生。

他深呼吸了一口氣，伸出手來，在他手裡忽然憑空伸展出一把漆黑色的長弓，他將長弓豎起，右手一抓從虛空中抓出了一把尖銳的箭搭在了弓弦上，一使力，將整張弓給拉滿了，身體往後微仰，抬頭，將箭對準了那幽藍色的主腦，毫不猶豫地鬆弦。

「颼！」尖利的精神力長箭飛速穿過空中，直接穿過了那幽藍色的主腦！主腦爆發出了巨大的亮光，邵鈞聽到了一聲吃驚的怒吼：「小螻蟻也來找死！」

藍色風暴再次捲起，邵鈞看到了一個巨大無比的旋渦，將整個魂體吸了進去。

寬廣優美的大河奔騰向海而去，波濤滾滾中邵鈞彷彿看到了無數美麗的白鳥飛過湛藍色海面，他彷彿無限升空中，俯瞰著那美麗的，他魂牽夢縈的藍色星球——他許多許多年前就永別了的故鄉。

他閉上了眼睛，不再看那些令他一瞬間脆弱的那顆藍得猶如一滴淚珠的母星，而是心裡默念著，柯夏，我要找到柯夏，送我到柯夏身邊！

唰！

他滾落在了一片漆黑的草坪上，鼻尖聞到了白薔薇的清香，漆黑的夜裡，蟋蟀聲音悠長。

他抬起頭，然後聽到了「噗」的一聲。

他汗毛豎了起來，迅速藏身在一簇薔薇身後，向外觀察，然後看到了一群黑衣人在夜幕中四散開來，包圍了大宅小樓的四周出口——他見過這一幕，他發誓。

他來不及想太多，抬眼一看，熟門熟路地穿過花園，回到小樓後，沿著窗戶翻上了二樓窗戶裡，推開窗戶，然後看到了床上寬大的杯子裡包著一個小小的身軀。

他沒想太多，拉開被子，然後一怔，他沒想到裡頭的孩子是醒著的，金髮小郡王睜著一雙眼睛冷冷看著他，甚至手裡還拿著一把手槍，飛快地開了槍。

千鈞一髮之際他側身躲過了槍聲，然後小郡王一愣看著他：「你是誰？」外面卻已經聽到了槍聲，無數腳步聲衝了過來，邵鈞道：「我是你父母派來救你的人！」他沒管太多上前輕而易舉就將槍奪到了自己手裡，立刻就翻身穿過窗子，靈巧地翻身下了窗，下窗之時，他想起了許多年前柯夏被驚嚇的一幕，體貼地將他的頭按到了他自己的懷裡，避免讓他再次被柯琳被殺驚嚇到。

他沒注意到他懷裡的柯夏睜著一雙藍色的眼睛，完全清醒冷靜——他已經經歷這樣的屠殺之夜無數次了，他知道這個人的背後是柯琳被扭斷了脖子的慘景，他看過很多次了，他一次又一次在這個可怕的場景中重生，卻從來沒有改變過他的父母妹妹被屠殺的命運。

他只能自己一個人逃出去，竭盡全力無數次，這一夜的唯一結局是自己一個人逃出去。

眼前這個黑髮黑眼睛的年輕男子，是這些無數次夜裡唯一的一個變數。

他說他是他父母派來救他的。

無數個夜裡，他總覺得，應該會有個一個人來救他，讓他從這無盡的無法解脫的命運中離開。

是這個人嗎？

邵鈞抱著柯夏翻過牆的時候，腳下停頓了下，因為他看到了那裡有一台車。

這裡是柯冀的精神世界，構建這個世界，是從柯冀的認知為基礎的，也就是說，他不應該知道這裡有車的——難道是事後調查？皇帝這麼無聊嗎？疑惑從腦海中一掠而過，但他還是飛快地帶著小郡王鑽了進去。然後啟動了這台快要報廢的老舊二手車，一路向港口直衝去了。

灰濛濛的港口，邵鈞棄車下來，將車上原本備著的行李箱拉了下來，從裡頭扯出了一件兜帽斗篷，將柯夏從頭到尾嚴嚴實實包了起來，柯夏一直安靜地隨他安排，眼睛漠然，不知道在想什麼，如果不是從他身上感覺到了精神力，他幾乎懷疑眼前這個小郡王是自己被迷惑之後，幻想出來的人。

在熟悉的地點等到了那艘熟悉的船，他低頭看了下自己的手上空空如也，只好閉上眼睛默念了一會兒，手上出現了一個原始的船票憑據，邵鈞低頭從柯夏胸口扯下了那個金色的香球，一起丟給了船員，然後不由分說上了船。

船底下仍然是污濁狹窄的空間，魚龍混雜的人，邵鈞低頭看到柯夏一直靜靜地縮在黑色柔軟的大氅裡，睫毛長長，藍色眼眸裡看不到任何東西，只有漠然，不由有些心疼，雖然是精神體，他還是假裝翻動了行李箱裡，憑空造出了一瓶甜牛奶來，擰開蓋子，遞到了懷裡柯夏的嘴邊。

柯夏抬眼凝視了他一會兒，張嘴喝了——是他熟悉的牛奶味道，每天早晨喝的那種皇室特供牛奶，才喝了幾口，然後就被搶了。

邵鈞木然看著那個精神奕奕的凶徒臉上醒目的凶神惡煞的刀疤，轉頭看向了同樣面無表情彷彿盯著死人一般的柯夏。

邵鈞茫然了，刀疤臉搶走了那牛奶，幾口喝完，順手又扔回了邵鈞手裡，趾高氣揚地走了，柯夏什麼都沒說，只是將披風兜緊了身軀，縮了起來。

這樣真實的細節，不可能是柯冀創造出來的世界。

但是自己很確定沒有使用精神力構建東西，他只構建了那行李箱和牛奶而已。

那麼只有一個答案了——這樣完全和從前一模一樣的細節，只能是眼前和自己一同經歷過的柯夏構建出來的，他經歷過並且印象深刻，時隔多年，這樣的臉部細節都仍然栩栩如生，可見當時柯夏對這個刀疤臉有多深的印象了。

可是這不是柯冀的虛擬世界嗎？

柯夏為什麼要在柯冀的虛擬世界裡頭重新構建這樣的世界，重演那一夜的悲劇？他是在迷惑柯冀嗎？

又或者是，柯冀已經完全掌控了柯夏的精神力，讀取了柯夏的記憶力，然後透過柯夏的記憶來創造了這麼一個噩夢一般的幻境？

和外面時間流速完全不一樣的幻境，究竟又是想做什麼？

邵鈞沒有去理會那個凶徒，而是將柯夏抱緊，他們是在柯冀的虛擬世界中，只能處處小心，如果柯夏是裝的，那這樣也未免太像了點，他能從他眼裡和身體語言中看到心如死灰的悲哀，但是如果是柯冀已經完全掌控了柯夏，讀取了他的記憶，那這樣的幻境，必有所圖。

無論哪種可能，他都只能和從前一樣，保護他。

快要接近終點的時候，船再次遇上了海盜。

他和從前一樣趁亂抱著柯夏跳了海，遊到了港口，回到了熟悉的基貝拉街。

當他熟門熟路地再次找到了租賃的房間，看到了熟悉的鈴蘭和布魯後，他更肯定這是根據柯夏的記憶構建出來的世界。

但柯夏仍然一如既往地沉默，躲在床上，整個人非常脆弱的樣子，邵鈞替他蓋了被子，柯夏問他：「你是父親母親派來救我的？那你為什麼不一起救了我的父親母親？」

邵鈞啞然，在柯夏臉上凝視了一會兒，希望能看到他給自己一個心領神會表示自己在演戲的眼神，但沒有，他看到的彷彿只是一隻經歷過許多挫折失去了母獸的幼獸，捲曲迷亂的金髮彷彿剛在水坑裡掙扎出來，眼睛溼漉漉看著他，彷彿隨時能哭出來，卻一直沒有哭。

他低聲道：「你的叔叔柯冀想做皇帝，你的父親擋了他的路，他只有除掉你們全家，我救不了那麼多。」

柯夏抿緊了嘴唇，過了一會兒問：「那柯琳呢？」

邵鈞搖了搖頭：「他們已經救不回來了，他們早就死了。」

柯夏臉色蒼白：「你說這話是什麼意思？」

邵鈞審視著他的臉色：「他們早就死了，這個世界是假的。」

柯夏微微睜大了眼睛：「那你是誰？」

邵鈞坐在床邊低頭看向他：「夏，這個世界會奪去你的最愛，以戲弄你為樂，以你的恐懼和憂傷為食物，你記起來了嗎？」

柯夏看著他，兩眼茫然，邵鈞仍然希望隱晦地做最後一次努力：「沒有人能夠讓你忘卻這些，你的精神力很高，你是一個非常優秀的強者，你只是陷入了幻境，你和柯樺一樣，是自己暗示了自己，你沒辦法忘記這噩夢一樣的童年，這是你最脆弱的記憶深處，你情不自禁地希望自己能夠拯救你的父母，所以你才回到了這裡。」就像他在環境中看到了地球一樣，那是他無數次希望能夠回去的故鄉和母星，他的靈魂流浪，渴盼歸處。

柯夏嘴唇微微發著抖：「我聽不懂你在說什麼，你不是父親派來的嗎？那你替我報仇！殺了柯冀！」他睜著眼睛，忽然聲音抬高，刺耳極了。

邵鈞伸手輕輕安撫撫摸著他的頭髮，柯夏忽然眼淚流出來了：「我聽不到，你在說什麼？你怎麼知道他們早就死了？我怎麼沒有見過你？」父母親的確一次一次在自己努力後仍然死亡，但是這個人，他為什麼知道？

邵鈞低聲道：「堅強起來，你的恐懼、氣憤、惱怒、憂傷等等負面情緒，都是他最喜歡的，回想起來吧，沒有人能夠催眠你暗示你太久，是你自己暗示了你自己。」

但是這樣的童年，這樣的過去太痛苦了，他不想柯夏再次經歷，還是快點醒過來吧。

柯夏卻只是縮在他的懷裡，抽泣著道：「不，我要報仇，告訴我怎麼做！」

邵鈞長長吁了一口氣：「去讀聯盟雪鷹軍校，學機甲，不斷讓自己變強。」但是你會在似乎一切都變好的時候，再次遇上默氏病，你的絕望、憤怒都將會餵食柯冀的精神力世界。

柯夏抬頭看著他：「聯盟軍校是嗎？帶我去！」

邵鈞拉起被子替他蓋好：「好吧，你好好睡一覺，你累了，不要生氣，不要絕望，不要傷心，這些只會讓你的仇敵更開心，這裡是假的，你只是做了一場夢，快點醒過來，我在等你。」

柯夏被眼淚洗過的眼睛猶如藍寶石一樣，抬頭看著他：「那你究竟是誰？你叫什麼名字？」

邵鈞笑了下：「愛你的人——你可以叫我杜因。」熟悉的名字或許能讓他更快蘇醒。

柯夏懵懵懂懂，閉上眼睛，不知為何感覺心裡真的安寧了許多，第一次看到父親母親死在自己面前，他覺得恐怖、驚嚇，然而經過這麼多的每一夜，他已經感覺到麻木和死寂，但眼前這個將他從無限迴圈地噩夢中拉出來的人，他告訴自己，這一切都是假的。

是假的嗎？他深呼吸著，是什麼在戲弄他呢？

會不會自己的父親母親和柯琳，都還在？

還有這個黑髮黑眼的人，他說他愛自己？像父親母親一樣嗎？為什麼讓自己醒過來，自己還在夢裡嗎？那要怎麼樣才能醒過來？

他忽然真的感覺到了慰藉，於是迷迷糊糊地睡了下去，數不清楚他已經在無盡的噩夢中驚嚇奔逃了多久，這個人的懷抱真溫暖舒服，他的手指輕輕摸過自己髮梢，頭皮神經一陣一陣酥麻，給予自己極大的安撫，他的身上還有著淡淡的木香味，他的胸口和手臂都充滿力量地攬著他，彷彿經過嚴格訓練過，給予他極大的安全感，他不知道緊繃了多久的神經緩緩放鬆了下來，依偎在對方的懷裡，睡著了。

邵鈞看他熟睡後，起身走了出去，稍微走了一圈。

果然沒有錯，那個時候的柯夏，整天都在屋子裡，大概連基貝拉街什麼樣子，外面的港口什麼樣子都記不太清楚了，因此只有一個模模糊糊的樣子，復原得並不精細。

就連鄰居，臉上也都是空白的，想來在基貝拉街居住的日子，他大概唯一只記住了鄰居鈴蘭和布魯。

邵鈞嘆了口氣，轉回頭，默默守在了柯夏身邊。

這一次他就沒必要等著那一場大火了，畢竟現在他可沒有一雙翅膀來帶著他飛走，在這個世界裡他也沒必要再去接觸鈴蘭，畢竟這是柯冀的世界，他不需要給他提供更多的資訊。

第二天，他就帶著柯夏找了開往「洛夏」的車，然後租房住下，參加了山南中學的入學考試。

區別就是這一次他並沒有去找什麼花間風，因為柯夏當年對此一無所知，他的記憶無法提供出完美的複刻世界，他也就一直以柯夏表哥杜因的名義在學校外住著，虛擬世界不需要吃喝，所有食物都是他構建出來的假的，他再也不需要辛苦去打工掙學費，只需要天天等著柯夏回來。

陪著柯夏，彷彿玩家家一般的重演著夢中的劇情。

他安靜地等待著那個噩耗——柯夏卻不知道，每一天回家都在和他炫耀著在山南中學學到了什麼，在學校裡的每一天的日程。

這對於邵鈞來說其實挺新鮮的，他從前並沒有得到這樣的待遇，如今的柯夏卻直接放棄了住宿，每天都回來，向他訴說學校裡遇到的所有經歷。吃他精心做的晚餐，更是賴著非要和他一起睡覺，兩人擠在小小的床上。

一直到那一天，那個通訊終於響起：「請問你是夏柯同學的家屬嗎？」

邵鈞趕過去的時候，柯夏坐在醫務室的椅子上，臉色有些蒼白，雙眸沉沉，但卻仍然平靜，沒有像之前一樣因為情緒太過激動被直接打了鎮定劑放入營養倉治療。

柯夏看到他甚至還笑了下：「這就是你說的命運的惡意？」

邵鈞不知道說什麼，畢竟前一天他還和他笑著說自己機甲社的練習他拿了第一，計畫著暑期要去哪裡訓練，還要參加網上的集訓。克爾博士過來，和他說了一些這些病的詳情和準備治療的方案。

邵鈞看了眼一直在旁邊看著的柯夏，開口道：「我們不截肢，採取基因藥治療，治療費我們會籌集，另外所有捐款我們不需要了，退回去吧。」

邵鈞將柯夏帶著走了出來，外面校園學生們仍然充滿青春活力地四處來往著，柯夏和邵鈞並肩走著，甚至還有心情踢了踢地上的石子：「先是我的父母家人，再是我的健康，然後呢？還有什麼？」

邵鈞道：「重病、流放、誹謗，但都並沒有摧毀你，而是讓你變得更強。」

柯夏轉頭忽然笑了：「是不是因為你會一直在我身邊？」

邵鈞道：「也是也不是吧……很長一段時間我離開了你，但是一直在為你奪回榮光而努力。」

柯夏伸出手忽然挽住了他一隻手臂，笑著道：「你看到了嗎？」

邵鈞有些莫名其妙：「看到什麼？」他有些不適應柯夏這種太過平靜的態度。

柯夏道：「你看他們。」他指了下操場上一個個學生們，許多都是成雙成對走著的，不少學生手裡拿著鮮花。

柯夏笑道：「看到他們沒？今天是個很特殊的日子呢。」

邵鈞呆呆問：「什麼日子？」他回憶起噩耗那一天的時間，並沒有任何特別之處啊？

柯夏道：「今天是『愛的坦白日』啊。」

邵鈞茫然轉過頭，柯夏道：「所有的相愛之人，今天都應該在一起，向對方表達自己的愛意，家人表達家人的愛意，情侶向對方表白。」

邵鈞看著柯夏一臉期盼地看著他：？？？

柯夏道：「可是我的家人都已經不在了，愛我的人都已經不在了。」

邵鈞深呼吸了一口氣轉過頭，摸了摸他的額頭：「你……」

柯夏道：「我只是想在我徹底癱瘓前做點什麼事情，比如在草地上打滾，聞聞花香，機甲開到最高速在宇宙中翱翔，和最愛的人一起喝酒。」

邵鈞看著他藍寶石一樣晶瑩的眼睛和還有些稚嫩的少年面容，有些無奈問到：「你到底清醒了沒有？」這明明是自己開給他的清單——說起來自己也想起來了，當時的確在柯夏的通訊清單上看到有許多女孩子願意和他共用一夕之歡，想來就是這個節日？這麼說起來，當年自己作為一個無知無覺感情淡漠的機器人，還真的沒有能夠好好撫慰他。

在這種愛的節日得知自己患上絕症有可能面臨截肢或者終身癱瘓，當年那個孩子，一定已經完全情緒失控，幾近崩潰，所以醫生才注射了鎮定劑。

柯夏搖著頭：「沒有，只是你說這個世界是假的，他會戲弄我，不斷奪取我最好的東西，這一次是健康，下一次是榮耀。」

「所以這一切都沒有發生，是嗎？我的父母是不是還健在人間，我是不是並沒有患這樣的病？這一切只是一個虛幻的夢境，只要我不怕，不哭，他就永遠困不住我，是嗎？」

邵鈞被少年的問題給問住了，他看著他充滿希冀的眼睛，難以回答，所以他沒有崩潰的原因，是以為這裡是假的，是虛幻，但是這一切都是發生過的，是他真真切切嘗到過的痛苦和絕境，以致於那麼多年以後，他已經功成名就，卻仍然辭職返回帶給他最大痛苦的地方，居住在沾滿他父母親人血的大宅，夜不能寐，尋求復仇和心理安慰。

他從來就沒有忘記過，所以柯冀找到了他最脆弱的地方。

柯夏抬眼看著他，操場上碧藍的天空一絲雲都沒有，樹上落葉紛紛落下，白鳥撲搧著翅膀飛離花叢，他看邵鈞一直沉默著，眼睛漸漸也蒙上了霧氣：「很難回答嗎？」

邵鈞環顧四周，遠處有學生竊竊私語，這裡是柯夏的記憶裡的校園，充滿了生機勃勃，他只能低聲重複那句蒼白無力的雞湯：「那些無法擊敗你的，終將使你更強大。」

柯夏笑了，眼淚滑了下來：「所以這是真實發生過的？這樣令人幾乎窒息的絕望……我甚至想死，我感覺死亡就能解脫了，這些都是真的？我真的失去了健康，一動不動癱瘓在床上，成為一個生不如死的廢物肉塊？」

邵鈞上前擁抱住了他，柯夏將頭埋在了他胸前的襯衫，很快又熱又溼的淚水浸溼了邵鈞的襯衫，他只能抱著他：「很痛苦的話，就醒過來吧，我們不要再經歷一次了好嗎？」

柯夏說話了，還帶著濃濃的鼻音：「那一天你也在嗎？你也像這樣擁抱了我嗎？」

回答他的仍然是沉默。

柯夏感覺到這個胸膛是這麼溫暖，還有著心跳聲，他質問他：「你沒有安慰我嗎？你沒有陪伴我嗎？你沒有給我一點撫慰嗎？今天是愛的節日啊。」

邵鈞抱歉道：「那個時候，我太忙，也還不知道怎麼安慰人，很抱歉讓你一個人面對了那些。」

柯夏抬起頭來：「那我們現在可以喝酒吧？」

邵鈞無可奈何：「酒會損傷精神力。」

柯夏道：「可是這裡是假的不是嗎？你就不能陪陪我，喝喝酒，讓我度過這個最艱難的時候嗎？」

邵鈞啞然，柯夏道：「這個世界到底為什麼困住我？如果他想要吞噬我的恐懼，為什麼把你送進來？他不知道你進來以後，很可能我就不恐懼不害怕了嗎？」

邵鈞想了下也笑了：「是我錯了。」

柯夏一怔，邵鈞道：「就不該順著你們，我一開始就想錯了。」繼續走下去會怎麼樣？會讓柯冀對柯夏以後的經歷一目了然，然後很快就順藤摸瓜知道了應該奪去什麼東西。

是愛柯夏，以及柯夏愛的那個人。

為什麼要繼續在這裡重新走一遍？

邵鈞往後退了兩步，盯著柯夏的眼睛：「我不知道你為什麼會這樣在這裡——我很確信柯冀也好、那個什麼西瑞也好，都絕不可能真正在這麼短的時間內完全能夠讀取你的記憶，構建這個世界，催眠你的意識。」

「我更相信這其實是你的潛意識在順水推舟，雖然我不知道你想證明什麼或者是希望尋找什麼答案。」

「但是如果想要做點什麼浪漫的話，我希望是在現實世界裡，而不是在這裡，被一個噁心的人盯著看，雖然這一刻我也很想吻吻你，在滿天星河裡，在花樹下，在圓月裡，在一切你所能想到最浪漫的場景裡。」

柯夏滿臉茫然看著他，他站在那裡身體單薄，和邵鈞記憶裡的少年一模一樣，邵鈞笑了下：「我喜歡歷盡苦難，飽受摧折，仍然從來沒有屈服的你，喜歡你即使艱難之中，也沒有放棄真和善，喜歡你的美——並不是因為憐惜、同情弱小，你喜歡這個答案嗎？柯夏。」

他伸出雙手，展開雙臂，黑髮揚了起來：「來吧，讓你看看我的領域。」寬大的操場上，平地升起了風，獵獵的風帶起了無數細小的塵土，操場邊上的草叢簌簌抖動，高大的樹在風中嘩嘩響起來。

柯夏訝然向後退了兩步，眼看著那寬闊的操場上隨著巨大的旋風忽然出現了千片萬片散落的合金金屬碎片，碎片在颶風中急速旋轉，一片一片散發著銀色的光輝，它們在風中組合在一起，一片一片組建起來，漸漸看出雛形，是一對巨大無比的機械足，然後機械足持續往上長著，長出帶著防禦盾和榴彈板的膝蓋、機械腿、腰部、駕駛艙、強大的機械身軀，然後強大的機械手長出來了，漆黑的機甲頭組合完畢，放出了紅光。

巨大漆黑的機甲站在寬闊的操場上，展開雙手，五指伸開，右手瞬間出現了一把三叉戟，戟上纏繞著幽藍色的閃電，而左手沉了下來，手心朝上，低下來放在了柯夏的跟前。

柯夏看著這巨大的機甲憑空出現，正吃驚打量著對他伸出了邀請的手，邵鈞已經躍進手心，伸出手邀請他：「來吧，搭乘機甲翱翔星河還可以做到……儘快，目前這個操場是我的領域，但是這個世界是柯冀的，我的小王子，你這不分場合的任性和傲慢，真的還是要改一改了。」

柯夏看著邵鈞滿臉無奈的表情，忽然一笑，伸出手放到他的手心：「雖然不知道你在說什麼，但是好像是在被愛著和無條件寵溺的樣子……」

邵鈞握緊他的手，操縱著機甲將他們送入了機甲艙內。

巨大的機甲微微蹲身，雙足發力，「颼！」。

漆黑的機甲巨人衝向了太空，很快突破高空，衝破了大氣層，在無垠的星海中高速飛馳，無盡的隕石中，恒星風猶如輕紗拂過，卻蘊含著無窮的力量，而他們所在的機甲，立刻成為了一粒渺小的星塵。

柯夏站在巨大的玻璃前，看向外面無垠而靜默的宇宙，沉默了一會兒，忽然微笑：「謝謝你給我的節日禮物。」

「我很喜歡。」

浩渺宇宙中人類是如此渺小，邵鈞看了一會兒外面低聲道：「來了。」就知道柯冀不會看著他們這麼脫軌下去。

柯夏一怔，轉頭看到了無數密密麻麻的蟲族圍了上來，驚悚道：「那是什麼？」

邵鈞道：「蟲族，你後來成為了很優秀的機甲明星，帶著軍隊打敗了很多蟲子，也不斷取得了自己的榮耀。」

柯夏盯著那些巨大的蟲子，眼睛裡帶著躍躍欲試：「我真的能那麼強？」

邵鈞道：「是的。」這麼多的蟲族圍上來，他臉上並沒有太過緊張，臉上卻帶著一點神祕莫測的笑。

柯夏凝視了他一會兒：「那現在怎麼辦？」他看著邵鈞的神情，警覺地感覺到了什麼不太對——就像孩子總是能預感到來自父母親和教師的怒氣。

邵鈞挑了挑眉道：「戰鬥。」

柯夏笑了：「是你還是我？」

邵鈞一攤手：「當然是你——這是你的專屬機甲。」

柯夏靠在了玻璃窗上，在黑髮黑眼少年眼裡看到了揶揄：「總覺得有什麼事情發生了，可是我不知道，但是我可以想要一個吻嗎？」

邵鈞上前，將柯夏推壓在玻璃窗上，結結實實吻住了他，背後是無盡星河，無數的蟲群在向他們衝了過來。

柯夏閉著眼睛，白瓷一般的臉上，長長淺金色的睫毛抖動著，漸漸那少年的身軀開始抽長，肩膀變寬，手臂和長腿肌肉開始變得有力，金色紮著的頭髮變長捲曲著流淌了下來，像是清晨蘇醒過來的陽光，他睜開眼睛反過來將邵鈞壓在玻璃牆上的時候，已經是完全的成年人體態。

邵鈞手腕被他捉著壓在玻璃窗上，並沒有掙扎，只是道：「終於肯清醒了？」

柯夏低頭看著他笑：「這裡是柯冀的世界，他是主腦。我必須要進入他的精神力深處建立自己的領域，才能有機會擊潰他的精神力核。羅丹先生說精神力的吞噬往往會選擇對方最脆弱、最恐懼的時候，我提出了這個方案，對於柯冀來說，再沒有什麼比折磨我更具有吸引力了。」

「所以進來之前我請羅丹先生以精神催眠的方式封印了我的大部分精神力，只有觸發了固定條件才會解除催眠。」

邵鈞道：「什麼條件？」

柯夏低頭和他有些激烈地和他交換了一個吻，外面的蟲族已經衝撞在天寶機身上，機甲整個微微震動著，柯夏低喘著氣笑道：「你知道的，一個吻，你的吻。」

邵鈞指責他：「你真的太任性了，風險太大，為什麼不和我商量？」萬一他們在世界中迷失了怎麼辦？比如自己一直留在花間風那邊等他會合，那他還要在這個世界裡煎熬多久？他就真的這麼自信他不會精神崩潰？羅丹怎麼會同意他這樣冒險的要求？

而且這個世界漏洞百出，根本不可能是柯冀能構造出來的細節，他怎麼會認為自己會傻乎乎還會陪他從頭到尾走一次？

柯夏眸光閃動，仍然試圖裝著可憐：「每一次我最弱最崩潰最醜陋的樣子都是在你面前……我只是想讓你這一次以人的樣子陪伴在我身邊……想證明我配得上你……」重新走過這漫長歲月，這一次他不會再將他的付出當做理所當然，這一次他也會和他走出一個完美結局，至少能讓他看到他的強大，而不是分離兩地，各自成長。

邵鈞怒道：「我到底做了什麼讓你這麼沒有自信？」

柯夏妄圖掩蓋自己的私心：「你確定現在一定要和我算帳嗎。」

巨大的機甲震動更厲害了，外面無數的蟲群彷彿在宇宙中的颶風一樣席捲而來，緊緊包圍住了這具機甲。

邵鈞甩手將手腕從對方手裡脫出來，冷冷道：「快去解決那些蟲子！」

柯夏將邵鈞一隻手捉回自己唇邊，吻了下手背道：「遵命，親愛的。」

他笑著坐進了那熟悉的駕駛座位上，施展精神力：「你就坐在那裡好好休息，剩下的交給我就行了——等結束後，我任你處置。」

漆黑色的巨大機甲伸出了機械手，機械手已經變成了金紅火炭一般的顏色，一握已經牢牢握住一隻蟲族用力一捏，「砰！」

蟲子嚎叫著散成千萬金紅色的灰燼。

機甲雙足伸開，彷彿燃燒著金色的鋼火，充滿了力量橫踢掃開無數蟲族，肩膀的離子炮則轟的一下爆發出了白亮到灼燒視網膜的離子炮光波，無數的蟲族完全無法躲閃開，嚎叫著變成了灰燼。

柯夏將三叉戟橫在自己身前，說話了，聲音響徹宇宙：「柯冀，出來吧！你早已瘋了，根本不堪一擊！」

整個宇宙扭曲著，無數的隕石攜帶著萬鈞力量衝向機甲，然而機甲卻只是輕而易舉地開出了離子盾，哈哈笑著：「你傷害不了我，這裡是你的精神海深處，你的精神力過於繁雜，你吸收了太多不屬於自己的精神力，卻無法使用它們，這些不同屬性的精神力，反而會加速你的瘋狂和精神分裂！」

他伸出手振開雙臂，彷彿無所畏懼，屹立在浮空中開始不斷膨脹變大，身上燃燒著的火也越來越亮，照亮了整個宇宙空間。

一直漆黑沉默著的宇宙空間卻忽然出現了一個巨大的黑洞，黑洞裡光圈扭曲著出現了一張人臉：「年輕人……」

他嘆息著，倒像是一個慈祥的長輩：「殺了我，為你的父母家人報仇，然後呢？」

「登上帝位，從此以後什麼都擁有，權力、財富、愛人、親人，擁有了一切，是不是？」

「哈哈哈哈……曾經我也和你一樣，以為成為最強的人，站到最高處，就能夠擁有一切，沒想到迎接我的是無盡的猜疑、恐懼和毀滅。」

「為什麼你的心裡仍然充滿了恐懼，需要一次一次地驗證你的過去，仍然無望的想要拯救你的父母，並且不斷懷疑你的愛人？你害怕他並不愛你，是不是？」

「你知道為什麼。」

「柯氏皇帝，最終的命運一定會走向瘋狂。」

「不僅僅是因為那漫長的過去裡，你根本分不出那個愛你的人是因為什麼陪伴在你身邊，因為你和我們每一個柯氏皇族的人一樣，瘋狂，偏執，任性。你永遠都像那個孩子一樣渴求無條件的愛，貪婪地索求愛，沒有人能夠負擔你毫無休止的索取，你根本無法控制你內心的暴戾和占有欲，承認吧！你無數次想要完全占有你的愛人，想要囚禁他，想要他永遠不離開你！甚至想要毀滅他讓他永遠不會離開你！」

「你還恐懼你的未來，和所有柯氏的皇帝一樣的未來，在無盡的暴虐中瘋狂，精神崩潰，傷害所有自己的親人和愛人，分不出現實和幻想，因為恐懼失去乾脆傷害他，因為害怕失去所有，乾脆毀滅一切！」

柯夏眼睛裡彷彿燃燒著火，聲音卻冷得像冰：「胡說！」

巨大的機甲屈膝向前衝刺，以光一樣的速度衝到了黑洞前，以萬鈞之力劈開了那個黑洞！

黑洞散開，然後很快在另外一個地方聚集：「我是創世之神，你無法毀滅我，就算你費盡心思偽裝弱小——那是真的弱小吧？你本來就是那麼弱小吧？呵呵呵，真是可悲，從白薔薇王府被毀滅的那一天起，你就再也沒有正常過了。」

「我聽到了你的內心，永遠在哭泣，永遠在渴望你的爸爸媽媽，你希望有人永遠用無私的愛來愛你，包容你，如果對方做不到，你就會毀滅他！」

柯夏額頭青筋凸起：「你是在說你自己嗎？尊敬的陛下，你殺死自己的父親和兄弟，你奪取了所有愛你的兒子的身軀器官，將他們全都圈在精神世界裡，吸取他們的精神力，權力早已讓你變成了瘋子，沒有人愛你，你坐在冰冷的寶座上，以為可以擁有全天下，最後得到的卻是不斷腐爛的身軀！」

「你根本不懂得什麼是愛！因為你對別人的愛都棄之如敝屣，你只會利用，只會索取，所以你永遠不理解真正相愛是怎麼樣的。」

「相愛，是希望對方幸福。哪怕犧牲自己，也希望對方好的那種心情，你永遠都不懂！」

「真正的相愛，只會讓心靈寧靜，是那種付出甘之若飴，精神得到極大滿足的快樂。」

「柯葉柯楓他們將軀體給你的時候，你是不是心裡還嘲笑著他們對權力的欲望，而沒有想到他們是真的愛你這個父親因此為你犧牲？」

「你這樣的人，只會毀滅，毀滅你的是你自己的貪欲。」

「這是天罰！」

數以億發的巨大的閃電枝形劈開了漆黑的宇宙空間，蘊含著毀滅一切的力量。

柯夏冷笑道：「看你還能維持這裡多久。」

虛擬世界內，天空布滿了陰雲，無數的閃電在雲層後湧動著。

花間風走了出來，抬頭看了下天空，喃喃道：「有什麼不對，這個空間的精神力正在動盪。」

他光著腳，雪白雙足踏過水面，長長的鮮紅色袍子拖在水面上，逶迤而過，整個領域忽然擴大開來，湖面不斷擴張，裡頭的白骨水鬼們歡呼著驅動洶湧的湖水，淹沒了旁邊的森林，而無數的紅蓮猶如地獄幽火一般出現在水面上，瑩瑩發光。

而遠處，雪白的雪山頂上，處處鮮花盛開，躺在綠草叢中的柯樺一手支著頭側躺著閉著眼睛正在假寐，淺金色長直髮猶如月光一般鋪滿了一地，無數玲瓏的小天使撲閃著翅膀正在他身旁環繞嬉戲。

柯樺忽然睜開眼睛，抬頭看了眼天頂，笑了下：「父親？請讓我為您頌詩，願您往生安詳。」

他懶洋洋站了起來，伸出雙手，潔白的聖袍被風獵獵吹脹，金黃色的聖光爆發出了柔軟的光芒，從雪山開始延伸開，聖歌恢弘，無數大天使從雪山向西面八方飛出，雪白翅膀拍打著帶出金色的光芒。

而主城裡再一次握住「霜鴉」刺過來的匕首的柯葉忽然也抬頭看了看，笑了：「寶貝，我們就玩到這裡了，我還是出去再和你玩了。」

他握著雪亮匕首的手臂忽然重新變成了銀白色的合金機械手臂，然後從手至手肘到手臂、肩膀，整個身軀都變回了銀白色的機械合金體，他將那匕首扔到了一邊，伸手握住了那「霜鴉」的後頸，微微使力迫使他抬頭看向自己：「真正的雲翼，再也不會多看我一眼，為我浪費一點精力來殺我，再見了。」

那具栩栩如生的身體消散開來。

而整個主城那些金色的金鳶花上忽然冒出了巨大的火焰，將那些意味著皇室榮耀的金色花瓣燃燒成為灰燼。柯葉厭惡道：「我討厭這些東西——父親，您是我最崇拜的人，容我效仿您最後一件事，就是弒父。」

他伸出銀色的金屬合金手，那裡出現了一把巨大的霜刃，霜刃上燃燒著銀白色的光芒：「我渴望這一天，已經很久了。」

「我再也不想做那個永遠站在你身後，仰望著你的背影，學習你一切的那個兒子了。」

「殺掉你，我將獲得重生。」

飽含著強烈情緒的領域不斷擴張著，主城燃燒起了大火，鮮紅色的火焰席捲了所有城牆，火舌吐著甚至蔓延到了主腦登錄點，直接灼烤著上頭的主腦，那主腦已經完全變成了虛空黑色，表面不斷纏繞著銀白色的閃電。

虛擬世界裡原本投放進來的凶徒全都感覺到了不對，拿著手裡的武器抬眼看著已經完全變成漆黑的天空，以及遠處劈下的閃電惶惶不安著。

而實驗室內，代表主腦的顯示幕，尖銳地響起了警報聲。

Chapter 268 觀戰

羅丹很快就被叫到了主腦實驗室裡，他仔細研究了一會兒資料：「裡頭構成虛擬世界的精神力有較大變化，建議派人進去看看。」

佐德謹慎道：「會是什麼變化呢？」

羅丹又仔細觀察了一會兒：「組成虛擬網的精神力者包括主腦精神力數值都有很大波折，似乎是出現了衝突，這就是我不建議將虛擬世界變成互相吞噬的場地，很容易變得不穩定，畢竟才構建的世界。」

佐德想了下有些不放心，果斷道：「我進去看看。」他召集了一批屬下過來，牢牢守著中樞，才自己躺進了聯接艙。

羅丹在那裡看他接入後，他帶來的幾個助理們互相使了個顏色，轉身往不同方向走去，幾個安全局特工見狀上前阻止道：「站住！不許亂走！」

「啪」！

實驗室裡忽然漆黑一片，似乎永遠存在的太陽能照明竟然忽然失效了！只有連接著天網的儀器燈仍然閃動著。

一陣慌張的特工們連忙按響了警報器，但漆黑之中他們並不敢開槍，只是手裡拿著槍警戒著。

他們不知道在外面他們看不見的地方，實驗室外面關口，已經被花間酒帶來的兵布下了重圍，聽到警報過來救援的特工就被花間酒直接擒拿，這是一場至關重要卻無人知曉的戰爭，在地面上，帝國的金鳶花仍然靜靜在陽光下開放，帝國貴族們仍然紙醉金迷，沉溺在奢靡生活中，沒有人知道在這樣一個小小實驗室中，正在開展一場決定帝國國運的未來。

漆黑一片中，不知多少士兵湧了進來，他們都帶著夜視設備，很快將把守著的特工部隊全數擒拿，悄無聲息地拉了出去，太陽能燈光重新亮起，柔和的白光下，羅丹仍然優雅專注地研究著大螢幕上的資料，幾位「助理」則各司其職地忙碌著手上的事，乾淨寬敞的實驗室裡彷彿什麼都沒有發生。

「叮」的一聲佐德斷開了虛擬世界的聯繫，坐了起來，看到羅丹，命令道：「立刻將幾位皇子、親王的天網聯接艙都斷開，虛擬世界裡頭有問題。」

羅丹看了眼還在持續警報的資料：「不太好吧，現在強行斷開，主腦會受到影響的。」

佐德道：「這是陛下的命令！」

羅丹愕然：「可是這是科學，和皇命以及神學無關，你們得尊重科學規律，他們如果都同時斷開，虛擬世界立刻就會停止運行，主腦會受到很大的傷害，只能逐步退出，陛下不懂這個。」

佐德進去確實只是感覺到柯冀含糊的命令，這下也有些猶豫道：「那直接斷開主腦如何呢？」

羅丹道：「斷開主腦，那麼整個虛擬世界就會重啟，也就是說之前吸收的精神力也就會全部浪費了，下一次要重新構建，此外如今在這樣精神力劇烈波動情況下，貿然重啟，我無法判斷會不會對主腦造成不可逆的傷害，這種情況我沒有遇到過。」

佐德咬牙：「那就一個一個退！先把柯夏親王退出來！」

羅丹道：「柯夏親王也在？」

佐德一怔，想起柯夏那邊花間酒還守著，一窒道：「先斷開柯葉親王的！」

他快步走出門召喚自己的屬下，然而卻一個屬下都沒有找到——實驗室的走道裡靜悄悄的，原本應該把守著的護衛軍也不見了，佐德長期在安全部門裡的敏感神經忽然被觸動了，伸手拔出了槍。

花間酒帶著幾個帝國士兵全副武裝地在通道盡頭出現了，笑盈盈道：「佐德局長？有什麼需要我服務和效勞的嗎？」

佐德臉色微變，迅速退回實驗室內，一把拉過了羅丹，拿出手槍對準了羅丹的太陽穴：「站住！我的人呢？」

花間酒一攤手：「我只是看他們工作太久了，讓他們下去休息一下。」他看著平靜的羅丹笑道：「不要這樣吧？這位先生可是柯冀陛下的功臣，你把他殺了，還有誰能保障柯冀那個老瘋子的虛擬網平穩運行呢？」

佐德冷汗沁透了襯衣：「這一切都是你們的圈套？」他腦海裡已經連鎖回憶起這一切的開始，這位羅丹先生出現得太巧了？那個複製人，是柯夏親王的複製人，所以從一開始這一切都是針對柯冀的精神力圍剿？

他們以為捕捉無數精神力者是為了幫柯冀提供修護補充精神力，結果卻變成了這些高精神力者對僅剩下精神力的前皇帝在虛擬世界裡的圍獵。

花間酒笑了下：「順水推舟罷了，本來你們也已經末路窮途，不然也不會冒險採用這個方法，我們只是儘量減少政權再次劇烈變動的可能……深藏著的蟲族基地、你們隱藏在暗處的人手，朝廷中仍然埋藏著的老皇帝的忠臣，還有柯葉、柯楓親王手下的私兵，這些都要一一甄別對抗，帝國已經經不起再一次的內亂了，不如就讓他們面對面在虛擬世界裡面了結一切。」

「為了一個老瘋子不肯放棄的權力欲，為了他永生的美夢，而讓帝國、讓聯盟再次陷入蟲族的噩夢，陷入戰爭，再次面對飢餓、死亡、流離失所，沒必要。還是讓該往生的死者往生，還帝國人民一個平靜吧。」

佐德喘著氣，看向主腦那兒仍然閉著眼睛彷彿安睡做著創世夢的柯冀，忽然將跟前羅丹一拉，抵在他太陽穴的手扣下了扳機：「砰！」

他大笑：「大不了大家一起死罷了！」

然而想像中的腦漿飛濺，花間酒驚慌失措的場景並沒有出現。

他面前的羅丹卻一動不動，他一怔，幾乎以為自己的槍出了問題，但這時候胸口一陣劇痛，他低下頭，看到原本文質彬彬手無縛雞之力的羅丹，手肘抵著他，手肘尖一根尖銳的利刃已經刺入了自己胸膛。

羅丹輕鬆抽回肘尖，轉回頭看著他，太陽穴上甚至還有著一個巨洞，他微笑著道：「所以我最煩你們這些搞政治的人了，動不動就要殺人，還是做研究比較好。」

一隻銀白色的機器貓不知道從哪裡竄了出來，蹲在紫羅蘭色眼睛的科學家肩上，用看著死人一樣的目光看著他。

佐德蹬蹬蹬後退，卻忽然一按手腕上的設備，狂笑道：「大不了讓你們和陛下一切往生好了！這小小的實驗室裡，有著兩位皇帝，三位親王，就讓帝國這麼灰飛煙滅吧！」

嘟……特別的警報響起，實驗室裡冰冷的機械音響起：「請所有實驗人員立即撤退，地下實驗室將在三十分鐘內爆破毀滅，請所有實驗人員立即撤退，地下實驗室將在三十分鐘內爆破毀滅。」

佐德笑著道：「這是不可逆的……」

然後他看著花間酒和羅丹仍然平靜的臉，忽然說不下去了，西瑞博士從外面走了進來，戰戰兢兢道：「我已經中止了自毀程式……」

佐德目眥欲裂：「西瑞！你膽敢背叛陛下！你不怕你的醜聞將會被全天下知道嗎？」

羅丹淡淡道：「什麼醜聞？是剽竊天網之父筆記上的內容發表了署名為自己的論文嗎？」

佐德睜大眼睛，西瑞博士臉色蒼白：「你怎麼會知道。」

羅丹側了側臉：「和你接觸之前先查了下你的學術論文，想看看你的研究觀點和水準，然後發現了一些熟悉的東西……是當年贈予你的筆記本裡頭寫的吧？其實只是一些不成熟的思路和論點。帝國安全局發現了你早期成名的論文是剽竊的天網之父羅丹的筆記，於是以此來威脅你為柯冀服務吧？」

花間酒恍然大悟：「難怪了，西瑞先生在聯盟已經是學術泰斗了，如果被揭露出這樣的醜聞，怕是在學術界無法存身，臭名昭著吧，難怪會遠渡重洋來到帝國，為帝國皇帝服務，我一直還奇怪，西瑞先生這樣的地位，在聯盟已經要什麼有什麼了，何必拘泥於帝國這些名利？」

西瑞博士蒼白著臉，卻彷彿見鬼一般看著羅丹，那個青年研究者酷似羅丹年輕時候的臉部太陽穴上有著一個明顯的黑洞，露出了裡頭合金的內核，他顫抖著嘴唇什麼都說不出來。

羅丹卻安慰他道：「你的確不負天才之名，贈你筆記本的時候，你還很小，後來卻能根據筆記裡頭的一些揣測和一些資料、公式，自創出了不錯的學術體系，還培養了很多學生，催眠術也研習得很不錯，完全不必要糾結於這些名利。以後都改了吧，據我所知，你除了替柯冀做過實驗外，倒也沒做什麼罪大惡極的事。」

「回聯盟去吧，以後多教導學生，少參與政治，只有專注在學術中，才能夠取得更大的成就，那些名利都是虛幻，唯有科學取得的每一個進步，才會讓你精神不朽。」

西瑞博士低聲道：「是……老師……」他忽然掩面流淚，哽咽著泣不成聲：「謝謝老師的指點……我終身感激不盡……我會將收入捐出，設立基金……」

受傷的佐德已經被人迅速帶了下去，西瑞也變得蒼老了許多，頹靡地走了出去，連背都塌了下去。

艾斯丁點評：「可憐的，認知世界坍塌的樣子。」

花間酒看著柯冀那顆頭顱：「如果我們現在將這顆頭顱擊斃……是不是就可以一勞永逸了？」

羅丹搖了搖頭：「不，虛擬世界裡頭如今正在進行精神力交戰，無論誰貿然斷開，都有可能造成精神力的永久傷害，更何況柯夏親王之前還讓我封掉了他的大半精神力……」

艾斯丁詫異：「這風險很大！」

羅丹道：「他堅持，說這是最直接能夠進入柯冀精神力內核的方法。」

艾斯丁想了下道：「鈞也在裡頭，那就還好。」

羅丹嚴謹道：「他精神力受到過重創，其實也不太好。」

花間酒看這兩位大神還在悠悠地不慌不忙地談論，有些著急道：「那兩位先生有什麼辦法可以讓形勢穩定下來嗎？」

羅丹道：「將局域網接入天網，讓艾斯丁插手，不過這一樣有風險，天網太大了，萬一柯冀精神力逃入天網，也挺麻煩的，而且我其實覺得這次決戰，對夏和鈞，包括裡頭的每一位高精神力者，都是一個難得的機會，沒什麼必要干涉。」

花間酒道：「那萬一失敗了呢？」

艾斯丁促狹道：「那就是帝國氣數已盡。」

花間酒額上冒出汗來，羅丹寬慰他：「還是有百分之八十以上的勝率的。」

花間酒臉色更青了，艾斯丁笑了：「行了，別逗小朋友了，為了我們天網在帝國的將來，還是留一個介面，進去觀戰吧，其實我對觀看這場戰役還是挺感興趣的。」

「這可是決定帝國未來的一戰啊。」

Chapter 269 美杜莎幻境

天空變成了血紅色，無數旋渦在天空中旋轉著。

在所有人都看不到的宇宙空間裡，小行星一顆顆的爆炸，爆發出金色灼熱的衝擊波，星群變成了無數燃燒的行星帶，閃電千萬億道齊聲轟鳴。

邵鈞站在機甲艙內向外看著，他背後的柯夏還在炫耀著：「有一次一次我們在Φ懸臂和蟲族會戰，後來離子炮引發了宇宙星風暴，那一次差點連我們自己都沒保住，瘋狂躍遷，總算逃出來了。」

他笑了下，轉頭看了眼外面忽然群星靜默，所有的星星全數熄滅，他一怔，敏感感覺到有什麼不對，忽然頭一陣眩暈，彷彿忽然陷入了無盡深淵中。

恍恍惚惚中，他彷彿在一艘燃燒著金紅色火焰的獨角獸形機甲上，飛一樣的雙手在鍵盤上舞動出殘影，正在操縱機甲施展身形，數隻火紅獨角獸出現在無盡的宇宙中，敵軍的炮火失去了目標，只能胡亂射擊。

然後在自己最後一擊中完全摧毀了敵人的飛船，千萬碎片在空中消散。

震耳欲聾的歡呼聲從戰友通訊頻道傳來，他操縱著機甲回到了母艦上，所有士兵都對他露出了崇拜而熱情的眼光，一個金髮藍眸極為英俊的青年迎上前來，高興地擁抱他：「雲！又是漂亮的一仗！你的『夢魘』真是太棒了！」

邵鈞有些茫然，但是好像又記得眼前這人是自己最好的朋友：「柯立？你今天怎麼沒出戰？」

柯立臉色一黯，低聲對他道：「你還沒聽到消息嗎？我父親已經入獄了，參謀長防備我，已經暫停了我的職務，讓我先休息——我聽說很快調令就會來了，應該會調我到不重要的軍隊去。」

邵鈞感覺到一股怒火沖上心頭：「怎麼會這樣！你戰功累累，他們不能因此抹殺你的功勞！」

柯立眼圈微紅：「算了，今天就是來和你告別的，另外也擔心你會因為我被猜忌，所以提醒你最近小心，當然你最好能和我鬧翻，這樣至少保住你。」

邵鈞面色冰冷：「我去和參謀長說，不必如此。」他轉頭就要走，柯立拉住他，緊緊握住他的手腕：「不必了，真不必，我記著你這份情，你好好留著，我會回來的，你相信我。」

他抬眸，藍色眼睛裡都是痛苦：「家裡已經幫我安排好了，我會聯姻，娶軍務大臣的女兒……這些困難很快就能過去的，雲……我知道你看不起這些，但是我沒辦法了，你早日找個機會公開和我決裂吧。」

他鬆開手，匆匆離開了機甲停機坪。

邵鈞茫然看著那金髮青年的背影。

很快軍令下來，柯立果然被發配去了一顆荒星駐守，職級雖然沒有變化，但所有人都知道這是流放。

啟程那天，無人送行，柯立交接了所有的出入憑證和武器，黯然搭上了前往荒星的飛艇。然後很快在荒星見到了他的好友：「你怎麼也在這兒？」

李雲黑色的眼睛含著笑：「我去和參謀長說了，我私心太重，不適合繼續執掌第九艦隊，申請到你們這裡擔任後勤軍需官了。」

柯立又驚又怒：「你瞎胡鬧什麼！參謀長怎麼會答應你！」

李雲悄悄眨了下眼睛：「你知道的，我偷偷用了家傳的瞳術催眠他，他就糊里糊塗地覺得應該讓我離開中樞，省得留下後患，就同意我離開了。然後我又繼續用了瞳術讓負責下調令的軍務長，把我調到了和你一樣的部隊。你要替我保密啊！只有你知道我有瞳術的。」

柯立又好笑又無奈：「你這是自毀前程！」

李雲滿不在乎：「我又不在乎那些，我就一個人，無父無母，就你一個兄弟在，兄弟去哪裡，我就陪你去哪裡。」

柯立凝視了他一會兒，忽然上前大力擁抱了他一下，放開他道：「好兄弟，以後我定不負你。」

李雲噗嗤笑了：「這話怎麼怪怪的。好了，你來看看我幫你布置的房間，看喜歡不喜歡？」

柯立邊走邊道：「怎麼都行，和你的房間挨著就行。」

李雲嫌棄道：「算了吧，我還不知道你那貴公子的個性，被褥一定要絲綢的，床墊一定要乳膠的，屋裡一點聲音都不能有，也不能有灰塵……每次出征都是行囊無數，真不知道你是來參軍還是來享福的，要不是看在你長得好看的分上，我才不理你呢。」

柯立道：「看來我還可以靠著這張臉騙到點飯吃。」

荒涼的荒星上兩人爽朗的笑聲迴盪著。

星河流轉，時光變遷，柯立一天回來，忽然拉住了李雲的手：「雲，家裡的人已經決定叛出聯盟了，我明天就離開這裡了。」

李雲一驚，柯立低聲道：「你現在有兩個選擇，一是選擇去和參謀指揮部告密，那樣我全家都會被逮捕問罪；二是和我一起走，有我一日，就給你一日最大的信任和最高的權力。」

他緊緊盯著李雲漆黑的眼睛，他背後的手裡全是汗，幾乎握不住漆黑小巧的掌心槍，他低聲著補充了一句：「當做不知道是不可能的，我離開了，你一定會遭到隔離和審判，我捨不得你受這樣的苦……」

李雲略一遲疑：「和你一起走吧，我什麼都不在乎，能打仗就行，現在這日子是有點悶，聯盟軍方又腐敗得一塌糊塗，積重難返。」

柯立鬆了一口氣，又有些感傷：「果然你也受不了這邊荒蕪的日子，都是為了我……」

李雲看著他金色長捲髮下碧藍眼睛飽含著的委屈，有些歉然：「我不會說話，你別放在心上，我只是覺得有點無聊，你最近不知道忙什麼，也天天都不在的。」

柯立笑道：「那以後我們打仗的日子會很多了。」他伸手將李雲的手握緊，認真承諾：「一定會和你共患難，同富貴。」

柯氏叛出聯盟，還帶出了三支艦隊宣布成立獨立政體，柯立、李雲，則分別成為艦隊的指揮官。

漫長的戰爭歲月開始了，從一開始的三支艦隊，漸漸發展到八支艦隊，柯立與李雲則在無數次征戰中漸漸患難與共，感情越發深厚。

帝國成立的契機，是在他們占領的領地內，發現了金錫能源。

金錫能源的發現以及迅速使用在軍用領域時，戰爭發生了轉折，聯盟節節敗退。

金鳶花開的時節，柯立宣布金鳶帝國成立，他為帝國開國皇帝，而李雲為並肩王。

隨著金錫能源研究的深入，在軍用、科技、以及民用企業的應用，帝國的國力越發強盛，在數次戰敗後，聯盟終於開始提出和談的請求。

在長時間的和談以及期間偶爾摩擦仍然以聯盟軍方失敗的結局後，聯盟終於承認帝國政體存在並且外交建交這個大前提，締結了互不侵犯，互利互贏的和平公約。

帝國國力蒸蒸日上，柯立大帝和李雲卻開始爭吵。

他們一開始只是公事上開始有不同意見。

漸漸發展到私下爭吵，從柯立仍然決定封后的時候，李雲憤怒地諷刺柯立：

「我以為你站在了權力的頂峰，是為了隨心所欲，沒想到居然為了所謂的金錫能源，連自己的身體也可以拿來作為利益籌碼？」

柯立沉默了一會兒道：「你也知道那是金錫能源，帝國的立國之本，她的父親掌握了帝國百分之六十能源的開採權，我需要聯姻來鞏固帝位。」

李雲冷冷道：「帝位有那麼重要嗎？什麼開採權，那是我們打下來的領地！那些尸位素餐的領主，只要不聽話就推翻他們！」

柯立無奈道：「我們殺不完所有人，雲，我們可以打仗，但是治理國家不是那麼簡單的事情，我們需要平衡各方勢力，我們需要聯合……」

李雲轉頭就要離去，顯然不欲再聽，柯立上前想要拉住他卻被李雲推開，刻薄道：「今晚我才看到你如同一個男妓一樣的對那個小甜心笑，我第一次知道你這張英俊的臉也是你成為偉大無上的帝王的重要資本，你究竟是做帝國皇帝，還是做娼妓？」

他甩開柯立的手大步走了出去，身上的金紅色的盔甲發出了喀喀的聲音。

柯立看著他的臉，英俊的臉上扭曲了。

時光來到了一個金鳶盛放的春季，柯立與李雲已經數月不曾通訊，這日李雲卻收到了柯立的邀請，希望能和他月下賞花，共同回憶過去。

李雲有些懊悔數月前自己說話過於刻薄，看柯立先服軟，索性也就下了臺階，便於那晚一個人赴約，然後便被埋伏著的重兵圍攻鎖拿。

很快罪狀被宣布，他意圖謀反，將會被判死刑。

監牢裡他四肢被牢牢鎖著，眼皮下流著兩行已經乾涸的血跡，他那漆黑色的眼睛在被捕的同時立刻就已經被以最快速度用匕首挖掉，李雲知道，這是完全杜絕了自己催眠脫逃的路，帝國唯一一個知道自己瞳術祕密的人，只有柯立而已。

他整個人被捆在監牢裡，一直垂著頭一動不動。直到柯立出現在了他的監牢裡，溫柔地替他梳理了下頭髮，甚至還輕輕撫摸了下他虛空乾癟的眼皮，輕聲道：「我知道你一定很恨我，對不起。」

「帝國的軍隊，不能掌握在一個隨時能夠催眠我的人手裡，既然你已有異心，我只能提前下手。」

他替他除下了堵嘴器，猶如情人般地耳語著：「你還有什麼後事需要交代的嗎？」

「我會儘量替你完成你的遺願，放心，不會疼的，只不過是長眠而已。」

無盡的悲涼和仇恨湧在邵鈞胸中，他微微張嘴，想說出那句詛咒：柯氏皇族，從此以後登上皇位的人，將永遠無法得到內心的平靜，直到毀滅。

但他沒有說出那句話，他沉默著低下頭，許久以後才道：「你不是那個人。」

柯立一怔，邵鈞抬起頭，深深呼吸著：「我愛的那個人，是絕對不會為了權力而出賣自己，放棄自己愛的人，傷害自己所愛的人。」

他身上的肌肉忽然使力，啪啪啪！雙臂上的鎖鏈全部寸寸斷裂開來，邵鈞抬起頭，玉白臉上的血痕已經消失不見，他睜開了眼睛，漆黑色的眼睛彷彿最純潔的黑曜石，他張開左手，手上唰的出現了一把長劍，他雙手合併，拿起長劍就朝眼前的柯立當頭劈下。

柯立往後退了幾步，避開了刀鋒，臉上卻出現了驚惶。

邵鈞淡淡道：「這就是柯冀陛下您最害怕的家族詛咒吧？」

「可是這詛咒一開始，就是有著前提條件的，如果不是那種為了權力可以出賣一切，放棄一切，傷害和毀滅一切的人，那根本就不會中這個詛咒。」

柯立忽然詭異地笑了，他臉上迅速變幻，變成了柯冀的模樣：「你就這麼相信柯夏不會傷害你？你輔佐他，等他登上了帝位，一樣也會娶別人，會忌諱你手中的軍權……」

邵鈞笑了下，雙手再次劈下，柯冀這次終於沒有再躲閃，而是在劍下化成了千萬幻影。

砰！

他所處的監牢以及整個世界都化成了虛無。

邵鈞這次發現他漂浮在無盡的虛空中，無盡的星星環繞著他，閃耀著歡快的閃光，一個聲音在他耳側響起：「嚇死我了，好擔心你真的說出那句詛咒。」

邵鈞一怔轉頭，看到了花間風穿著鮮紅花袍，不知何時出現在了他身後，正在熱切看著他，艾斯丁和羅丹也站在虛空中，邵鈞精神一振：「你們來了？外面情況順利吧？」

羅丹給他回了個靦腆的笑容：「一切順利，就趕緊上來看看你們了。」

艾斯丁銀灰色的眸子帶了笑意：「美杜莎幻境，這是主腦利用自身的精神力創造出來的幻境。」

「美杜莎就是傳說中的蛇髮女妖，她善於誘惑，當你直視她的雙眸，被她所的幻境所迷惑，將會永遠留在幻境內，身軀變成沒有靈魂的石頭。」

「如果你剛才順著這個幻境，完全被幻境中的人物融合，做出完全符合這個人物的行為和語言，你的精神力將會被那個幻境完全吞噬，你會誤以為你就是那個人，然後永遠在幻境中一次一次的重複悲慘的命運，無法掙扎出來，並且那恐懼、憤怒、嫉妒、仇恨的強烈情緒，會為主神源源不絕提供精神力的補充。」

邵鈞道：「你們能看到這些幻境？」

艾斯丁笑了下：「對，主神世界裡你們已經全部陷入了美杜莎幻境中，我不好隨意干擾，一不小心會讓你們的精神力產生混淆，反而會讓你們模糊和忘卻自己的身分，只能先觀察，第一個被吞噬的是柯楓。」

羅丹點頭：「在幻境裡，他成為了柯冀最愛的皇子，卻在登上皇位後，被柯冀奪取了身軀，他眼睜睜看著自己的身體被一塊一塊的切開，悲憤地哭泣，完全迷失了自己。」

邵鈞微微有些憫然：「他早就已經瘋了吧，和柯葉、柯樺一樣，他們三位皇子，都渴望父親的愛。」

艾斯丁道：「可惜柯冀並不知道愛是什麼。」

花間風道：「我和你一樣，同樣進入了帝國開國皇帝柯立和李雲的幻境。」他笑得洋洋得意：「可惜我可沒有你那樣的耐心，等到背叛，他問我要不要和他一起走的時候，我就已經先下手為強背叛檢舉了他。他動手想要制服我，失敗了。」

艾斯丁失笑：「應該是柯冀已經沒有太大力量為你量身定做幻境了。」

花間風道：「我可不會和什麼人患難與共，而是第一時間換取更大的利益，所以打出了完全不同的結局，輕鬆破境，說到底還是那個李雲太傻了，明明有那麼高明的催眠術，卻居然屈居於柯立之下，感情用事。」他看了眼邵鈞，沒說出鈞傻，他不知道剛才柯冀那些話，會不會在邵鈞和柯夏之間劃下裂痕，但是顯然在幻境中，邵鈞對柯夏十分信任，這一刻只能是祝福了。

邵鈞卻並不想再討論這些不相干的人：「夏呢？」

艾斯丁伸手點了下：「你可以看看——他變成了柯冀。」

Chapter 270 不送

巨大的炮火聲中，柯夏從機械坦克上翻身而下，年輕的佐德在他身後追趕著道：「殿下！殿下！您的傷口沒有好！還是先回醫療艙吧！」

柯夏臉色蒼白，眸光卻仍然十分銳利，轉頭問：「補給還是沒有來？我們的能源不足了，還有戰損太厲害，急需新的武器。」

佐德低聲道：「沒有……據說是還在核算所需的數目，懷疑我們虛報了需求。」

柯夏冷笑了聲：「又是皇太子在卡著吧，他就不怕真亡了國。」他看向遙遠的轂底：「從前都是我們不惜能源地打，如今輪到我們小氣得很，要計算著能源打了，真是時移世易。」

佐德道：「您身上的生物毒素還沒有清除，這會對精神力有很大損傷，對神經的損傷也很大，還是請您躺回醫療艙吧。」

柯夏道：「不了，能源不足，我再不上陣，怕是我們這邊的士氣不足，聯盟那邊再趁勢而上，那可就要真亡國了。」他站了起來：「我要用機甲，幫我裝備機甲盔。」

無數人忙著上前替他套上了沉重的機甲盔，他走了出去，進入了一具巨大的機甲艙，那是他的專用機甲「暴風」。

而遠處，隨著機甲暴風的出戰，帝國這邊的士兵也爆發出了必勝的吼聲，顯然極大鼓舞了士氣。

遙遠的虛空中，花間風在發表評論：「圓木要塞之戰，當時帝國被聯盟壓著打，幾乎要失守，那是個很重要的戰略要塞，打贏以後，就能占領到那裡的金錫能源——聯盟軍事史上對這一次戰役的失敗充滿了遺憾和惋惜，那是唯一一次聯盟幾乎有機會拿到的中立能源地區，可惜還是被柯冀絕地反擊獲勝了，據說柯冀那時候被皇太子打壓，補給中斷，全軍死了不少心腹。他那一仗勝了以後，回到帝國，在軍中的聲望越發穩固了。」

「一貫號稱仁慈的帝國皇太子柯柏就是那一仗以後被軍方所厭惡和排斥的，畢竟沒有人會喜歡政治傾軋的時候拿軍人的命來當成棋子，而一貫殘暴獨斷的柯冀卻在那一戰役中聲名鵲起，軍人信服他，願意把命交給他，比如我們那位前安全局局長佐德，原本就是他的心腹愛將，據說柯冀甚至在戰場上救過他。」

「有一說一，我研究過柯冀青壯年時候的每一次戰役，都是對敵人無情，但對自己人實在是非常好的那種，所有戰利品都會直接分給下屬，以至於就連朝廷都頗有微詞，卻又拿他沒辦法，畢竟帝國和聯盟當時交戰多年，皇子中只有這一位驍勇善戰。」

邵鈞只是靜靜看著柯夏在裡頭大殺四方，很快取得了勝利，羅丹道：「戰場上的經歷和他本人驍勇善戰，勇敢無畏的戰場性格有重複相似之處，這是一個很好的切入點，因此幻境會很快就催眠了他。」

幻境裡時光飛度，很快柯冀越來越高的軍中聲望，讓皇太子感覺到了不安，柯冀接連受到了幾次暗殺。

柯冀還沒表態什麼，佐德卻已經不能忍，他私下安排了一次針對皇太子的自殺式襲擊。

那一個夜裡，皇太子柯柏車禍死亡。

柯冀對佐德等人的自作主張還來不及生氣，皇帝那邊的消息已經傳來，老皇帝極為震怒，認為是柯冀暗殺了皇太子，於是已經擬了旨意，將要將皇位傳給柯榮親王，並且另外擬了一到旨意，要求柯冀立刻進京述職，誰都知道這是一道不懷好意的旨意。

所有的柯冀的心腹手下全都跪在了柯冀的書房外，默默無言。

佐德跪在柯冀膝蓋下，恨聲道：「殿下，柯榮親王除了吟詩繪畫，什麼都不會，有什麼能力去坐那個位置？全軍不服！願意擁立您！」

「殿下！做決斷吧！難道您希望看到下一次出征，我們又要擔心後勤補給軍備的問題嗎？」

「再說老皇帝對您猜忌多年，這次您進京述職，凶多吉少！」

他的目光閃著狠戾的光：「人我已經安排好了，只要殿下您同意，今晚就不會讓白薔薇王府見到明天的太陽！」

「他雖然無罪，但庸人居高位，就是他的原罪！」

艾斯丁在虛空中看著那漆黑房間裡垂著頭的金髮青年，微微喟嘆：「好一個柯冀，如果柯夏清醒過來，發現是他自己下的命令屠殺自己滿門，精神將會多麼崩潰？柯冀這老瘋子是想證明，易地而處，柯夏和他是一樣的人嗎？」

他轉頭看向邵鈞：「需要我干預嗎？」他溫和提醒：「不過這樣對他的精神力會有一定衝擊，也有可能會造成認知混淆。」

邵鈞盯著那垂眸靜思的金髮青年，搖了搖頭：「不，我相信他能自己破境。」

艾斯丁一笑，沒有再堅持，而是手指輕點，刷出了另外一個幻境，那裡柯葉居高臨下看著霜鴉，霜鴉被狠狠壓在了地板上，側臉貼在地板上，眼睛裡一片漠然。

花間風好奇笑道：「柯葉親王怎麼還在和霜鴉糾纏，沒完沒了的。」

艾斯丁笑了下：「他在幻境裡，替代的是霜鴉的角色。」

花間風失笑：「柯冀夠狠！對自己親兒子也這麼狠。」他低頭看了下面板控制器：「也就是說現在實際上已經隱晦地聯上天網了？讓我傳個消息給霜鴉，問他看看願意來看看熱鬧嗎？」

艾斯丁道：「留了個很小的介面。」

花間風道：「沒事我有人在天網值班的，有辦法轉消息去聯盟。」

過了一會兒花間風道：「哎！霜鴉說他很忙，不需要為這種人浪費時間。」

羅丹道：「話是這麼說也沒錯，不過我擔心柯葉無法破境，整個精神力都被吞噬的話，倒有些不好處理，如果霜鴉先生能進去稍微點撥一下，說不定我們順利一些。」

花間風便又給霜鴉傳了個訊息，過了一會兒道：「他同意了，他已經接入天網了，看怎麼把他弄過來。」

艾斯丁伸出纖長手指輕輕一抓，霜鴉已經出現在了他們面前，他看了眼幻境裡正在被折磨的「霜鴉」，笑道：「他這是自己跟自己過不去嗎？」

羅丹道：「這是執念，他已經在裡頭反覆三輪了，每一輪都是自殺為終點，沒有破境的希望，建議你進去看看他。」

霜鴉聳了聳肩：「好吧，沒有什麼需要注意的了嗎？」

羅丹道：「不要太激烈造成幻境動盪就行。」

艾斯丁伸手將他一推，他整個人消失在了虛空中，進入了幻境裡，霜鴉似乎自有想法，進去後就消失了，一時還沒有進展，眾人又看向了柯夏這邊的幻境。

邵鈞一直盯著在書房靠背椅中靜默著的柯夏。

柯夏終於抬頭了，漠然看了眼佐德：「不，我不同意。」

佐德愕然抬頭。

邵鈞一顆心落了下來。

柯夏淡淡看著佐德，站了起來，一頭金髮在昏暗的燈光裡依然熠熠生光有如神的光輝：「不就是一個帝位嗎？老東西想要給誰，就給誰，那不是我的。」

「我想要做皇帝，更喜歡自己來。格萊斯平原是我的封地，只需要將整個格萊斯平原宣布脫離帝國獨立就行，不就是創造一個自己的國家嗎？開國皇帝可以，我也可以。」

「至於你。」柯夏看向佐德，眸光冰冷無比：「你會作為暗殺皇太子的主謀送回逐日城審判，既然你自作主張，那麼自行承擔後果吧。」

佐德看著柯夏，全身發起抖來：「你……你不是柯冀親王……」

柯夏垂眸盯了他一會兒，眼睛漸漸清明：「對，我才不是柯冀那個老瘋子。」

他抬眼起來，身上金色的光圈更加明顯，光線金煌煌喧囂地擴張著領地，柯夏笑了：「無論什麼時候，經歷什麼，我都仍然選擇做一個人，這是我與柯冀最大的不同。」

他身邊書房在這樣強盛的金光中不斷變成了灰塵，點點散去，就連佐德定格在了惶恐的神色上，變成了幻影褪去。

又一個破境者！

艾斯丁笑著道：「恭喜小夏，看來已經不需要我們出手了。」

柯夏抬頭，看到了虛空的邵鈞和艾斯丁他們，一笑閃身出現到了他們面前：「你們都來了？」他雖然是對著大家說話，雙眸卻藍湛湛看向了邵鈞，他也不知道為什麼如此希望在這個時候得到邵鈞的肯定，他甚至剛才看到邵鈞在看著他，心裡會有一種慶幸，慶幸剛才自己在茫然混沌中，沒有選錯。

邵鈞回給他一個微笑，柯夏更是喜悅歡愉，渾身每一根髮絲都彷彿收集了陽光，熠熠生輝，花間風有些不忍直視：「行了行了，把你的王霸之氣收一收，要閃瞎人眼了。」以為人家沒注意他在偷偷替自己臉部打光嗎！只有鈞傻乎乎的，被他吃得死死的！

柯夏滿不在乎，而是又偷偷用精神力加強了一下自己的虛擬形象，甚至還偷偷將身高拔高了一點點，站到了邵鈞身旁，問艾斯丁：「是不是所有人都陷入幻境裡了？」

花間風道：「沒錯，你已經出來得很慢了，最先破境的是我！」

柯夏嘲道：「是因為已經沒人能比你心黑無恥了吧？人設太不相符，幻境自然崩潰了。」

花間風笑了聲，反唇相譏：「不用遮掩了，柯氏的瘋子基因一脈相承，所以你才和早期的柯冀那麼吻合呢。」

邵鈞忽然說話：「霜鴉出來了。」

大家閉了嘴，只有花間風知道邵鈞是體貼柯夏，不由又有些嫉妒柯夏，柯夏顯然也感覺到了邵鈞的溫柔，竊笑著去看柯葉的幻境。

幻境裡的豪華貴族洗浴間裡，手足無力的少年渾身污濁站在鏡子前，銀色頭髮溼漉漉髒兮兮黏在身上，顯示著剛剛經歷過多麼激烈的侮辱，他睜著一雙異色雙瞳看向鏡子裡，一隻手按在鏡子上，另外一隻手裡捏著一把刀片，正準備對著鏡子切開自己的氣管，鏡子裡的影子卻忽然說話了：「放棄了？再沒有比這更糟的了，所以你決定放棄了？」

少年吃了一驚，看向鏡子裡，鏡子裡的人卻慢慢長大成為了一個英氣勃勃的青年，他低著頭看著少年，滿臉嘲諷：「所以這就是我和你的不同之處，你以為這樣就可以折辱我，讓我從此失去自我，可惜偏偏我不會。」

「哪怕身體被改造成寵物，失去了聽覺，手足筋被挑斷，哪怕精神力削弱，成為卑賤的奴隸，再也不可能駕駛機甲，我也沒有想過要死。」

少年看著他，眼睛瞪大，眼淚流了出來：「好苦……我不想活了……」

霜鴉笑著，臉上甚至有著漫不經心：「不，你不想死，你還在等待人的救贖，沒有人能救你，因為已經沒有人會給你原諒了，你只是以為這樣就可以讓自己更好過而已，其實並沒有人在乎這些，更沒有人停留在原地，時間就像河流一樣，不斷前進，誰也不會一直等著誰的。」

「柯葉親王。」

金銀色雙瞳的少年抬頭看著鏡子裡英氣勃勃的青年，眼睛漸漸變回了墨藍色，身軀長高，肩膀變寬，四肢變得健壯，一頭銀色的頭髮也變回了金捲髮，他甚至變得比霜鴉還高，低頭望著霜鴉：「所以，你的意思是，要我繼續往前走，才有可能追上你？」

霜鴉一哂：「你想得太多，我只是對你這種自以為情深的戲精感覺到厭煩而已。」

柯葉笑了：「也好，你說什麼就是什麼了。」

他身邊的整個幻境也開始崩塌，他抬頭看了下四周，目光落在了柯夏身上，微微點了點頭：「雖然我之前也很想弒君，不過現在看來，他的確比我強，我認輸。我先出去了，父子一場，我就不送他了。」

他轉頭又深深看了一眼霜鴉：「謝謝你，我會去聯盟找你的。」

霜鴉冷笑了聲：「不必了。」他看了眼柯夏：「應該用不上我了，我先下了。」柯夏頷首，看著他們兩人一先一後下線，又看向了艾斯丁：「最後一個幻境，是柯樺？」

艾斯丁伸手點開一個幻境：「不錯，我想你們可能都想不到，他最恐懼的是什麼——和柯葉一樣，他已經重複到第三次了。」

幻境裡，金鳶花盛開滿地。

柯樺穿著華麗的王袍，正在送別柯夏和邵鈞，很是依依不捨握著柯夏的手：「一定要回聯盟去嗎？父皇不在了，教皇也已經精神崩潰，沒有人再牽制我們，皇兄也已經和你和解，你留在帝國輔佐我不好嗎？這裡是你的祖國啊，你回聯盟，會受到別人的猜忌的。」

柯夏很是堅決：「不了，帝國不支持同性婚姻，我要帶著鈞回聯盟去結婚，之後就定居在那裡了。我本來對帝位沒有興趣，回來本來就是為了蟲族基地的事，我和帝國之間的淵源已斷，從此以後我不再是帝國人了，到時候你別忘了送禮物給我。」

柯樺神情哀婉：「夏，你是不是因為那個詛咒……」

柯夏搖頭詫異：「你怎麼會這麼想？那只是一個拙劣的暗示，只要你問心無愧，不會有事的……再說了，這一次你這麼誠懇，玫瑰不是答應留下來和菲婭娜一起陪你了嗎？你有皇后有小公主了，好好待她們吧！」

他帶著鈞上了停機坪，轉頭向柯樺揮手。

柯樺目送著飛梭飛走，一個人站在風中，有些失魂落魄：「可是，我已經瘋了兩次了……你為什麼就是不肯留下來幫我呢。」

他落寞走了回來，穿著華麗宮廷裙裝的玫瑰迎了上來，笑著道：「送走夏親王和小黑了？放心，他們在聯盟朋友很多，會過得很好的，再說了有他們在聯盟，帝國和聯盟的關係也能緩和很多，外交關係的平緩和平，也會為帝國帶來休養生息的良機的。」

柯樺臉色蒼白，喃喃道：「可是，水災就要來了，之後是瘟疫……農奴會起義，我取消農奴制，卻被貴族們聯手反對，雖然柯葉皇兄會回來替我鎮壓了起義，貴族們鬧事起來卻沒完沒了，然後他們又會逼我儘快生下皇嗣，菲婭娜那麼小，妳還不想分心，和我吵架……」

玫瑰啞然失笑：「好吧，雖然的確菲婭娜太小了，我的確不願意這麼快再生一個，但是，我不至於就為了這樣的事就和你吵架，你壓力很大，我理解的，真的不要太追求完美。」

柯樺搖頭：「無休止的吵架和根本無法應付的政務，每一個政務都自相矛盾，大臣們各懷鬼胎，互相攻訐，根本不知道誰是對的誰是錯的。父皇是不在了，但是屬於他的人還在興風作浪，他們根本不服我，無論我做出什麼決定，都會被指出有問題，永遠都有人責怪我不適合領導一個帝國。」

「媒體上提起我總是那個仁慈而懦弱的王，他們總是在批評我下的政令，我支持教派改革，支援土地改革的時候他們批評我，等我第二次採納了別的建議更溫和的開展，仍然有人批評我，就因為我曾經是教會的大祭司，他們永遠認為我的改革不對，太溫和，太嚴厲，都有問題。」

「我廢除農奴制，土地收歸國有，貴族們反對我，教會反對我，我不廢除，不動土地，災難和瘟疫仍然會讓農奴和人民起義來推翻我。」

「我怎麼做都不對，每一個晚上都難以入睡，睜著眼睛直到天亮，不知道如何才算是一位明君。」

「我甚至有些理解父皇的暴戾行為了，至少他在位的時候，政令推行執行力極強，無論他想做什麼，人們都閉嘴，只會跪著說，陛下英明！」

「我呢？換了我，他們卻只會說：陛下！你應該這樣做！你應該那樣做！你不該這樣做！你太仁慈了！你應該更強硬一些！」

玫瑰有些被他嚇到，上前寬慰他：「陛下這是做了噩夢嗎？為人君是要有威嚴，但也不是說做一個暴君更好。」

柯樺苦笑：「我也做不了暴君，帝國就像一座沉重而破爛的船，我卻不是一個合格的領航者。無論怎麼走，我都只是一個懦弱的在無數指責和謾罵中自殺的懦夫。」

玫瑰大吃一驚：「陛下！請不要這樣說！」

柯樺搖了搖頭，藍色的眼睛裡滿是迷茫：「做皇帝真的太累了，夏為什麼不肯留下來幫我呢？如果只是為了結婚，我會努力讓同性婚姻在帝國合法化的。」

玫瑰詫異道：「陛下知道原因的吧？他是正統的柯氏皇族，那麼優秀，又掌著重軍，只要留下來，總有一天你們兄弟會反目成仇的。」

「您看，陛下連一個同性婚姻合法化的法令，都不敢說一定能成功，說明您根本無法把控各位大臣們，等將來身邊的大臣們多說幾句，您會猜忌手掌重權的他，那再正常不過了。就算你不猜忌他，他也有可能為了自保而戒備你，這樣都都不會有好下場。柯夏親王是個聰明的人，自然是回聯盟更好。」

柯樺苦笑：「連妳都看得比我明白，每一次我都想，夏為什麼不肯留下來幫我，是不是就是故意想看我笑話……」

玫瑰道：「陛下真的不應該這麼想，他的出身決定了他只要留在帝國，遲早會被有心人盯上，不如遠走聯盟，又能和你做好兄弟。更何況現在通訊這麼發達，您治理國事上有什麼不明白的，直接請教他不就好了嗎？您別想太多，多休息吧。」

柯樺卻轉頭出神看了一會兒那燦爛的金鳶花，低聲道：「妳知道我為什麼會對他這麼信任吧？因為他無論是小時候，還是後來遠在聯盟我遇到淪為星盜的他，都沒有對我有一絲恨意，即便是他後來回來帝國，想查出蟲族基地，對我也是盡力輔佐，許多政策、政事，都是他教我處理的。最後父皇的事……妳也知道了，也是他把我救了出來，他如果想要當這個皇帝，早就能當了，他卻一絲雜念沒有，甚至從始至終沒有對我有一絲惡意。」

玫瑰笑了下：「柯夏親王和鈞，都是非常溫柔和善良的人啊。」

柯樺卻道：「妳也覺得，他比我更合適做這個帝國的皇帝吧？」

玫瑰一怔，柯樺轉頭看向她，眼睛裡有著恍然：「我之前是曾經有著權力欲，我希望證明自己，證明自己能夠成為不錯的皇帝，帶領帝國走向一個光明的未來，在青史留名，被萬民稱頌。」

「但是事實證明，我失敗了，我根本無法應付那些繁雜的政務，也無法面對那些紛踵而來的惡意，妳知道嗎？我每天朝議的時候，都能感覺到無數的惡意，這讓我過於敏感的精神力不堪重負，長期緊繃的精神力很快就讓我陷入了惡性循環。」

「我無法信任人，無法處理政務，無法選擇出正確的局面，我甚至每一晚都在失眠，害怕第二天再次面對那些大臣們洶湧的惡意，一旦我的決定不合他們的意，他們的殺意能撲面而來，令我夜不能寐，但是我根本不可能迎合所有的人。」

「當我作為大祭司的時候，所有人都敬愛我，但作為一個帝王的時候，他們卻只是因為我的法令不合他們的意，就對我惡意滿滿。」

「每一天我都精疲力盡，拚盡全力地和想要死亡的念頭抗爭，陷入了無可救藥的抑鬱，那個柯氏的詛咒，讓我惶惶不可終日，但即便這樣，我還是敗了。每一次的最終，我都陷入了精神崩潰中，在瘋狂中結束了自己的生命，我再也看不到愛我的人和我愛的人。」

柯樺看向捂住嘴巴眼圈變紅的玫瑰，低聲道：「妳是希望看到這樣的陛下是妳的愛人，還是希望我只是一個悠閒的親王，每天陪著菲婭娜，學說話，學走路，教會她所有我會的東西呢？」

玫瑰眼睛裡落下了淚水：「你在瞎想什麼？我留在帝國，只不過是因為你的誠意而已，否則我早就帶著菲婭娜定居在聯盟了，我看中的從來都不是你的身分，我並不在乎這個帝位，在我眼裡，快樂是最重要的。」

柯樺眼睛也微微發紅：「是，上一次，妳為了我忍受著貴婦們的嘲笑，努力學著宮廷舞。」

玫瑰臉一紅，柯樺道：「妳真的不介意妳的孩子今後失去了繼承帝位的資格？」

玫瑰道：「我從來都沒有把那些東西看在眼裡過。」

柯樺低聲道：「我也願意從此柯氏的詛咒，在我這一代終結，我希望我的子女從此站在陽光下，開心愉快，玫瑰——我決定了。」他看向湛藍色沒有一絲雲彩的天空，笑得如同天使：「我早就應該想通了，我放棄皇位，將皇位讓給柯夏——這本來就該是他的，父親從他父親手裡搶過來的皇位，我竟仍然還想著占據，這就是我的貪念。」

「權力並不適合我，正因為不適合，我仍然貪圖留戀，這是非分的權力欲，讓我自己良心不安，於是我更想要努力證明我也能做好一個帝國皇帝，比他更適合，這樣醜陋的嫉妒心，讓我一次又一次的強求，卻適得其反，這才導致了我一次一次的瘋狂和崩潰。」

「早點放下，找回一開始無欲無求，平和快樂的柯樺，才是我自己。」

他眉目舒展，玫瑰上前和他擁抱，然後在他懷中轟然散開，化成了無數的玫瑰花瓣，無數的天使拍打著翅膀在空中環繞著他歌唱，屬於他自己的領域回來了。

「這就是柯樺最害怕的事，他害怕他不能成為一個好皇帝，他過於敏感的精神力導致了他對自己的超高要求，過於純善不希望傷害任何人的性格又讓他無法適應朝廷各種謀算，他無法滿足所有臣民的期望，內心的良心又一再譴責他的得位不正，於是他只能一次次精神崩潰後自殺。」

羅丹微微有些唏噓：「但是他只經歷了兩次，就能夠決定放棄並且破境成功，說明他在精神力方面，還是有著超乎尋常的敏感和預見，這很難得。」

幻境裡盯著花瓣的柯樺有些驚訝，低頭看了下四周，四周的天空都在破碎開來，無數的花瓣飄散開，他的肩膀上重新舒展開了一對雪白的翅膀，他抬頭一眼看到了柯夏站在虛空中對他微笑，忽然恍然大悟想起了幻境之前的事，振翅一飛，飛了上去和他們會合。

他正想要和柯夏說話，整個空間已經完全變成了黑色的不規則空間，無數的閃電在裡頭響起，雷聲滾滾，猶如天崩地裂一般，無數的空間在撕裂、合併，無數的氣流在劇烈的吹動，彷彿要撕裂人的精神一般的瘋狂亂衝著。

艾斯丁道：「最後一個精神力者破境成功了，柯冀完了，他的精神空間正在崩潰，我們需要儘快撤離。」

柯夏道：「怎麼走？」

艾斯丁伸出手，一個溫柔的銀白色光圈罩住了他們，他低聲道：「我要將這個空間完全吸收到天網中了，先送你們出去。」他伸開手一推，他們數人唰一下被光圈送回了天網登陸點，熟悉的登陸點人來來往往，都在看向天空，被這磅 的雷鳴風暴響動聲吸引了注意力。

遙遠的空中，艾斯丁張開雙手笑道：「出於對一位王者的尊重，讓我替你準備一座相稱的王者陵墓吧，柯冀大帝，被勇者鬥敗的惡龍，永遠被混亂的精神力折磨著的暴君，長眠吧，我會給你多年不曾得到極其渴望的安眠和平靜。」

回應他的是一聲沉重的雷鳴。

無盡的鉛雲在艾斯丁身後浮起，漸漸卷成了一個巨大的旋渦，整個空間不斷扭曲著，彷彿身不由己一般變色、折射，捲成了一頭巨大的鉛黑色展著雙翅的巨龍，咆哮著被吸入了那個旋渦中。

天網的人全都抬眼看著天上那惡龍漸漸被漩渦吞沒，碧藍色的天空重新露了出來，彷彿被雨水擦洗過一般，猶如一塊巨大的藍玻璃，那個黑雲逐漸收縮凝固變成了一座在遙遠空中的浮空島。

天網從此有了一座空中浮島——風龍島，這座浮空島上全是嶙峋的巨石以及永不止歇的風暴、閃電，但卻深受精神力者們的喜愛，凡是在其中穿行過的人，都會遇到風暴和閃電對精神體的襲擊，心中還會湧起無盡的恐懼，但當你堅持下來，離開的時候，就會發現自己的精神力得到極大的提升。

在風龍島入口處，一塊巨大的石碑上刻著一句諺語：「沒有黑暗這種東西，只有看不見而已。」

Chapter 272 加冕

柯夏的加冕禮舉世矚目。

聯盟所有國家都派了使者出席，聯盟總統奧涅金甚至親自前來賀喜，這更是釋放出整個聯盟對這位前聯盟元帥擔任帝國皇帝十分接納的信號。

即便是帝國人民，雖然之前對這位前聯盟元帥的親王感覺頗為複雜，但在他先後出手整治了月曜城的地下城以及污染治理工作後，他在民間的聲望頗好，尤其是在帝國媒體、聯盟媒體有志一同在這位新君登基之前狂轟亂炸了一通他的所有光輝事蹟。

一時之間帝國人們對這位新君的民間認同度也達到了最高，而對讓出帝位甘願屈就做親王的柯樺，更是被捧到了一個聖人一般的高度。

有傳說柯樺乃是神子，因為太過聖潔仁慈，因此不戀棧權力。也有傳說柯樺原本繼承帝位，又將流亡在外的柯夏正名接回，本就為了讓位這一天。

只有柯夏知道，他其實滿心只想著帶著邵鈞回聯盟結婚然後蜜月去，但柯樺卻迫不及待地絆住了他，飛快地下了旨意安排了加冕儀式。

被迫推遲了蜜月的柯夏有些煩躁：「都說了那是你那瘋子父親的幻境，都是假的，你能夠當一個好皇帝的，不用這樣。」

柯樺只是微笑：「不，那是我最真實的內心，是我最害怕的事，事後我反省內心，發現我這段時間，已經迷失了太遠。我從來就不是一個合適的繼承人，我一開始還抱有天真的幻想，以為父親真的覺得我是個合格的繼承者……可惜……」他藍眸一黯：「夏，千瘡百孔戰後的帝國只有在你手中，才能重新煥發出青春。」

「這是再明白沒有的事情，也許那些幻境裡都是假的，但是面對那些繁瑣的政務、天災、人禍，我根本無法應對，就算我將來能在你的指導下平安度過，但是那也不過是個平平的守成之君，更何況如今的帝國，已經不需要我這樣因循守舊的所謂仁慈之君了。」

「我給不出一個蒸蒸日上的帝國，給不了人民一個兵強馬盛，國泰民安的帝國，我更沒有勇氣去與那些舊貴族利益團體鬥爭，因為我已經在這裡太久了，認識太多的人，與太多的利益團體結合得太過密切。你才是最合適的帝王，你帶著自由平等的新氣象進來，我期待你帶給帝國更多的活力。」

「還有，為了防止別有用心的人事後離間，我已經決定加冕典禮後就悄悄去聯盟找玫瑰了，我不在國內，你可以放手整治，不必看我的面子，據我所知，柯葉也已經去了聯盟，我們都不在，沒有人能再推出合適的代理人。」

柯樺看向柯夏，心裡清楚明白，他一直知道應該怎麼做對自己最好，對帝國最好，只是他還一直對自己抱著不切實際的幻想，直到教宗以及忽然還魂的父親先後給了自己沉重打擊，從那一刻他才深切明白自己傀儡的用途。他誠懇對柯夏道：「這是我替我的血脈上的父親給你最誠懇的致歉，請你務必登上原本就屬於你的帝位，帶領子民，奪取帝國的榮光。」

柯夏看著柯樺淺藍色的眼睛，有些說不出話來，因為這是帝王的囑託，也是太過沉重的託付，許久以後他才有些懊惱道：「那我要多久才能和鈞結婚。」

柯樺一笑：「儘快推進帝國同性婚姻法案吧，我會支持你的，相信你一定比我做得更快更好，帝國的變革，先從這一項開始，我很期待你的表現。」

柯夏無語，柯樺上前替他整了整衣袍：「教宗已經昏迷了，一會兒我既代表教會，又代表前一任君王，為你加冕，今後希望教會能逐漸淡化，不再干預世俗。將來帝國的史書上，我們還是帝國最璀璨的雙星吧？」

柯夏轉眼看向他眉眼寧靜，一身教會袍神聖純潔，又有些替他發愁：「你這樣去聯盟會不會被花間風欺負，還有玫瑰，你要追回她可需要很多功夫，實在傷腦筋。」

柯樺笑了：「不用替我擔心的，風先生——其實也有一顆很真的心，你的朋友都很有趣，我先去看看菲婭娜，玫瑰就算再不接受我，應該也不會拒絕我看菲婭娜的，很好的切入口。」

柯夏這下更不滿了：「你都有女兒了！我還什麼都沒有！你把擔子扔給我，我連蜜月都還沒有過！我的婚禮還不知道訂在什麼時候！」

柯樺笑得兩眼彎彎：「難道你不想給鈞最好的？等你加冕後，私庫裡頭有很多好東西的，正好給鈞辦婚禮。」

柯夏嘀嘀咕咕著表達著不滿，柯樺則笑著走了出來，迎面果然看到穿著筆挺護衛服的邵鈞，笑著道：「祝福你們。」

邵鈞被他這句沒頭沒腦的話說得有些懵，只能也回了個笑容表示感謝，目送這位風姿秀美的前皇帝走後，邵鈞走進去，看到柯夏穿著華麗的禮服正坐著發呆，不由笑道：「怎麼了？無事不如去見見客人，怎麼在這裡發呆呢。」

柯夏道：「禮服太繁瑣，勳章、飾品、佩劍之類的也太多，走來走去一會兒又要重新穿上，麻煩，算了，不就是阿納托利來了嗎？說是來觀禮，其實就是急著來接風先生的吧，我才不著急看他，霜鴉怎麼沒護衛他過來，不過這邊老瘋子的勢力沒有肅清，安全為上，他不該來。」

邵鈞道：「風先生是在那裡陪著他呢，還有鈴蘭也來了，還有不少從前聯盟你的同僚。霜鴉在蟲族基地那邊，等著要爆破了。說是為你的典禮放第一聲禮炮。」

柯夏道：「哦對，這個可要謹慎，務必一隻蟲子都不要漏。」

邵鈞笑道：「放心，霜鴉說他會親自看著，所有的蟲卵和蟲子全部摧毀了，一個標本、一隻蟲卵都不再留下，以免再次有後人重蹈覆轍。」

柯夏心有餘悸：「我有生之年再也不想和蟲子來一場戰爭了。」

邵鈞一笑：「應該會迎來很長很長一段時間的和平吧？你和阿納托利都還年輕。」

柯夏想了下道：「我還是很想知道你到底多少歲了。」

邵鈞沒有說話，柯夏瞬間又後悔了：「算了……當我沒問……」他還有很多時間，慢慢磨這個心防重重的伴侶。

邵鈞卻說話了：「二十八歲。」

柯夏一怔，邵鈞道：「我死之前，二十八歲，再醒過來的時候，就已經在機器人身上了。」

柯夏心算了下道：「那你比我大十二歲。」

邵鈞微微一笑：「是，在我家鄉的說法，剛好一個輪迴。」

柯夏有些不解，邵鈞低頭看了下腕表：「時間快到了，即將加冕了，我陪你出去吧。」

柯夏握住他的手，低聲道：「我一定會儘快給你一個合法盛大的結婚典禮的！」

邵鈞笑了下：「好。」還是那樣言簡意賅，彷彿哄孩子，柯夏卻心滿意足站了起來，走出房間的時候，卻正看到羅丹和艾斯丁走了進來，兩人都衣履筆挺，風度翩翩。

柯夏笑道：「艾斯丁先生終於也有了身體？」

艾斯丁銀灰色的眼睛瞇了下笑了：「是，丹尼爾喜歡，經過這一次，我也覺得我們兩個還沒有過夠作為人類的生活，所以決定這段時間也好好四處走走看看，等加冕禮結束我們就走了，你到時候肯定很忙，我們就不再辭行了，有什麼事可以直接通訊。」

羅丹一直笑著站在艾斯丁身旁，他太陽穴上的子彈孔也已經補好，紫羅蘭色的眼睛裡的憂鬱已經被柔軟和甜蜜替代，他對邵鈞和柯夏道：「等你們婚禮的時候，我們會回來參加的。」

柯夏有些遺憾：「婚禮，還要等一段時間，有什麼需要我們幫忙的也只要聯繫鈞就好。」

羅丹看著邵鈞一笑：「等待會有回報的，等待得越久，回報越是豐厚。」

柯夏握緊邵鈞的手笑道：「謝謝兩位的祝福。」他看向艾斯丁：「聽說今天的天網也分外美麗，為了慶賀我的加冕禮。」

艾斯丁十分自然道：「理應的，一點小小心意，另外也要提醒你們一下，在天網裡神交的話，得到的歡愉是現實生活中的數百倍……」

柯夏睜大了眼睛，邵鈞臉微微發熱，羅丹臉也紅了，催促道：「加冕時間要到了，我們不要浪費夏的時間了，耽誤了不好。」

艾斯丁抿嘴微微一笑，向邵鈞又使了個眼色，幾乎是被羅丹拖走了。

柯夏已經完全忘記加冕禮要做什麼了，滿腦子全是那句「得到的歡愉是現實生活中的數百倍」在迴盪，直到渾厚的號角聲響起，他被司儀官引領著步上了那長長的鮮紅的地毯。

柯夏終於回過神來，抬頭看向階梯高處寶座旁，柯樺正站在那裡莊嚴地看著他，他又轉頭看了下身側不遠處，邵鈞作為他的護衛官守候在一側。

他的心終於安定了下來，一步一步沿著紅毯向上走去。

他終於登上了屬於帝王的寶座前，單膝跪下，柯樺手上沾上了聖水，替他塗在額頭，然後為他加冕，等他起身，為他贈予帝王佩劍，最後將權杖交給他。

在遙遠的人民們所不知道的茫茫宇宙中，一顆祕密豢養蟲族的小行星被爆破，作為這個皇帝加冕的第一聲禮炮。

觀禮台下，震耳欲聾地民眾歡呼聲響起了。

無數的鮮花花束被拋灑到了觀禮臺上，表示著瘋狂的喜悅和擁護。

邵鈞站在台下，看著高高在上那個年輕英俊的帝王，他手持權杖，卻準確無誤地看向他，做了一個手勢。

一切榮耀，歸於你。

——《鋼鐵號角》全書完

高寶書版集團
gobooks.com.tw

FH072
鋼鐵號角 6（完）

作　　者　灰谷
繪　　者　HONEYDOGS 蜜犬
編　　輯　賴芯葳
美術編輯　彭裕芳
排　　版　彭立瑋
企　　劃　黃子晏

發 行 人　朱凱蕾
出　　版　朧月書版股份有限公司
　　　　　Hazy Moon Publishing Co., Ltd
地　　址　臺北市內湖區洲子街 88 號 3 樓
網　　址　www.gobooks.com.tw
電　　話　(02) 27992788
電　　郵　readers@gobooks.com.tw（讀者服務部）
傳　　真　出版部　(02) 27990909　行銷部 (02) 27993088
郵政劃撥　19394552
戶　　名　英屬維京群島商高寶國際有限公司台灣分公司
發　　行　英屬維京群島商高寶國際有限公司台灣分公司 / Print in Taiwan
初版日期　2023 年 8 月

本著作物《鋼鐵號角》，作者：灰谷，由北京晉江原創網絡科技有限公司授權出版。

國家圖書館出版品預行編目 (CIP) 資料

鋼鐵號角 / 灰谷著 .-- 初版 . -- 臺北市：朧月書版股份有限公司出版：英屬維京群島商高寶國際有限公司臺灣分公司發行 , 2023.08-
面；　公分 . --

ISBN 978-626-7201-89-3（第 6 冊：平裝）

857.7　　111020689